朱自清

➔《蹤跡》書影

《蹤跡》是朱自清的詩與散文集，1924 年 12 月由上海亞東圖書館出版。第一輯是新詩。第二輯是散文。包括了〈匆匆〉、〈歌聲〉、〈槳聲燈影裡的秦淮河〉、〈溫州的蹤跡〉、〈航船中的文明〉。（《20世紀中國文藝圖文志》散文卷，p.56，瀋陽出版社）

←朱自清 1

這是 20 年代朱自清的留影。1920 年代朱自清的創作極為豐富，許多有名的散文作品，如〈背影〉、〈蹤跡〉，以及長詩〈毀滅〉等都創作於此一時期。（《20世紀中國文藝圖文志》散文卷，p.53，瀋陽出版社）

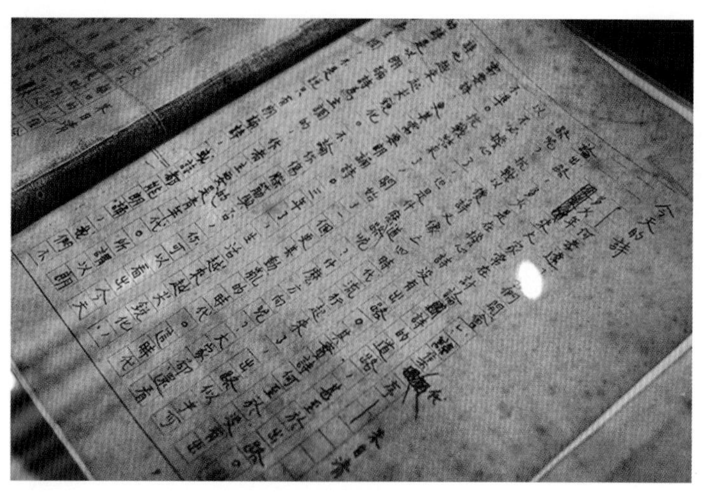

↑朱自清手稿

這是展示在朱自清文物館中的手稿，娟秀整潔的文字，一絲不苟的筆畫，可見朱自清治學寫作的嚴謹。〈今天的詩〉（1947 年）一文是在介紹何達比較接近「行動詩」的詩集《我們開會》，強調詩的社會性及現實性。（森情寫意網站提供）

↓朱自清故居 1

這是朱自清故居父母房。朱自清出生於江蘇，不過後來其父朱鴻均將全家遷到揚州，朱自清因而說他亦是揚州人。照片可見傳統中國家庭中臥房的擺設，壁上有朱自清雙親的畫像。（森情寫意網站提供）

叢書總論

范銘如

白話文學是中國追求現代性過程裡重要的媒介，也是最顯著的成果之一。隨著現代化需求的加速，中國的知識分子先從科學、技術、制度、機構等等洋務運動的推動，再到西方文明文化思潮的翻譯學習，乃至於對中國傳統進行全面性反思，一系列革命性的變革，自十九世紀中葉發軔，直到二十世紀上半部仍然方興未歇。中國現代化的歷程中觸動傳統思想與文化體系的革新機制，表現在文學層面上，最明顯的就是文學形式與內涵的劇烈變易。不論是語言文字（文言、白話、外來語），抑或者是文類（詩歌、散文、小說、戲劇）以及藝術技巧（寫實主義、浪漫主義、象徵主義）各方面，都開展出具有現代意義的優異成績。這一批歷經現代化狂潮的知識青年，憑仗手中滿溢著救亡圖存熱情的筆桿，寫下中西文化碰撞、新舊秩序轉型時關於國家民族走向的辯證權衡，各種社會現象的觀察針砭、文藝發展理念與實際操練的磨合問題。其中，置身紛亂動盪時代裡個人身分處境的摸索抉擇，甚至生命情感的壓抑抒發，更成為作品裡動人心弦的主題。

從清末至民國，白話文學以及其中寓含的革新、異議精神連綿不絕。現今我們慣以一九一九年的五四愛國運動同時作為現代白話文學的起點，乃是取其象徵性的時間意義。事實上，五四運動只是中國現代化進程裡一個承先啟後的顯著里程碑而已；新文化的醞釀萌發自有其細膩輾轉的過程，而白話文學的發展流變，當然也不是在二〇年代才透露端倪。有鑑於此，本套叢書不以五四之後的作家作品為限，還上溯至二十世紀以前即大力、長期呼籲文化文學革命的梁啓超。這樣的作法，希望一方面強調時代思想變革的漸進式歷程，一方面以梁啓超具備的傳統士大夫及新式知識分子的雙重典範，彰顯現代文學傳統裡新舊文化銜接合流的特質。

整體而言，選入《二十世紀文學名家大賞》的作家都是在現代文學創作上具有獨特貢獻，並且持續保有文學影響力的大家。他們的成就不僅早在文學史上獲得肯定，他們的作品也一再地被選入各種版本的教科書與文學讀本中。一談起新詩，我們總是再別不了徐志摩、聞一多以及戴望舒；一想到散文，腦海裡立刻浮現朱自清、夏丏尊、許地山和梁啓超的背影；提及小說，魯迅、郁達夫和蕭紅的吶喊猶在耳邊。透過文學，他們或者傳達個人對家國社稷的企盼與關懷，又或者抒發個人真摯的情感來表現中國人的現代精神。有的作家個性強烈率直，有人委婉節制；表現於文采上，典雅瑰麗或是質樸清華亦各擅勝場。這些作家作品各因其耀眼的特質，成為文學史上不可或缺的扉頁。

但是耳熟能詳不代表全面理解，有時反而會淪為想當然爾的片面化、刻板化閱讀習慣。此外，兩岸長期以來因為政治體制與文化體系的不同，對作家的評價或作品的評論產生極大的落差，政治立場雷同的大力吹捧甚至神格化，反之則將之醜化甚至從史料中除名，不然就是選擇性地介紹特定類型的作品。這樣的詮釋偏見隨著兩岸的開放交流、文史學者們不斷地辯論修正後已經獲得長足的改善。然而，學術層次上推展出來的看法落實到中學教育層面上的改變，原本就需要長時間的轉化。文學教改的時程卻在當前環境的挑戰下愈顯急迫。姑且不論傳播娛樂的多元刺激或功利導向的社會價值導致文學人口的快速流失，時代的推移不但使得歷史情境、文化脈絡越來越疏遠陌生，連當初所謂的現代白話語彙到今日都有些像文言文那樣的艱澀難懂。在這種種不利的因素下，青年學生即使有心學習也可能不得其門而入。

《二十世紀文學名家大賞》叢書的策劃就是希望能夠以更當代、更全面的選介評析引領年輕學子進入現代文學的殿堂。十位負責編選執筆的專家都是全國各大學中文系所裡的資深教授：洪淑苓教授（臺灣大學中文系）、張堂錡教授（政治大學中文系）、許琇禎教授（臺北市立教育大學語教系）、陳俊啟教授（東海大學中文系）、廖卓成教授（國立臺北教育大學語教系）、趙衛民教授（淡江大學中文系）、劉人鵬教授（清華大學中文系）、蔡振念教授（中山大學中文系）、賴芳伶教授（東華大學中文系）。不僅學養豐富，對於學生知識上的不足與誤解也有長期的觀察了解。本叢書除了對作家廣為傳誦的經典及創作特色再予以深入並系統化的賞析之外，還希望呈現作家更多的文學面向，在讚揚他們的藝術成就、人格道德或時代洞見之餘，也不諱言他們書寫、個性或思維上的局限。回歸到文學的、文化的、人性的、生活的層面，更可深刻地體會到他們如何在紊亂脫序的年代中搏鬥掙扎、矛盾挫折，對於他們的作品也才能夠給予較客觀的評論。

這套叢書以每位文學名家為單獨一冊。每一本作家專輯以其具有代表性的作品為主，每篇作品輔以注釋和賞析，前後則以綜論作家生平與文學風格的〈導讀〉一篇，以及條列式的作家大事〈年表〉。篇幅所致，選入的作品以短篇為主，中長篇則為節錄；另外根據每位作家的藝術表現，對於不同的文類也有不同的比重安排。此套文學大系的出版，三民書局龐大的編輯群們功不可沒。最必須感謝的還是在繁忙課務及研究中還特地抽空耐心編寫專卷的每一位學者。你們的熱忱，讓二十世紀的文學源流汩汩地導入新的世紀。

CONTENT

目次

遊・記

讀書・勵志・序跋

新·詩·卷

導讀

陳俊啟

朱自清（一八九八——一九四八）是一個家喻戶曉的散文家，也是詩人、小說家，以及著名的清華大學教授、學者。他原籍在浙江省的紹興縣，但是卻出生在江蘇省的東海縣，後來又定居在揚州。他在中國散文的發展史中有其重要性，只要編選散文集，朱自清的文章一定會與魯迅（一八八一——一九三六）、周作人（一八八五——一九六七）、夏丏尊（一八八六——一九四六）、俞平伯（一九〇〇——一九九〇）、許地山（一八九四——一九四一）、徐志摩（一八九七——一九三一）等人的文章被選入集中，而在文學史上，尤其是散文部分，他也具有舉足輕重的位置，不管是在語言的使用或是文體的經營上，他都有承先開後的貢獻。他描寫父子之情的〈背影〉，以及〈匆匆〉、〈荷塘月色〉、〈槳聲燈影裡的秦淮河〉是他最膾炙人口，最常被選入散文集中的文章。

朱自清，字佩弦，本名自華，號實秋，後來因為家庭經濟不好，為了勉勵自己不同流合汙，改名「自清」；後來還用《韓非子》中「性緩，故佩弦以自急」的典故，來勉勵自己要在學業上有所精進。他於一九一七年考入北京大學本科哲學門，曾參與五四運動，參加「學生聯合會」、「平民教育講演團」。他在北京大學就讀期間，受到新文化運動的啟發及影響，開始從事新文學的創作，最早是以寫作新詩聞名。在一九二〇年加入北京大學學生社團「新潮社」，曾在與《新青年》齊名的刊物《新潮》上面刊載翻譯文章及新詩。同年，朱自清自北京大學提前一年畢業，任教於杭州的浙江第一師範學校，與著名散文家俞平伯同事；又與鄭振鐸（一八九八——一九五八）、沈雁冰（茅盾，一八九六——一九八一）、葉聖陶（一八九四——一九八八）等發起成立五四時期最重要的兩個文學社團之一的「文學研究會」。後來朱自清輾轉任教於揚州的江蘇第六師範、吳淞中國公學、溫州的浙江第六師範、第十中學、寧波的浙江省立第四中學、上虞白馬湖春暉中學等學校擔任國文教員。這幾個地方在朱自清的生命中都占據了重要的位置，也常常是他散文的背景地。民國十四年（二十八歲）時經由俞平伯的介紹，朱自清至清華大學教授李杜詩和國文，一直到一九四八年貧病逝世，他一直擔任清華大學的中國文學系教授、系主任。在這期間，朱自清曾於一九三一年至英國留學，研讀語言學及英國文學，並遊歷英國及歐陸幾個國家，寫下了膾炙人口的《歐遊雜記》，與晚清時期王韜（一八二八——一八九七）的《漫遊隨錄》以及梁啓超（一八七三——一九二九）的《歐遊心影錄》，同被視作現代遊記的重要著作。

朱自清是一位新文學作家，也是新詩人、教授、學者，但是我們一般常以散文家看待他。我們下面針對朱自清作為散文家的這個面向來稍加說明。

朱自清在五四時代最早是以長詩〈毀滅〉（一九二二）奠定了他新詩人的地位。在五四前朱自清開始寫詩，並主編中國最早的詩刊——《詩》月刊。他的詩作富有相當的時代精神，顯現出一個年輕學子在面臨時代的變動時的心態。如他的〈光明〉（一九一九）一詩：「呀，黑暗裡岐路萬千，／叫我怎樣走好！／『上帝！快給我些光明罷，／讓我好向前跑！』／上帝慌著說，『光明？／我沒處給你找！你要光明，／你自己去造！』」朱自清一九二二年的長詩〈毀滅〉問世後，很受到詩壇肯定，詩中大致意思仍是描述一種內心的苦悶、徬徨，有一種毀滅的渴願，但仍願意正視現實，迎向未來。這正是俞平伯在〈讀「毀滅」〉一文中所說的：朱自清「是把頹廢主義與實際主義合攏來，形成一種有積極意味的剎那主義。」由朱自清早期的詩作，其實已可看出他後來的作品中的一貫性，也就是鍾敬文先生所說的「真摯清幽」的特色。這個「真摯清幽」就是「真」與「美」——誠實地面對生命，在真實的境況中，看出其中蘊含的「可能性」來，並以「純正樸實的新鮮作風」（李廣田語）表達出來。

但是朱自清發現詩畢竟不是他的最擅長處，因而轉向散文，他在《背影・序》（一九二八）中說：「前年一個朋友看了我偶然寫下的〈戰爭〉，說我不能作抒情詩，只能作史詩；這其實就是說我不能作詩，我自己也有些覺得如此，便越發懈怠起來。」他又說：

我寫過詩，寫過小說，寫過散文。二十五歲以前，喜歡寫詩；近幾年詩情枯竭，擱筆已久，……我覺得小說非常地難寫；不用說長篇，就是短篇，那種經濟的，嚴密的結構，我一輩子也寫不來！我不知道怎樣處置我的材料，使它們各得其所。至於戲劇，我更始終不敢染指。我所寫的大抵還是散文多。

……

李廣田先生認為朱自清「知道自己才能的限度，知道自己的短處與較長處，老老實實地表現自己，這可以看出朱先生的生活態度和文學態度」❶，這話說的不錯，這正是朱自清一生的為人原則以及其作品的一貫特色。於是中國文壇多了一位重要的散文家。

因為朱自清能誠懇的面對生命，並能誠懇的將自己的想法表達出來，因此他的作品與他的生活，與他對於社會人生的看法有相當密切的關連。他早期的散文作品不多，但「老老實實地表現自己」，充滿矛盾徬徨，但又能正面地看待世界，展現出一種態度、立場，以及出路的追尋；而在技巧上朱自清也是多方嘗試斟酌，試著要找到一個較為妥當的表達方式，如一九二二年的〈匆匆〉即顯露出此一特色。

隨之，一九二〇到一九三〇年代是朱自清散文創作的蓬勃期。在此階段朱自清似乎已能形塑較為清晰的世界觀及價值觀，對於周遭的社會能關懷能批判，對於美景盛事也能從中細體其美妙、涵容於其中；而這些在其散文中均能以一種雍容不迫，巧妙的文字表達出來，內容及技巧能融合無間，卻無過度感傷或穠麗的情形。朱自清大部分膾炙人口的散文作品，如〈槳聲燈影裡的秦淮河〉（一九二三）、〈綠〉（一

❶李廣田，〈朱自清的文學道路〉，收於朱金順（編），《朱自清研究資料》，頁一三。

九二四）、〈生命的價格——七毛錢〉（一九二四）、〈背影〉（一九二五）、〈荷塘月色〉（一九二七）等，大都是此一階段的產物。

在這個時期，他的散文作品一般而言較為寫實。比方說，他在一九三一年的〈論無話可說〉中就曾如此說道：

這時候眼前沒有霧，頂上沒有雲彩，有的只是自己的路。他負著經驗的擔子，一步步踏上這條無盡的然而實在的路。……他不願遠遠地捉摸，而願剝開來細細地看。也知道剝開後便沒了那跳躍著的力量，但他不在乎這個，他明白在冷靜中有他所需要的。這時候他若偶然說話，絕不會是感傷的或印象的，他要告訴你怎麼走著他的路，不然就是，所剝開的是些什麼玩意。

這在態度上是一種正面人生，而在方法及實踐上朱自清則是以一種抽絲剝繭、鉅細靡遺的手法，對於所觀察的對象的細膩觀察及表達手法的斟酌省度，「於一言一動之微，一沙一石之細，都不輕輕放過」。在語言的使用上，朱自清也能融合文言句法、口語、外來語法，鎔鑄出精確卻又不僵化的新式語言來描寫真切的感情。他在一九三四年《歐遊雜記・自序》中有段話最能看出他文章表面上的「清淡」背後的用心：

> ……「是」字句，「有」字句，「在」字句安排最難。顯現景物間的關係，短不了這三樣句法；可是老用這一套，誰耐煩！再說這三種句子都顯示靜態，也夠沉悶的。於是想方法省略那三個討厭的字，例如「樓上正中一間大會議廳」，可以說「樓上正中是——」，「樓上有——」，「在樓的正中」，但我用第一句，盼望給讀者整個的印象，或者說更具體的印象。再有，不從景物自身而從遊人說，例如「無盡頭處偶爾看見一架半架風車」。若能將靜的變為動的，那當然更樂意，例如「他的左胳膊底下鑽出一個孩子」。

最後，朱自清晚期將大部分心力貢獻於教學及學術研究，寫出了許多對於國文教育及國學研究的著作，但除了遊記外則少涉及創作了。對於朱自清的遊記，葉聖陶先生曾在哀悼朱自清的一篇文章〈朱佩弦先生〉中說：

> 他早期的散文如〈匆匆〉、〈荷塘月色〉、〈槳聲燈影裡的秦淮河〉，都有些造作，

太過於注重修辭，見得不怎麼自然。到了寫《歐遊雜記》《倫敦雜記》的時候就不然了，全寫口語，從口語中提取最有效的表現方式……。近年來他的文字越見得周密妥貼，可是平淡質樸，讀下去真個像跟他面對面坐著，聽他親親切切的談話……談到文體的完美，文字的全寫口語，朱先生該是首先被提及的。

葉先生的看法，指出了朱自清晚期散文中，已經在語言文字的使用上，有更精湛的表現，平淡質樸，不刻意追求文辭之修辭，而主旨就在平易清淡之中流露出來，並傳達給讀者。

最後，朱自清的散文的特色為何？我們以下舉兩組研究者的看法供讀者參考。首先是何以聰在〈朱自清早期散文的藝術特色〉中的說法。何先生認為朱自清的早期散文歸納起來有⑴細緻的紋路：能「精雕細琢」、「細針密線」地處理素材。⑵簡鍊而深刻的表現力：如〈生命的價格——七毛錢〉中藉七毛錢來刻畫當時社會中平民的悲劇境況。⑶嚴謹精美的結構：如〈荷塘月色〉中以「一路行去」作為鋪衍貫穿的結構布局的脈絡。⑷高度的和諧：能將嚴謹的結構，細膩的紋路、深刻的表現

力統一和諧，展現出完整的藝術結晶。❷

張堂錡及欒梅健在《中國現代文學概論》中則認為

朱自清的散文之所以能被世人譽為模範，被後人再三效法，歸納起來的原因至少有三點：一是文體優美，重視結構佈局；二是語言平易自然，不雕琢冷僻，而是淺中有深，平中有奇，形象生動，聲光色彩富創造性，形成他個人的審美藝術風格。……三是純正樸實的審美風格。他強調寫實、立誠、表現自己……。❸

幾位研究者都針對朱自清的散文藝術提出精闢的見解，可以讓我們更深入地掌握到朱自清散文的特色。

不過，也許我們還可以提出一個對我們了解評價朱自清散文作品很重要的議題：何以今天的讀者仍然還是喜歡閱讀〈匆匆〉、〈背影〉等文章，而不是如上面葉

❷何以聰，〈朱自清早期散文的藝術特色〉，收於《朱自清研究資料》，頁九二～九三。

❸張堂錡，欒梅健，《中國現代文學概論》（臺北：五南圖書出版公司，二〇〇三），頁二一一。

聖陶先生所讚賞的晚期如《歐遊雜記》的文章呢？大陸學者晦庵在〈朱自清〉一文中提出的觀點很值得我們對散文有興趣的讀者參考。晦庵先生認為「佩弦先生晚年的文章偏於說理，倘論情致，卻似乎不及早年；不過思想成熟，腳步堅實，再加上語言上的成功，這些地方遠非早年所可比擬而已。」❹也就是說，也許在語言的錘鍊精進上，晚期的朱自清是超越了早期的朱自清，五四的散文在語言文字的使用上也超越了晚清的文章，而今天的散文作家對於語言的掌握也遠超越五四時期的前輩朱自清，然而僅僅是語言的精進，文字的精確，修辭手法的巧妙運用，是不是就可以保證文章就是傑作？除了這些面向的斟酌掌握外，當我們在研讀或是創作散文時，我們是不是也要多去留意「散文」此一文類中的重要部分——情致？這也就是郁達夫說朱自清的散文是「滿貯著那一種詩意」的意思了❺。

綜而言之，朱自清的人格，他對於社會以及生命的誠摯態度（思想內容面），以

---

❹晦庵，〈朱自清〉，《書話》（北京：北京出版社，一九六二），收於《朱自清研究資料》，頁八六～八八。

❺郁達夫，《中國新文學大系：散文二集・導言》（臺北：業強出版社，一九九〇重印版），頁一八。

及他在將此一人生觀、價值觀傳達給讀者時的斟酌講究（藝術面）兩者之間的巧妙結合，並能在他的散文作品中呈現出一種情致、一種氛圍、一種境界，這些成就了朱自清在中國散文史上的重要地位。

參考書目：

朱金順（編），《朱自清研究資料》（北京：北京師範大學出版社，一九八一）。
朱喬森（編），《中國現代作家選集：朱自清》（香港：三聯書店香港分店，一九八三）。
朱喬森（編），《朱自清全集》（南京：江蘇教育出版社，一九九六）。
李廣田，〈朱自清先生傳略〉，收於朱金順（編），《朱自清研究資料》。
李豐楙等（編），《中國現代散文選析》（臺北：長安出版社，一九九二）。
林非，《中國現代散文史稿》（長沙：中國社會科學出版社，一九八一）。
周作人（編），《中國新文學大系：散文一集》（臺北：業強出版社，一九九〇臺灣重印一版）。
季鎮淮，〈朱自清先生年譜〉，收於朱金順（編），《朱自清研究資料》。
范培松，《中國現代散文史》（南京：江蘇教育出版社，一九九三）。

郁達夫（編），《中國新文學大系：散文二集》（臺北：業強出版社，一九九〇臺灣重印一版）。
張堂錡、欒梅健編著，《中國現代文學概論》（臺北：五南圖書出版公司，二〇〇三）。
楊牧（編），《中國近代散文選》（臺北：洪範書店，一九八一）。
鄭明娳，《現代散文類型論》（臺北：大安出版社，一九八七）。
鄭明娳，《現代散文欣賞》（臺北：東大圖書，一九八七）。
鄭明娳，《現代散文縱橫論》（臺北：大安出版社，一九八八）。
鄭明娳，《現代散文構成論》（臺北：大安出版社，一九九一）。
鄭明娳，《現代散文現象論》（臺北：大安出版社，一九九二）。
簡宗梧（編著），《現代文學欣賞與創作》（上冊）（臺北：國立空中大學，一九八七）。

【散·文·卷】

匆匆

燕子去了，有再來的時候；楊柳枯了，有再青的時候；桃花謝了，有再開的時候。但是，聰明的，你告訴我，我們的日子為什麼一去不復返呢？——是有人偷了他們罷：那是誰？又藏在何處呢？是他們自己逃走了罷：現在又到了那裡呢？

我不知道他們給了我多少日子；但我的手確乎是漸漸空虛了。在默默裡算著，八千多日子已經從我手中溜去；像針尖上一滴水滴在大海裡，我的日子滴在時間的流裡，沒有聲音，也沒有影子。我不禁汗涔涔❶而淚潸潸❷了。

去的儘管去了，來的儘管來著；去來的中間，又怎樣地匆匆呢？早上我起來的時候，小屋裡射進兩三方斜斜的太陽。太陽他有腳啊，輕輕悄悄地挪移了；我也茫茫然跟著旋轉。於是——洗手的時候，日子從水盆裡過去；吃飯的時候，日子從飯碗裡過去；默默時，便從凝然的雙眼前過去。我覺察他去的匆匆了，伸出手遮挽時，他又從遮挽著的手邊過去，天黑時，我躺在床上，他便伶伶俐俐地從我身上跨過，從我腳邊飛去了。等我睜開眼和太陽再見，這算又溜走了一日。我掩著面嘆息。但是新來的日子的影兒又開始在嘆息裡閃過了。

在逃去如飛的日子裡，在千門萬戶的世界裡的我能做些什麼呢？只有徘徊罷了，只有匆匆罷了；在八千多日的匆匆裡，除徘徊外，又剩些什麼呢？過去的日子如輕煙，被微風吹散了，如薄霧，被初陽蒸融了；我留著些什麼痕跡呢？我何曾留著像游絲樣的痕跡呢？我赤裸裸來到這世界，轉眼間也將赤裸裸的回去罷？但不能平的，為什麼偏要白白走這一遭啊？

你聰明的，告訴我，我們的日子為什麼一去不復返呢？

一九二二年三月二十八日

注釋

❶汗涔涔　音ㄏㄢˋ　ㄘㄣˊ　ㄘㄣˊ。形容流很多汗的樣子。

❷潸潸　音ㄕㄢ　ㄕㄢ。淚流不止的樣子。

賞析

朱自清的散文〈匆匆〉寫於一九二二年三月二十八日，發表於四月十一日上海《時事新報》的副刊「文學旬刊」。當時是「五四」落潮期，作者對於現實常感到失望，但是他在彷徨中並不甘心沉淪，他站在他的「中和主義」立場上執著地追求著心目中的理想與願景。他在〈給俞平伯的信〉中表示：「生活中的各種過程都有它獨立的意義和價值——每一剎那有每一剎那的意義與價值！每一剎那在持續的時間裡，有它相當的位置。」（一九二二年十一月七日）因此，他要「一步一步踏在泥土上，打下深深的腳印」（朱自清〈毀滅〉）以求得「段落的滿足」。

第一大段，作者藉由自然的新陳代謝的跡象和自己無形的日子相對照，在一連串疑問句中透出悵然若失的情緒。設問法的使用，在引起讀者的注意，並促使讀者自省。第二大段，作者用詩化的語言，訴說著時光無法重來的事實。並使用譬喻法「像針尖上一滴水滴在大海裡，我的日子滴在時間的流裡。」把自己八千多個日子比擬成「一滴水」，使抽象的時間變得較為具體或形象化。這些新奇的比喻，極度的誇張，和喻成大海的時間之流的浩瀚相比，突出自己日子的「沒有聲音，也沒有影子」的特點。八千多日子悄無聲息的「溜去」了，時間之無情，生命之短暫，使作者不禁「汗涔涔」而「淚潸潸」了。第三大段，作者用擬人法描寫太陽所代表的光陰——「早上我起來的時候，小屋裡射進兩三方斜斜的太陽。太陽他有腳啊，輕輕悄悄地挪移了。」接著，作者用一系列排比句展示了時間的飛逝。吃飯、洗手、默思，是人們日常生活的細節，作者卻敏銳地看到時間的流過。當他企圖挽留時，它又伶俐地「跨過」，輕盈地「飛去」，悄聲地「溜走」，急速地「閃過」了，時間步伐的節奏越來越快。朱自清用活潑的文字，描寫出時間的形象是在不斷的變化之中，給人一種活生生的感覺，我們聽到了時間輕俏、活潑的腳步聲，也聽到了作者心靈的顫動。最後一大段，作者徘徊在時間的匆匆裡，深思而又執拗地追求著。作者隨著情緒的飛動，緣情造境，把空靈的時間形象化，又加之一連串抒情的疑問句，也可看出他徘徊中的執著追求。一句「為什麼偏要白白走這一遭啊？」使我們更深一層思索，並提醒讀者要把握當下、珍惜光陰，使人備感警悟。

本文以情入理，譬喻淺顯生動，說理明白懇切，使讀者更易接受，且文意首尾呼應，造成一種反覆疑問，無可排解的美感。

槳聲燈影裡的秦淮河

一九二三年八月的一晚，我和平伯同遊秦淮河；平伯是初泛，我是重來了。我們雇了一隻「七板子」，在夕陽已去，皎月方來的時候，便下了船。於是槳聲汩——汩，我們開始領略那晃蕩著薔薇色的歷史的秦淮河的滋味了。

秦淮河裡的船，比北京萬甡園，頤和園的船好，比西湖的船好，比揚州瘦西湖的船也好。這幾處的船不是覺著笨，就是覺著簡陋、局促；都不能引起乘客們的情韻，如秦淮河的船一樣。秦淮河的船約略可分為兩種：一是大船；一是小船，就是所謂「七板子」。大船艙口闊大，可容二三十人。裡面陳設著字畫和光潔的紅木家具，桌上一律嵌著冰涼的大理石面。窗格雕鏤❶頗細，使人起柔膩之感。窗格裡映著紅色藍色的玻璃；玻璃上有精緻的花紋，也頗悅人目。「七板子」規模雖不及大船，但那淡藍色的欄干，空敞的艙，也足繫人情思。而最出色處卻在它的艙前。艙前是甲板上的一部，上面有弧形的頂，兩邊用疏疏的欄干支著。裡面通常放著兩張藤的躺椅。躺下，可以談天，可以望遠，可以顧盼兩岸的河房。大船上也有這個，但在小船上更覺清雋罷了。艙前的頂下，一律懸著燈彩；燈的多少，明暗，彩蘇的精粗，豔晦，是不一的，但好歹總還你一個燈彩。這燈彩實在是最能鉤人的東西。夜幕垂垂地下來時，大小船上都點起燈火。從兩重玻璃裡映出那輻射著的黃黃的散光，反暈出一片朦朧的煙靄；透過這煙靄，在黯黯的水波裡，又逗起縷縷的明漪。在這薄靄和微漪裡，聽著那悠然的間歇的槳聲，誰能不被引入他的美夢去呢？只愁夢太多了，這些大小船兒如何載得起呀？我們這時模模糊糊的談著明末的秦淮河的豔跡，如《桃花扇》及《板橋雜記》裡所載的。我們真神往了。我們彷彿親見那時華燈映水，畫舫凌波的光景了。於是我們的船便成了歷史的重載了。我們終於恍然秦淮河的船所以雅麗過於他處，而又有奇異的吸引力的，實在是許多歷史的影像使然了。

秦淮河的水是碧陰陰的；看起來厚而不膩，或者是六朝金粉所凝麼？我們初上船的時候，天色還未斷黑，那漾漾的柔波是這樣的恬靜，委婉，使我們一面有水闊天空之想，一面又憧憬著紙醉金迷之境了。等到燈火明時，陰陰的變為沉沉了：黯淡的水光，像夢一般；那偶然閃爍著的光芒，就是夢的眼睛了。我們坐在艙前，因了那隆起的頂棚，彷彿總是昂著首向前走著似的；於是飄飄然如御風而行的我們，看著那些自在的灣泊著的船，船裡走馬燈般的人物，便像是下界一般，迢迢❷的遠了，又像在霧裡看花，盡朦朦朧朧的。這時我們已過了利涉橋，望見東關頭了。沿路聽見斷續的歌聲：有從沿河的妓樓飄來的，有從河上船裡度來的。我們明知那些歌聲，只是些因襲的言詞，從生澀的歌喉裡機械的發出來的；但它們經了夏夜的微風的吹漾和水波的搖拂，裊娜著到我們耳邊的時候，已經不單是她們的歌聲，而混著微風和河水的密語了。於是我們不得不被牽惹著，震撼著，相與浮沉於這歌聲裡了。從東關頭轉灣，不久就到大中橋。大中橋共有三個橋拱，都很闊大，儼然是三座門兒；使我們覺得我們的船和船裡的我們，在橋下過去時，真是太無顏色了。橋磚是深褐色，表明它的歷史的長久；但都完好無缺，令人太息❸於古昔工程的堅美。橋上兩旁都是木壁的房子，中間應該有街路？這些房子都破舊了，多年煙燻的跡，遮沒了當年的美麗。我想像秦淮河的極盛時，在這樣宏闊的橋上，特地蓋了房子，必然是髹漆❹得富富麗麗的；晚間必然是燈火通明的。現在卻只剩下一片黑沉沉！但是橋上造著房子，畢竟使我們多少可以想見往日的繁華；這也慰情聊勝無了。過了大中橋，便到了燈月交輝，笙歌徹夜的秦淮河；這才是秦淮河的真面目哩。

大中橋外，頓然空闊，和橋內兩岸排著密密的人家的大異了。一眼望去，疏疏的林，淡淡的月，襯著藍蔚的天，頗像荒江野渡光景；那邊呢，鬱叢叢的，陰森森的，又似乎藏著無邊的黑暗：令人幾乎不信那是繁華的秦淮河了。但是河中眩暈著的燈光，縱橫著的畫舫，悠揚著的笛韻，夾著那吱吱的胡琴聲，終於使我們認識綠如茵陳酒的秦淮水了。此地天裸露著的多些，故覺夜來的獨遲些；從清清的水影裡，我們感到的只是薄薄的夜——這正是秦淮河的夜。大中橋外，本來還有一座復成橋，是船夫口中的我們的遊蹤盡處，或也是秦淮河繁華的盡處了。我的腳曾踏過復成橋的脊，在十三四歲的時候。但是兩次遊秦淮河，卻都不曾見著復成橋的面；明知總在前途的，卻常覺得有些虛無縹緲似的。我想，不見倒也好。這時正是盛夏。我們下船後，藉著新生的晚涼和河上的微風，暑氣已漸漸銷散；到了此地，豁然開朗，身子頓然輕了——習習的清風荏苒❺在面上，手上，衣上，這便又感到了一縷新涼了。南京的日光，大概沒有杭州猛烈；西湖的夏夜老是熱蓬蓬的，水像沸著一般，秦淮河的水卻盡是這樣冷冷地綠著。任你人影的憧憧，歌聲的擾擾，總像隔著一層薄薄的綠紗面冪似的；它盡是這樣靜靜的，冷冷的綠著。我們出了大中橋，走不上半里路，船夫便將船划到一旁，停了槳由它宕著。他以為那裡正是繁華的極點，再過去就是荒涼了；所以讓我們多多賞鑑一會兒。他自己卻靜靜的蹲著。他是看慣這光景的了，大約只是一個無可無不可。這無可無不可，無論是升的沉的，總之，都比我們高了。

那時河裡鬧熱極了；船大半泊著，小半在水上穿梭似的來往。停泊著的都在近市的那一邊，我們的船自然也夾在其中。因為這邊略略的擠，便覺得那邊十分的疏了。在每一隻船從那邊過去時，我們能畫出它的輕輕的影和曲曲的波，在我們的心上；這顯著是空，且顯著是靜了。那時處處都是歌聲和悽厲的胡琴聲，圓潤的喉嚨，確乎是很少的。但那生澀的，尖脆的調子能使人有少年的，粗率不拘的感覺，也正可快我們的意。況且多少隔開些兒聽著，因為想像與渴慕的做美，總覺更有滋味；而競發的喧囂，抑揚的不齊，遠近的雜沓，和樂器的嘈嘈切切，合成另一意味的諧音，也使我們無所適從，如隨著大風而走。這實在因為我們的心枯澀久了，變為脆弱；故偶然潤澤一下，便瘋狂似的不能自主了。但秦淮河確也膩人。即如船裡的人面，無論是和我們一堆兒泊著的，無論是從我們眼前過去的，總是模模糊糊的，甚至渺渺茫茫的；任你張圓了眼睛，揩淨了眥垢，也是枉然。這真夠人想呢。在我們停泊的地方，燈光原是紛然的；不過這些燈光都是黃而有暈的。黃已經不能明了，再加上了暈，便更不成了。燈愈多，暈就愈甚；在繁星般的黃的交錯裡，秦淮河彷彿籠上了一團光霧。光芒與霧氣騰騰的暈著，什麼都只剩了輪廓了；所以人面的詳細的曲線，便消失於我們的眼底了。但燈光究竟奪不了那邊的月色；燈光是渾的，月色是清的。在渾沌的燈光裡，滲入了一派清輝，卻真是奇蹟！那晚月兒已瘦削了兩三分。她晚妝才罷，盈盈的上了柳梢頭。天是藍得可愛，彷彿一汪水似的；月兒便更出落得精神了。岸上原有三株兩株的垂楊樹，淡淡的影子，在水裡搖曳著。它們那柔細的枝條浴著月光，就像一支支美人的臂膊，交互的纏著，挽著；又像是月兒披著的髮。而月兒偶然也從它們的交叉處偷偷窺看我們，大有小姑娘怕羞的樣子。岸上另有幾株不知名的老樹，光光的立著；在月光裡照起來，卻又儼然是精神矍鑠的老人。遠處——快到天際線了，才有一兩片白雲，亮得現出異彩，像美麗的貝殼一般。白雲下便是黑黑的一帶輪廓；是一條隨意畫的不規則的曲線。這一段光景，和河中的風味大異了。但燈與月竟能並存著，交融著，使月成了纏綿的月，燈射著渺渺的靈輝；這正是天之所以厚秦淮河，也正是天之所以厚我們了。

這時卻遇著了難解的糾紛。秦淮河上原有一種歌妓，是以歌為業的。從前都在茶舫上，唱些大曲之類。每日午後一時起；什麼時候止，卻忘記了。晚上照樣也有一回，也在黃暈的燈光裡。我從前過南京時，曾隨著朋友去聽過兩次。因為茶舫裡的人臉太多了，覺得不大適意，終於聽不出所以然。前年聽說歌妓被取締了，不知怎的，頗涉想了幾次——卻想不出什麼。這次到南京，先到茶舫上去看看，覺得頗是寂寥，令我無端的悵悵了。不料她們卻仍在秦淮河裡掙扎著，不料她們竟會糾纏到我們，我於是很張皇了。她們也乘著「七板子」，她們總是坐在艙前的。艙前點著石油汽燈，光亮眩人眼目：坐在下面的，自然是纖毫畢見了——引誘客人們的力量，也便在此了。艙裡躲著樂工等人，映著汽燈的餘輝蠕動著；他們是永遠不被注意的。每船的歌妓大約都是二人；天色一黑，她們的船就在大中橋外往來不息的兜生意。無論行著的船，泊著的船，都要來兜攬的。這都是我後來推想出來的。那晚不知怎樣，忽然輪著我們的船了。我們的船好好的停著，一隻歌舫划向我們來了；漸漸和我們的船並著了。鑠鑠的燈光逼得我們皺起了眉頭；我們的風塵色全給它托出來了，這使我踧踖❻不安了。那時一個夥計跨過船來，拿著攤開的歌摺，就近塞向我的手裡，說：「點幾齣吧！」他跨過來的時候，我們船上似乎有許多眼光跟著。同時相近的別的船上也似乎有許多眼睛炯炯的向我們船上看著。我真窘了！我也裝出大方的樣子，向歌妓們瞥了一眼，但究竟是不成的！我勉強將那歌摺翻了一翻，卻不曾看清了幾個字；便趕緊遞還那夥計，一面不好意思地說，「不要。我們……不要。」他便塞給平伯。平伯掉轉頭去，搖手說：「不要！」那人還膩著不走。平伯又回過臉來，搖著頭道：「不要！」於是那人重到我處。我窘著再拒絕了他。他這才有所不屑似的走了。我的心立刻放下，如釋了重負一般。我們就開始自白了。

我說我受了道德律的壓迫，拒絕了她們；心裡似乎很抱歉的。這所謂抱歉，一面對於她們，一面對於我自己。她們於我們雖然沒有很奢的希望；但總有些希望的。我們拒絕了她們，無論理由如何充足，卻使她們的希望受了傷；這總有幾分不做美了。這是我覺得很悵悵的。至於我自己，更有一種不足之感。我這時被四面的歌聲誘惑了，降服了；但是遠遠的，遠遠的歌聲總彷彿隔著重衣搔癢似的，越搔越搔不著癢處。我於是憧憬著貼耳的妙音了。在歌舫划來時，我的憧憬，變為盼望；我固執的盼望著，有如飢渴。雖然從淺薄的經驗裡，也能夠推知，那貼耳的歌聲，將剝去了一切的美妙；但一個平常的人像我的，誰願憑了理性之力去醜化未來呢？我寧願自己騙著了。不過我的社會感性是很敏銳的；我的思力能拆穿道德律的西洋鏡，而我的感情卻終於被它壓服著。我於是有所顧忌了，尤其是在眾目昭彰的時候。道德律的力，本來是民眾賦予的；在民眾的面前，自然更顯出它的威嚴了。我這時一面盼望，一面卻感到了兩重的禁制：一，在通俗的意義上，接近妓者總算一種不正當的行為；二，妓是一種不健全的職業，我們對於她們，應有哀矜勿喜之心，不應賞玩的去聽她們的歌。在眾目睽睽之下，這兩種思想在我心裡最為旺盛。她們暫時壓倒了我的聽歌的盼望，這便成就了我的灰色的拒絕。那時的心實在異常狀態中，覺得頗是昏亂。歌舫去了，暫時寧靖之後，我的思緒又如潮湧了。兩個相反的意思在我心頭往復：賣歌和賣淫不同，聽歌和狎妓不同，又干道德甚事？——但是，但是，她們既被逼的以歌為業，她們的歌必無藝術味的；況她們的身世，我們究竟該同情的。所以拒絕倒也是正辦。但這些意思終於不曾撇開我的聽歌的盼望。它力量異常堅強；它總想將別的思緒踏在腳下。從這重重的爭鬥裡，我感到了濃厚的不足之感。這不足之感使我的心盤旋不安，起坐都不安寧了。唉！我承認我是一個自私的人！平伯呢，卻與我不同。他引周啓明先生的詩，「因為我有妻子，所以我愛一切的女人，因為我有子女，所以我愛一切的孩子。」他的意思可以見了。他因為推及的同情，愛著那些歌妓，並且尊重著她們，所以拒絕了她們。在這種情形下，他自然以為聽歌是對於她們的一種侮辱。但他也是想聽歌的，雖然不和我一樣，所以在他的心中，當然也有一番小小的爭鬥；爭鬥的結果，是同情勝了。至於道德律，在他是沒有什麼的；因為他很有蔑視一切的傾向，民眾的力量在他是不大覺著的。這時他的心意的活動比較簡單，又比較鬆弱，故事後還怡然自若；我卻不能了。這裡平伯又比我高了。

在我們談話中間，又來了兩隻歌舫。夥計照前一樣的請我們點戲，我們照前一樣的拒絕了。我受了三次窘，心裡的不安更甚了。清豔的夜景也為之減色。船夫大約因為要趕第二趟生意，催著我們回去；我們無可無不可的答應了。我們漸漸和那些暈黃的燈光遠了，只有些月色冷清清的隨著我們的歸舟。我們的船竟沒個伴兒，秦淮河的夜正長哩！到大中橋近處，才遇著一隻來船。這是一隻載妓的板船，黑漆漆的沒有一點光。船頭上坐著一個妓女；暗裡看出，白地小花的衫子，黑的下衣。她手裡拉著胡琴，口裡唱著青衫的調子。她唱得響亮而圓轉；當她的船箭一般駛過去時，餘音還裊裊的在我們耳際，使我們傾聽而嚮往。想不到在弩末的遊蹤裡，還能領略到這樣的清歌！這時船過大中橋了，森森的水影，如黑暗張著巨口，要將我們的船吞了下去。我們回顧那渺渺的黃光，不勝依戀之情；我們感到了寂寞了！這一段地方夜色甚濃，又有兩頭的燈火招邀著；橋外的燈火不用說了，過了橋另有東關頭疏疏的燈火。我們忽然仰頭看見依人的素月，不覺深悔歸來之早了！走過東關頭，有一兩隻大船灣泊著，又有幾隻船向我們來著。囂囂的一陣歌聲人語，彷彿笑我們無伴的孤舟哩。東關頭轉灣，河上的夜色更濃了；臨水的妓樓上，時時從簾縫裡射出一線一線的燈光；彷彿黑暗從酣睡裡眨了一眨眼。我們默然的對著，靜聽那汩——汩的槳聲，幾乎要入睡了；朦朧裡卻溫尋著適才的繁華的餘味。我那不安的心在靜裡愈顯活躍了！這時我們都有了不足之感，而我的更其濃厚。我們卻又不願回去，於是只能由懊悔而悵惘了。船裡便滿載著悵惘了。直到利涉橋下，微微嘈雜的人聲，才使我豁然一驚；那光景卻又不同。右岸的河房裡，都大開了窗戶，裡面亮著晃晃的電燈，電燈的光射到水上，蜿蜒曲折，閃閃不息，正如跳舞著的仙女的臂膊。我們的船已在她的臂膊裡了；如睡在搖籃裡一樣，倦了的我們便又入夢了。那電燈下的人物，只覺像螞蟻一般，更不去縈念。這是最後的夢；可惜是最短的夢！黑暗重複落在我們面前，我們看見傍岸的空船上一星兩星的，枯燥無力又搖搖不定的燈光。我們的夢醒了，我們知道就要上岸了；我們心裡充滿了幻滅的情思。

一九二三年十月十一日作完，於溫州

注釋

❶雕鏤　音ㄉㄧㄠ ㄌㄡˋ。雕琢刻鏤。《紅樓夢》第二十六回：「上面小小五間抱廈，一色雕鏤新鮮花樣隔扇，上面懸著一個匾額。」

❷迢迢　音ㄊㄧㄠˊ ㄊㄧㄠˊ。遙遠的樣子。

❸太息　長嘆息，有「嘆為觀止」的意思。

❹髹漆　髹，音ㄒㄧㄡ。以漆漆物稱之為髹。

❺荏苒　音ㄖㄣˇ ㄖㄢˇ。時間漸漸過去。《文選》潘岳〈悼亡詩〉三首之一：「荏苒冬春謝，寒暑忽流易。」《三國演義》第三十七回：「光陰荏苒，又早新春。」亦作「苒荏」。

❻踧踖　音ㄘㄨˋ ㄐㄧˊ。出於《論語・鄉黨》：「踧踖如也」，指態度上恭敬不寧。

賞析

〈槳聲燈影裡的秦淮河〉一文於一九二三年十月十一日寫成，在次年一月二十五日出版的《東方雜誌》第二十一卷第二號發表後，曾被時人評為「白話美術文的模範」。

本文記錄作者在八月的一晚，與俞平伯同遊秦淮河的情形。第一層次，作者從各處名勝的遊艇講起，接著說到了秦淮河的小船（「七板子」），又說到了這船上的「燈彩」，接著就擴展到多少條遊船上的燈光，映出了河上的「薄靄和微漪」，然後又過渡到描寫「碧陰陰的」、「厚而不膩」的河水，描寫河上「薄薄的夜，淡淡的月」，描寫清朗的月光和渾濁的燈光，及其相互交織在一起的景致。此處作者運用許多疊字來形容景色，使得文章中的音樂性更加豐富，而在這一束束五彩繽紛而又變幻莫測的光照底下，秦淮河的夜景顯出「纏綿」和「渺渺」的豐富複雜的意境。

第二層次寫出他一開始就神往於秦淮河的歷史陳跡，因而產生了「空」和「靜」的感覺，然而當圓潤的歌聲，悽厲的琴聲，微風的吹漾，和水波的搖拂一起傳來時，他「便瘋狂似的不能自主了」，歷史的引力和現實的糾纏，確實使他的感情動盪不止，他不是單純地在作風景畫，同時也剖析了這留在自己心中的強烈感受，他將自己的感情與思緒，融合在技巧十分高超的風景描寫中間，因而當讀者在領略他筆下的秦淮河夜景時，也就領略了他情感與思緒的波瀾，領略了他內心中的搏鬥。做到了這樣的情景交融，就起伏著綿密和蘊藉的情致，蕩漾著豐滿和邈遠的想像，因而更能夠洋溢出動人心絃的詩意，極耐咀嚼和尋味。郁達夫認為他的散文「滿貯著那一種詩意」（《中國新文學大系：散文二集》「導言」），這種審美的感受是十分準確的。

第三層次作者則寫出在聆聽秦淮河上妓女的歌聲時，內心中劇烈的思想衝突。正如他自己所說，孔尚任《桃花扇》和余懷（澹心）《板橋雜記》所寫的明末歌妓，對他產生了「奇異的吸引力」，早就想領略一番她們的聲音，因為沒有聽到而覺得「寂寥」和「無端的悵悵」，可是當載著歌妓的輕舟出現在他面前，進行兜攬和糾纏時，卻又十分窘迫起來，拒絕聆聽她們的賣唱的歌聲。他此時既被妓女們的歌聲所「誘惑」和「降服」，又因為拒絕她們的要求而感到內疚和抱歉。他的這兩種情緒都受到「道德律的壓迫」，卻依舊無法打消蘊藏在自己內心裡的聽歌的願望，於是潮湧般的思緒使他陷入「重重的爭鬥裡」，深感自己是一個被「道德律」所束縛的「自私的人」。與他同遊的俞平伯，引用周啓明（作人）洋溢著人道主義同情心的詩篇〈小孩〉，表示因同情歌妓而尊重她們的人格，經過細微的思想鬥爭後就決定不再聽歌了，這使作者覺得俞平伯不像自己那樣受到「道德律」的束縛，似乎比自己要來得高超。最後作者在燈光、水光和月光的交織之中，未能很好領略使人想起六代繁華的笙歌，因此再度產生了「寂寞」和「惆悵」之感，「心裡充滿了幻滅的情思」。

本文作者用月色、燈光、船影、水波、歌聲，融情入景，融理入情，描寫、抒情、議論穿插進行，互相充實，造成這一場如夢如幻的場景。而文章中，作者在道德律中的掙扎的複雜情緒，也展現出一顆壓抑卻又嚮往異性美的文人心。

溫州的踪跡

一、「月朦朧，鳥朦朧，簾捲海棠紅」

這是一張尺多寬的小小的橫幅，馬孟容君畫的。上方的左角，斜著一卷綠色的簾子，稀疏而長；當紙的直處三分之一，橫處三分之二。簾子中央，著一黃色的，茶壺嘴似的鈎兒——就是所謂軟金鈎麼？「鈎彎」垂著雙穗，石青色；絲縷微亂，若小曳於輕風中。紙右一圓月，淡淡的青光遍滿紙上；月的純淨，柔軟與平和，如一張睡美人的臉。從簾的上端向右斜伸而下，是一枝交纏的海棠花。花葉扶疏，上下錯落著，共有五叢；或散或密，都玲瓏有致。葉嫩綠色，彷彿掐得出水似的；在月光中掩映著，微微有淺深之別。花正盛開，紅豔欲流；黃色的雄蕊歷歷的，閃閃的。襯托在叢綠之間，格外覺著妖嬈了。枝欹斜而騰挪，如少女的一隻臂膊。枝上歇著一對黑色的八哥，背著月光，向著簾裡。一隻歇得高些，小小的眼兒半睜半閉的，似乎在入夢之前，還有所留戀似的。那低些的一隻別過臉來對著這一隻，已縮著頸兒睡了。簾下是空空的，不著一些痕跡。

試想在圓月朦朧之夜，海棠是這樣的嫵媚而嫣潤；枝頭的好鳥為什麼卻雙棲而各夢呢？在這夜深人靜的當兒，那高踞著的一隻八哥兒，又為何盡撐著眼皮兒不肯睡去呢？他到底等什麼來著？捨不得那淡淡的月兒麼？捨不得那疏疏的簾兒麼？不，不，不，您得到簾下去找，您得向簾中去找——您該找著那捲簾人了？他的情韻風懷，原是這樣這樣的喲！朦朧的豈獨月呢；豈獨鳥呢？但是，咫尺天涯，教我如何耐得？我拚著千呼萬喚；你能夠出來麼？

這頁畫布局那樣經濟，設色那樣柔活，故精彩足以動人。雖是區區尺幅，而情韻之厚，已足淪肌浹髓❶而有餘。我看了這畫，瞿然❷而驚；留戀之懷，不能自已。故將所感受的印象細細寫出，以誌這一段因緣。但我於中西的畫都是門外漢，所說的話不免為內行所笑。——那也只好由他了。

一九二四年二月一日，溫州作

二、綠

我第二次到仙岩的時候，我驚詫於梅雨潭的綠了。

梅雨潭是一個瀑布潭。仙岩有三個瀑布，梅雨瀑最低。走到山邊，便聽見花花花花的聲音；抬起頭，鑲在兩條濕濕的黑邊兒裡的，一帶白而發亮的水便呈現於眼前了。我們先到梅雨亭。梅雨亭正對著那條瀑布；坐在亭邊，不必仰頭，便可見它的全體了。亭下深深的便是梅雨潭。這個亭踞在突出的一角的岩石上，上下都空空兒的；彷彿一隻蒼鷹展著翼翅浮在天宇中一般。三面都是山，像半個環兒擁著；人如在井底了。這是一個秋季的薄陰的天氣。微微的雲在我們頂上流著；岩面與草叢都從潤濕中透出幾分油油的綠意。而瀑布也似乎分外的響了。那瀑布從上面沖下，彷彿已被扯成大小的幾綹；不復是一幅整齊而平滑的布。岩上有許多稜角；瀑流經過時，作急劇的撞擊，便飛花碎玉般亂濺著了。那濺著的水花，晶瑩而多芒；遠望去，像一朵朵小小的白梅，微雨似的紛紛落著。據說，這就是梅雨潭之所以得名了。但我覺得像楊花，格外確切些。輕風起來時，點點隨風飄散，那更是楊花了。——

這時偶然有幾點送入我們溫暖的懷裡，便倏的鑽了進去，再也尋它不著。

梅雨潭閃閃的綠色招引著我們；我們開始追捉她那離合的神光了。揪著草，攀著亂石，小心探身下去，又鞠躬過了一個石穹門，便到了汪汪一碧的潭邊了。瀑布在襟袖之間；但我的心中已沒有瀑布了。我的心隨潭水的綠而搖蕩。那醉人的綠呀！彷彿一張極大極大的荷葉鋪著，滿是奇異的綠呀。我想張開兩臂抱住她；但這是怎樣一個妄想呀。——站在水邊，望到那面，居然覺著有些遠呢！這平鋪著，厚積著的綠，著實可愛。她鬆鬆的皺纈著，像少婦拖著的裙幅；她輕輕的擺弄著，像跳動的初戀的處女的心；她滑滑的明亮著，像塗了「明油」一般，有雞蛋清那樣軟，那樣嫩，令人想著所曾觸過的最嫩的皮膚；她又不雜些兒塵滓，宛然一塊溫潤的碧玉，只清清的一色——但你卻看不透她！我曾見過北京十剎海拂地的綠楊，脫不了鵝黃的底子，似乎太淡了。我又曾見過杭州虎跑寺近旁高峻而深密的「綠壁」，叢疊著無窮的碧草與綠葉的，那又似乎太濃了。其餘呢，西湖的波太明了，秦淮河的也太暗了。可愛的，我將什麼來比擬你呢？我怎麼比擬得出呢？大約潭是很深的，故能蘊蓄著這樣奇異的綠；彷彿蔚藍的天融了一塊在裡面似的，這才這般的鮮潤❸呀。——那醉人的綠呀！我若能裁你以為帶，我將贈給那輕盈的舞女；她必能臨風飄舉了。

我若能挹你以為眼，我將贈給那善歌的盲妹；她必明眸善睞了。我捨不得你；我怎捨得你呢？我用手拍著你，撫摩著你，如同一個十二三歲的小姑娘。我又掬你入口，便是吻著她了。我送你一個名字，我從此叫你「女兒綠」，好麼？

我第二次到仙岩的時候，我不禁驚詫於梅雨潭的綠了。

二月八日，溫州作

三、白水漈

幾個朋友伴我遊白水漈。

這也是個瀑布；但是太薄了，又太細了。有時閃著些須的白光；等你定睛看去，卻又沒有——只剩一片飛煙而已。從前有所謂「霧縠」，大概就是這樣了。所以如此，全由於岩石中間突然空了一段；水到那裡，無可憑依，凌虛飛下，便扯得又薄又細了。當那空處，最是奇蹟。白光嬗為飛煙，已是影子，有時卻連影子也不見。有時微風過來，用纖手挽著那影子，它便裊裊的成了一個軟弧；但她的手才鬆，它又像橡皮帶兒似的，立刻伏伏貼貼的縮回來了。我所以猜疑，或者另有雙不可知的巧手，要將這些影子織成一個幻網。——微風想奪了她的，她怎麼肯呢？

幻網裡也許織著誘惑；我的依戀便是個老大的證據。

三月十六日，寧波作

四、生命的價格——七毛錢

生命本來不應該有價格的；而竟有了價格！人販子，老鴇，以至近來的綁票土匪，都就他們的所有物，標上參差的價格，出賣於人；我想將來許還有公開的人市場呢！在種種「人貨」裡，價格最高的，自然是土匪們的票了，少則成千，多則成萬；大約是有歷史以來，「人貨」的最高的行情了。其次是老鴇們所有的妓女，由數百元到數千元，是常常聽到的。最賤的要算是人販子的貨色！他們所有的，只是些男女小孩，只是些「生貨」，所以便賣不起價錢了。

人販子只是「仲買人」，他們還得取給於「廠家」，便是出賣孩子們的人家。「廠家」的價格才真是道地呢！《青光》裡曾有一段記載，說三塊錢買了一個丫頭；那是移讓過來的，但價格之低，也就夠令人驚詫了！「廠家」的價格，卻還有更低的！三百錢，五百錢買一個孩子，在災荒時不算難事！但我不曾見過。我親眼看見的一條最賤的生命，是七毛錢買來的！這是一個五歲的女孩子。一個五歲的「女孩子」賣七毛錢，也許不能算是最賤；但請您細看：將一條生命的自由和七枚小銀元各放在天平的一個盤裡，您將發見，正如九頭牛與一根牛毛一樣，兩個盤兒的重量相差實在太遠了！

我見這個女孩，是在房東家裡。那時我正和孩子們吃飯；妻走來叫我看一件奇事，七毛錢買來的孩子！孩子端端正正的坐在條凳上；面孔黃黑色，但還豐潤；衣帽也還整潔可看。我看了幾眼，覺得和我們的孩子也沒有什麼差異；我看不出她的低賤的生命的符記——如我們看低賤的貨色時所容易發見的符記。我回到自己的飯桌上，看看阿九和阿菜，始終覺得和那個女孩沒有什麼不同！但是，我畢竟發見真理了！我們的孩子所以高貴，正因為我們不曾出賣他們，而那個女孩所以低賤，正因為她是被出賣的；這就是她只值七毛錢的緣故了！呀，聰明的真理！

妻告訴我這孩子沒有父母，她哥嫂將她賣給房東家姑爺開的銀匠店裡的夥計，便是帶著她吃飯的那個人。他似乎沒有老婆，手頭很窘的，而且喜歡喝酒，是一個糊塗的人！我想這孩子父母若還在世，或者還捨不得賣她，至少也要遲幾年賣她；因為她究竟是可憐可憐的小羔羊。到了哥嫂的手裡，情形便不同了！家裡總不寬裕，多一張嘴吃飯，多費些布做衣，是顯而易見的。將來人大了，由哥嫂賣出，究竟是為難的；說不定還得找補些兒，才能送出去。這可多麼冤呀！不如趁小的時候，誰也不注意，做個人情，送了乾淨！您想，溫州不算十分窮苦的地方，也沒碰著大荒年，幹什麼得了七個小毛錢，就心甘情願的將自己的小妹子捧給人家呢？說等錢用？誰也不信！七毛錢了得什麼急事！溫州又不是沒人買的！大約買賣兩方本來相知；那邊恰要個孩子頑兒，這邊也樂得出脫，便半送半賣的含糊定了交易。我猜想那時夥計向袋裡一摸一股腦兒掏了出來，只有七毛錢！哥哥原也不指望著這筆錢用，也就大大方方收了完事。於是財貨兩交，那女孩便歸夥計管業了！

這一筆交易的將來，自然是在運命手裡；女兒本姓「碰」，由她去碰罷了！但可知的，運命決不加惠於她！第一幕的戲已啟示於我們了！照妻所說，那夥計必無這樣耐心，撫養她成人長大！他將像豢養小豬一樣，等到相當的肥壯的時候，便賣給屠戶，任他宰割去；這其間他得了賺頭，是理所當然的！但屠戶是誰呢？在她賣做丫頭的時候，便是主人！「仁慈的」主人只宰割她相當的勞力，如養羊而剪牠的毛一樣。到了相當的年紀，便將她配人。能夠這樣，她雖然被撳❹在丫頭坯裡，卻還算不幸中之幸哩。但在目下這錢世界裡，如此大方的人究竟是少的；我們所見的，十有六七是刻薄人！她若賣到這種人手裡，他們必搾榨她過量的勞力。供不應求時，便罵也來了，打也來了！等她成熟時，卻又好轉賣給人家作妾；平常搾榨的不夠，這兒又找補一個尾子！偏生這孩子模樣兒又不好；入門不能得丈夫的歡心，容易遭大婦的淩虐，又是顯然的！她的一生，將消磨於眼淚中了！也有些主人自己收婢作妾的；但紅顏白髮，也只空斷送了她的一生！和前例相較，只是五十步與百步而已。——更可危的，她若被那夥計賣在妓院裡，老鴇才真是個令人肉顫的屠戶呢！我們可以想到：她怎樣逼她學彈學唱，怎樣驅遣她去做粗活！怎樣用藤筋打她，用針刺她！怎樣督責她承歡賣笑！她怎樣吃殘羹冷飯！怎樣打熬著不得睡覺！怎樣終於生了一身毒瘡！她的像貌使她只能做下等妓女；她的淪落風塵是終生的！她的悲劇也是終生的！——唉！七毛錢竟買了你的全生命——你的血肉之軀竟抵不上區區七個小銀元麼？生命真太賤了！生命真太賤了！

因此想到自己的孩子的運命，真有些膽寒！錢世界裡的生命市場存在一日，都是我們孩子的危險！都是我們孩子的侮辱！您有孩子的人呀，想想看，這是誰之罪呢？這是誰之責呢？

四月九日，寧波作

注釋

❶淪肌浹髓　音ㄌㄨㄣˊ ㄐㄧ ㄐㄧㄚˊ ㄙㄨㄟˇ。滲透到肌膚、骨髓。後比喻感受深刻或受到深厚的恩惠。

❷瞿然　音ㄐㄩˋ ㄖㄢˊ。驚慌、恐懼的樣子。

❸鮮潤　美好潤澤。

❹揿　音ㄑㄧㄣˋ。同「搇」，用手按住。此處指被歸入到丫頭身分。

賞析

〈溫州的蹤跡〉一文由〈月朦朧，鳥朦朧，簾捲海棠紅〉、〈綠〉、〈白水漈〉、〈生命的價格——七毛錢〉四篇小文章組成。當時在溫州任教的作者於一九二四年二月首先寫成前兩篇，到了同年四月，後兩篇也相繼完成，這四篇文章最後收入上海亞東圖書館出版的《我們的七月》一書。

在溫州的朱自清，和國畫教師馬孟容相處得很好，他很欣賞馬孟容的畫藝，曾向他索討。一日馬氏畫了一幅畫給朱自清，並請他題詩。〈月朦朧，鳥朦朧，簾捲海棠紅〉便是朱自清品味畫作後，寫下來以誌這段因緣的文章。本文描寫作者因看馬孟容的海棠畫後，感到「瞿然而驚；留戀之懷，不能自已」，便將自己感受的印象細細寫出，因此有了這篇以畫題作文題的美文。我們通過作者的文字欣賞了這幅小畫，同時也看到了作者如何用細膩的眼光欣賞這一幅小畫。

溫州有不少好山好水，某天他在馬公愚等幾個朋友的陪同下，去瑞安仙岩石遊玩。當時他面對梅雨潭激動極了，因為這幾年他在朋友的陪同下，他見過很多好山好水，但從未看過像梅雨潭的水綠得這樣靜的，〈綠〉就是在這種情緒下寫來敘述作者遊歷梅雨潭這個瀑布潭，所見的特殊景緻。作者開頭便點出梅雨潭最令人詫異之處，在於其「綠」。接下來，作者用各種譬喻法來形容梅雨潭之綠：「那醉人的綠呀！彷彿一張極大極大的荷葉鋪著，滿是奇異的綠呀」、「這平鋪著，厚積著的綠，著實可愛。她鬆鬆的皺纈著，像少婦拖著的裙幅；她輕輕的擺弄著，像跳動的初戀的處女的心；她滑滑的明亮著，像塗了『明油』一般」。這些用法把那個「綠」寫得活靈活現、非常生動，使抽象的事物具體化了。

〈白水漈〉也是他見過的一處喜歡的風景，離溫州五里路，不太有名，因為它的水太薄太細，可是看在朱自清的眼中，卻別有一番神韻，它幻相鮮明，與梅雨潭有著截然不同的風格。本文用寥寥數百字以虛寫的方式來寫瀑布薄與細的虛空美感，並用兩隻手爭奪水影的比喻，使水影的形象更加豐富與多變。此處不但寫出瀑布之美景，也點出了作者對美之物，結結實實的情感。

最後一篇不同於前三篇的描述美景，它的內容很沉重，和前面幾篇風格不同，給美麗的溫州蒙上一道去不掉的陰影。〈生命的價格——七毛錢〉記錄了在溫州這個素稱「控山帶海，利兼水陸」的魚米之鄉，人們被賤賣的情形。文人用筆寫出了再美的環境裡也有刺痛人的真實，向社會的黑暗發出了沉痛的抗議。

全文作者善用各種修辭技巧來描摹情景，使文章深刻動人。此外，運用視覺、觸覺等加以多方面鋪寫，也使這篇文章煥發出美麗的光彩。

【朱・自・清】

背影

我與父親不相見已二年餘了，我最不能忘記的是他的背影。那年冬天，祖母死了，父親的差使也交卸了，正是禍不單行的日子，我從北京到徐州，打算跟著父親奔喪回家。到徐州見著父親，看見滿院狼籍❶的東西，又想起祖母，不禁簌簌地流下眼淚。父親說：「事已如此，不必難過，好在天無絕人之路！」

回家變賣典質，父親還了虧空；又借錢辦了喪事。這些日子，家中光景很是慘澹❷，一半為了喪事，一半為了父親賦閒。喪事完畢，父親要到南京謀事，我也要回北京念書，我們便同行。

到南京時，有朋友約去遊逛，勾留了一日；第二日上午便須渡江到浦口，下午上車北去。父親因為事忙，本已說定不送我，叫旅館裡一個熟識的茶房陪我同去。他再三囑咐茶房，甚是仔細。但他終於不放心，怕茶房不妥帖❸；頗躊躇❹了一會。

其實我那年已二十歲，北京已來往過兩三次，是沒有甚麼要緊的了。他躊躇了一會，終於決定還是自己送我去。我兩三回勸他不必去；他只說：「不要緊，他們去不好！」

我們過了江，進了車站。我買票，他忙著照看行李。行李太多了，得向腳夫行些小費，才可過去。他便又忙著和他們講價錢。我那時真是聰明過分，總覺他說話不大漂亮，非自己插嘴不可。但他終於講定了價錢；就送我上車。他給我揀定了靠車門的一張椅子；我將他給我做的紫毛大衣鋪好坐位。他囑我路上小心，夜裡要警醒些，不要受涼。又囑託茶房好好照應我。我心裡暗笑他的迂；他們只認得錢，託他們直是白託！而且我這樣大年紀的人，難道還不能料理自己麼？唉，我現在想想，那時真是太聰明了！

我說道：「爸爸，你走吧。」他望車外看了看，說：「我買幾個橘子去。你就在此地，不要走動。」我看那邊月臺的柵欄外有幾個賣東西的等著顧客。走到那邊月臺，須穿過鐵道，須跳下去又爬上去。父親是一個胖子，走過去自然要費事些。我本來要去的，他不肯，只好讓他去。我看見他戴著黑布小帽，穿著黑布大馬褂，深青布棉袍，蹣跚❺地走到鐵道邊，慢慢探身下去，尚不大難。可是他穿過鐵道，要爬上那邊月臺，就不容易了。他用兩手攀著上面，兩腳再向上縮；他肥胖的身子向左微傾，顯出努力的樣子。這時我看見他的背影，我的淚很快地流下來了。我趕緊拭乾了淚，怕他看見，也怕別人看見。我再向外看時，他已抱了朱紅的橘子望回走了。過鐵道時，他先將橘子散放在地上，自己慢慢爬下，再抱起橘子走。到這邊時，我趕緊去攙他。他和我走到車上，將橘子一股腦兒放在我的皮大衣上。於是撲撲衣上的泥土，心裡很輕鬆似的，過一會說：「我走了；到那邊來信！」我望著他走出去。他走了幾步，回過頭看見我，說：「進去吧，裡邊沒人。」等他的背影混入來來往往的人裡，再找不著了，我便進來坐下，我的眼淚又來了。

近幾年來，父親和我都是東奔西走，家中光景是一日不如一日。他少年出外謀生，獨力支持，做了許多大事。那知老境卻如此頹唐！他觸目傷懷，自然情不能自已。情鬱於中，自然要發之於外；家庭瑣屑便往往觸他之怒。他待我漸漸不同往日。但最近兩年的不見，他終於忘卻我的不好，只是惦記著我，惦記著我的兒子。我北來後，他寫了一信給我，信中說道：「我身體平安，惟膀子疼痛利害，舉箸提筆，諸多不便，大約大去之期不遠矣。」我讀到此處，在晶瑩的淚光中，又看見那肥胖的，青布棉袍，黑布馬褂的背影。唉！我不知何時再能與他相見！

一九二五年十月在北京

注釋

❶狼籍 音ㄌㄤˊ ㄐㄧˊ。形容凌亂不整。《史記・滑稽列傳》：「履舄交錯，杯盤狼籍。」
❷慘澹 黯淡無光。辛苦。
❸妥帖 音ㄊㄨㄛˇ ㄊㄧㄝ。穩妥得當。《文選・陸機・文賦》：「或妥帖而易施，或岨峿而不安。」
❹躊躇 音ㄔㄡˊ ㄔㄨˊ。猶豫不決的樣子。
❺蹣跚 音ㄇㄢˊ ㄕㄢ。形容步伐不穩，歪歪斜斜的樣子。

賞析

〈背影〉是朱自清在一九二五年十月，於北京寫成。文章記述一九一七年間，作者離開南京到北京大學去，父親送他到浦口車站，照料他上車，並替他買橘子的情形。在作者腦海裡印象最深刻的，是他父親替自己買橘子時在月臺爬上攀下時的背影。作者用樸素的文字，把父親對兒女的愛，表達得深刻細膩，令人感動。作者能從平凡的事件中，體味父親的關懷和愛護。

本文主要可以分成三大部分：第一部分，描述作者思念父親，最不能忘懷的是他的「背影」，並藉此開篇點題。第二部分則回憶往事，追述在車站與父親離別的情景，表現父親愛子的真摯感情。其中第一層交代這次父子分別時的家庭情況，為寫「背影」鋪展悲涼的氣氛。第二層敘述父親送行前的細心關照，為寫「背影」作鋪墊。第三層描寫父親爬過鐵道去買橘子的「背影」，抒發真摯的感情。第三部分則寫別後對父親的思念，並以在淚光中再現「背影」作結，直接抒發深切懷念之情。

〈背影〉通篇用白描記敘事實，不作任何修飾、渲染，只用質樸的文字，把當時的情景如實地記寫出來，給讀者以身臨目擊之感。例如寫父親對兒子的關愛，不直接採用「愛護」、「關心」……等字眼，只淡淡描寫父親再三「放心不下」、「甚是仔細」的行動。這些字眼雖然十分平常，但用得恰到好處，使父親愛子之心躍然紙上。這種由小（小事）而大（父愛）的寫法，使內涵更加深刻，也使父親的深情更令人感動。

女人

白水是個老實人，又是個有趣的人。他能在談天的時候，滔滔不絕地發出長篇大論。這回聽勉子說，日本某雜誌上有〈女？〉一文，是幾個文人以「女」為題的桌話的記錄。他說，「這倒有趣，我們何不也來一下？」我們說，「你先來！」他搔了搔頭髮道：「好！就是我先來；你們可別臨陣脫逃才好。」我們知道他照例是開口不能自休的。果然，一番話費了這多時候，以致別人只有補充的工夫，沒有自敘的餘裕。那時我被指定為臨時書記，曾將桌上所說，拉雜❶寫下。現在整理出來，便是以下一文。因為十之八是白水的意見，便用了第一人稱，作為他自述的模樣；我想，白水大概不至於不承認吧？

老實說，我是個歡喜女人的人；從國民學校時代直到現在，我總一貫地歡喜著女人。雖然不曾受著什麼「女難」，而女人的力量，我確是常常領略到的。女人就是磁石，我就是一塊軟鐵；為了一個虛構的或實際的女人，呆呆的想了一兩點鐘，乃至想了一兩個星期，真有不知肉味光景——這種事是屢屢有的。在路上走，遠遠的有女人來了，我的眼睛便像蜜蜂們嗅著花香一般，直攫過去。但是我很知足，普通的女人，大概看一兩眼也就夠了，至多再掉一回頭。像我的一位同學那樣，遇見了異性，就立正——向左或向右轉，仔細用他那兩隻近視眼，從眼鏡下面緊緊追出去半日半日，然後看不見，然後開步走——我是用不著的。我們地方有句土話說：「乖子望一眼，呆子望到晚」；我大約總在「乖子」一邊了。我到無論什麼地方，第一總是用我的眼睛去尋找女人。在火車裡，我必走遍幾輛車去發見女人；在輪船裡，我必走遍全船去發見女人。我若找不到女人時，我便逛遊戲場去，趕廟會去，——我大膽地加一句——參觀女學校去；這些都是女人多的地方。於是我的眼睛更忙了！我拖著兩隻腳跟著她們走，往往直到疲倦為止。

我所追尋的女人是什麼呢？我所發見的女人是什麼呢？這是藝術的女人。從前人將女人比做花，比做鳥，比做羔羊；他們只是說，女人是自然手裡創造出來的藝術，使人們歡喜讚嘆——正如藝術的兒童是自然的創作，使人們歡喜讚嘆一樣。不獨男人歡喜讚嘆，女人也歡喜讚嘆；而「妒」便是歡喜讚嘆的另一面，正如「愛」是歡喜讚嘆的一面一樣。受歡喜讚嘆的，又不獨是女人，男人也有。「此柳風流可愛，似張緒當年」，便是好例；而「美丰儀」一語，尤為「史不絕書」。但男人的藝術氣分，似乎總要少些；賈寶玉說得好：男人的骨頭是泥做的，女人的骨頭是水做的。這是天命呢？還是人事呢？我現在還不得而知；只覺得事實是如此罷了。——你看，目下學繪畫的「人體習作」的時候，誰不用了女人做他的模特兒呢？這不是因為女人的曲線更為可愛麼？我們說，自有歷史以來，女人是比男人更其藝術的；這句話總該不會錯吧？所以我說，藝術的女人。所謂藝術的女人，有三種意思：是女人中最為藝術的，是女人的藝術的一面，是我們以藝術的眼去看女人。我說女人比男人更其藝術的，是一般的說法；說女人中最為藝術的，是個別的說法。——而「藝術」一詞，我用它的狹義，專指眼睛的藝術而言，與繪畫，雕刻，跳舞同其範類。藝術的女人便是有著美好的顏色和輪廓和動作的女人，便是她的容貌，身材，姿態，使我們看了感到「自己圓滿」的女人。這裏有一塊天然的界碑，我所說的只是處女，少婦，中年婦人，那些老太太們，為她們的年歲所侵蝕，已上了凋零與枯萎的路途，在這一件上，已是落伍者了。女人的圓滿相，只是她的「人的諸相」之一；她可以有大才能，大智慧，大仁慈，大勇毅，大貞潔等等，但都無礙於這一相。諸相可以幫助這一相，使其更臻❷於充實；這一相也可幫助諸相，分其圓滿於它們，有時更能遮蓋它們的缺處。我們之看女人，若被她的圓滿相所吸引，便會不顧自己，不顧她的一切，而只陶醉於其中；這個陶醉是剎那的，無關心的，而且在沉默之中的。

我們之看女人，是歡喜而決不是戀愛。戀愛是全般的，歡喜是部分的。戀愛是整個「自我」與整個「自我」的融合，故堅深而久長；歡喜是「自我」間斷片的融合，故輕淺而飄忽。這兩者都是生命的趣味，生命的姿態。但戀愛是對人的，歡喜卻兼人與物而言。——此外本還有「仁愛」，便是「民胞物與」之懷；再進一步，「天地與我並生，萬物與我為一」，便是「神愛」、「大愛」了。這種無分物我的愛，非我所要論；但在此又須立一界碑，凡偉大莊嚴之像，無論屬人屬物，足以吸引人心者，必為這種愛；而優美豔麗的光景則始在「歡喜」的閾中。至於戀愛，以人格的吸引為骨子，有極強的占有性，又與二者不同。Y君以人與物平分戀愛與歡喜，以為「喜」僅屬物，「愛」乃屬人；若對人言「喜」，便是蔑視他的人格了。現在有許多人也以為將女人比花，比鳥，比羔羊，便是侮辱女人；讚頌女人的體態，也是侮辱女人。所以者何？便是蔑視她們的人格了！但我覺得我們若不能將「體態的美」排斥於人格之外，我們便要慢慢的說這句話！而美若是一種價值，人格若是建築於價值的基石上，我們又何能排斥那「體態的美」呢？所以我以為只須將女人的藝術的一面作為藝術而鑑賞它，與鑑賞其他優美的自然一樣；藝術與自然是「非人格」的，當然便說不上「蔑視」與否。在這樣的立場上，將人比物，歡喜讚嘆，自與因襲的玩弄的態度相差十萬八千里，當可告無罪於天下。——只有將女人看作「玩物」，才真是蔑視呢；即使是在所謂的「戀愛」之中。藝術的女人，是的，藝術的女人！我們要用驚異的眼去看她，那是一種奇蹟！

我之看女人，十六年於茲了，我發見了一件事，就是將女人作為藝術而鑑賞時，切不可使她知道；無論是生疏的，是較熟悉的。因為這要引起她性的自衛的羞恥心或他種嫌惡心，她的藝術味便要變稀薄了；而我們因她的羞恥或嫌惡而關心，也就不能靜觀自得了。所以我們只好祕密地鑑賞；藝術原來是祕密的呀，自然的創作原來是祕密的呀。但是我所歡喜的藝術的女人，究竟是怎樣的呢？您得問了。讓我告訴您：我見過西洋女人，日本女人，江南江北兩個女人，城內的女人，名聞浙東西的女人；但我的眼光究竟太狹了，我只見過不到半打的藝術的女人！而且其中只有一個西洋人，沒有一個日本人！那西洋的處女是在Y城裡一條僻巷的拐角上遇著的，驚鴻一瞥❸似地便過去了。其餘有兩個是在兩次火車裡遇著的，一個看了半天，一個看了兩天；還有一個是在鄉村裡遇著的，足足看了三個月。——我以為藝術的女人第一是有她的溫柔的空氣；使人如聽著簫管的悠揚，如嗅著玫瑰花的芬芳，如躺著在天鵝絨的厚毯上。她是如水的密，如煙的輕，籠罩著我們；我們怎能不歡喜讚嘆呢？這是由她的動作而來的；她的一舉步，一伸腰，一掠鬢，一轉眼，一低頭，乃至衣袂的微揚，裙幅的輕舞，都如蜜的流，風的微漾；我們怎能不歡喜讚嘆呢？最可愛的是那軟軟的腰兒；從前人說臨風的垂柳，《紅樓夢》裡說晴雯的「水蛇腰兒」，都是說腰肢的細軟的；但我所歡喜的腰呀，簡直和蘇州的牛皮糖一樣，使我滿舌頭的甜，滿牙齒的軟呀。腰是這般軟了，手足自也有飄逸不凡之概。你瞧她的足脛多麼豐滿呢！從膝關節以下，漸漸的隆起，像新蒸的麵包一樣；後來又漸漸漸漸地緩下去了。這足脛上正罩著絲襪，淡青的？或者白的？拉得緊緊的，一些兒縐紋沒有，更將那豐滿的曲線顯得豐滿了；而那閃閃的鮮嫩的光，簡直可以照出人的影子。你再往上瞧，她的兩肩又多麼亭勻呢！像雙生的小羊似的，又像兩座玉峰似的；正是秋山那般瘦，秋水那般平呀。肩以上，便到了一般人謳歌頌讚所集的「面目」了。我最不能忘記的，是她那雙鴿子般的眼睛，伶俐到像要立刻和人說話。在惺忪微倦的時候，尤其可喜，因為正像一對睡了的褐色小鴿子。和那潤澤而微紅的雙頰，蘋果般照耀著的，恰如曙色之與夕陽，巧妙的相映襯著。再加上那覆額的，稠密而蓬鬆的髮，像天空的亂雲一般，點綴得更有情趣了。而她那甜蜜的微笑也是可愛的東西；微笑是半開的花朵，裡面流溢著詩與畫與無聲的音樂。是的，我說的已多了；我不必將我所見的，一個人一個人分別說給你，我只將她們融合成一個Sketch給你看——這就是我的驚異的型，就是我所謂藝術的女子的型。但我的眼光究竟太狹了！我的眼光究竟太狹了！

在女人的聚會裡，有時也有一種溫柔的空氣；但只是籠統的空氣，沒有詳細的節目。所以這是要由遠觀而鑑賞的，與個別的看法不同；若近觀時，那籠統的空氣也許會消失了的。說起這藝術的「女人的聚會」，我卻想著數年前的事了，雲煙一般，好惹人悵惘的。在P城一個禮拜日的早晨，我到一所宏大的教堂裡去做禮拜；聽說那邊女人多，我是禮拜女人去的。那教堂是男女分坐的。我去的時候，女座還空著，似乎頗遙遙的；我的遐想便去充滿了每個空座裡。忽然眼睛有些花了，在薄薄的香澤當中，一群白上衣，黑背心，黑裙子的女人，默默的，遠遠的走進來了。我現在不曾看見上帝，卻看見了帶著翼子的這些安琪兒了！另一回在傍晚的湖上，暮靄四合的時候，一隻插著小紅花的遊艇裡，坐著八九個雪白雪白的白衣的姑娘；湖風舞弄著她們的衣裳，便成一片渾然的白。我想她們是湖之女神，以遊戲三昧，暫現色相於人間的呢！第三回在湖中的一座橋上，淡月微雲之下，倚著十來個，也是姑娘，朦朦朧朧的與月一齊白著。在抖蕩的歌喉裡，我又遇著月姊兒的化身了！——這些是我所發見的又一型。

是的，藝術的女人，那是一種奇蹟！

一九二五年二月十五日，白馬湖

注釋

❶拉雜　不論好壞，都同樣處理。

❷臻　音ㄓㄣ。至、及、達到。如：「臻於完美」。

❸驚鴻一瞥　比喻美人或美好的事物短暫出現。驚鴻，受驚而輕捷飛起的鴻雁，借指美女。瞥，暫見。

賞　析

這篇散文的結構很特殊，由白水先生獨自敘述，卻借朱自清的筆寫了出來。從這篇文章，我們可以看見男性，尤其是朱自清，對女性的看法。

本文首先簡述此篇文章之緣起，原來日本某雜誌有〈女？〉一文，是幾個文人以「女」為主題的桌話日記，作者與眾友人受此引逗，決定起而傚法便展開了關於「女人」的討論，這些討論記錄下來變成了〈女人〉這篇文章。接下來，第二段敘述者則開誠布公的表明自己是個喜歡女人的人，常常受女子吸引，而關於「呆子」和「乖子」的描述也是圍繞著這個喜好來的。第三段反對將女人比擬成物，而提出以藝術看女人的境界。敘述者指出不是所有女人都值得看，值得欣賞的女人是有條件的，她們必須是藝術的女人，條件是年輕的、美麗的。第四段說明看女人應有的態度，是喜歡而不是戀愛，是在追求和發現之後的一種心理狀態，一種審美態度。第五段則是在態度之後總結出一種經驗，即是看女人的技巧——那就是靜觀。作者認為使女人始終處在自然的狀態中，可以從整體觀察到細部。第六段則是將女人的美融合成各種典型，各種藝術女子的型，並將這些女性塗上宗教的色彩，使她們化身為安琪兒、湖之女神、月姊兒……等神聖女性！最後作者用一聲感嘆「是的，藝術的女人，那是一種奇蹟！」作結。在這裡，讀者可以更明確地體味到敘述者認為，以藝術的眼光去見和思女人是多麼重要，它可以超越平庸和淺薄。

全文以各種譬喻形容女人，突顯女性在作者心中多變、充滿奇蹟之形象。進而將感情融入敘述之中，反覆挖掘心靈中欣賞的女性美，使讀者在閱讀此文時，不僅體驗了一場審美之旅，更能接近作者心目中的女性美的世界。

哀韋杰三君

韋杰三君是一個可愛的人；我第一回見他面時就這樣想。這一天我正坐在房裡，忽然有敲門的聲音；進來的是一位溫雅的少年。我問他「貴姓」的時候，他將他的姓名寫在紙上給我看；說是蘇甲榮先生介紹他來的。蘇先生是我的同學，他的同鄉，他說前一晚已來找過我了，我不在家；所以這回又特地來的。我們閒談了一會，他說怕耽誤我的時間，就告辭走了。是的，我們只談了一會兒，而且並沒有什麼重要的話；——我現在已全忘記——但我覺得已懂得他了，我相信他是一個可愛的人。

第二回來訪，是在幾天之後。那時新生甄別試驗剛完，他的國文課是被分在錢子泉先生的班上。他來和我說，要轉到我的班上。我和他說，錢先生的學問，是我素來佩服的；在他班上比在我班上一定好。而且已定的局面❶，因一個人而變動，也不大方便。他應了幾聲，也沒有什麼，就走了。從此他就不曾到我這裡來。有一回，在三院第一排屋的後門口遇見他，他微笑著向我點頭；他本是捧了書及墨盒去上課的，這時卻站住了向我說：「常想到先生那裡，只是功課太忙了，總想去的。」我說：「你閒時可以到我這裡談談。」我們就點首作別。三院離我住的古月堂似乎很遠，有時想起來，幾乎和前門一樣。所以半年以來，我只在上課前，下課後幾分鐘裡，偶然遇著他三四次；除上述一次外，都只匆匆地點頭走過，不曾說一句話。但我常是這樣想：他是一個可愛的人。

他的同鄉蘇先生，我還是來京時見過一回，半年來不曾再見。我不曾能和他談韋君；我也不曾和別人談韋君，除了錢子泉先生。錢先生有一日告訴我，說韋君總想轉到我班上；錢先生又說：「他知道不能轉時，也很安心的用功了，筆記做得很詳細的。」我說，自然還是在錢先生班上好。以後這件事還談起一兩次。直到三月十九日早，有人誤報了韋君的死信；錢先生站在我屋外的臺階上惋惜地說：「他寒假中來和我談。我因他常是憂鬱的樣子，便問他為何這樣；是為了我麼？他說：『不是，你先生很好的；我是因家境不寬，老是愁煩著。』他說他家裡還有一個年老的父親和未成年的弟弟；他說他弟弟因為家中無錢，已失學了。他又說他歷年在外讀書的錢，一小半是自己休了學去做教員弄來的，一大半是向人告貸來的。他又說，下半年的學費還沒有著落呢。」但他卻不願平白地受人家的錢；我們只看他給大學部學生會起草❷的請改獎金制為借貸制與工讀制的信，便知道他年紀雖輕，做人卻有骨氣的。

我最後見他，是在三月十八日早上，天安門下電車時。也照平常一樣，微笑著向我點頭。他的微笑顯示他純潔的心，告訴人，他願意親近一切；我是不會忘記的。還有他的靜默，我也不會忘記。據陳雲豹先生的〈行述〉，韋君很能說話；但這半年來，我們聽見的，卻只有他的靜默而已。他的靜默裡含有憂鬱，悲苦，堅忍，溫雅等等，是最足以引人深長之思和切至之情的。他病中，據陳雲豹君在本校追悼會裡報告，雖也有一時期，很是躁急，但他終於在離開我們之前，寫了那樣平靜的兩句話給校長；他那兩句話包蘊著無窮的悲哀，這是靜默的悲哀！所以我現在又想，他畢竟是一個可愛的人。

三月十八日晚上，我知道他已危險；第二天早上，聽見他死了，嘆息而已！但走去看學生會的布告時，知他還在人世，覺得被鼓勵似的，忙著將這消息告訴別人。有不信的，我立刻舉出學生會布告為證。我二十日進城，到協和醫院想去看看他；但不知道醫院的規則，去遲了一點鐘，不得進去。我很悵惘地在門外徘徊了一會，試問門役道：「你知道清華學校有一個韋杰三，死了沒有？」他的回答，我原也知道的，是「不知道」三字！那天傍晚回來；二十一日早上，便得著他死的信息——這回他真死了！他死在二十一日上午一時四十八分，就是二十日的夜裡，我二十日若早去一點鐘，還可見他一面呢。這真是十分遺憾的！二十三日同人及同學入城迎靈，我在城裡十二點才見報，已趕不及了。下午回來，在校門外看見杠房裡的人，知道柩❸已來了。我到古月堂一問，知道柩安放在舊禮堂裡。我去的時候，正在重殮，韋君已穿好了殮衣在照相了。據說還光著身子照了一張相，是照傷口的。我沒有看見他的傷口；但是這種情景，不看見也罷了。照相畢，入殮，我走到柩旁：韋君的臉已變了樣子，我幾乎不認識了！他的兩顴突出，頰肉癟下，掀唇露齒，那裡還像我初見時的溫雅呢？這必是他幾日間的痛苦所致的。唉，我們可以想見了！我正在亂想，棺蓋已經蓋上；唉，韋君，這真是最後一面了！我們從此真無再見之期了！死生之理，我不能懂得，但不能再見是事實，韋君，我們失掉了你，更將從何處覓你呢？

韋君現在一個人睡在剛秉廟的一間破屋裡，等著他迢迢千里❹的老父，天氣又這樣壞；韋君，你的魂也徬徨著吧！

一九二六年四月二日

注釋

❶局面　時勢、形勢。

❷起草　草擬底稿。唐韓愈〈張中丞傳後敘〉：「為文章，操紙筆立書，未嘗起草。」亦作「起稿」。

❸柩　音ㄐㄧㄡˋ。裝著屍體的棺材。如：「靈柩」、「棺柩」。《禮記・曲禮下》：「在床曰尸，在棺曰柩。」

❹迢迢千里　形容路途遙遠漫長。

賞析

一九二五年十一月間，北京各校學生和工人武裝保衛隊在中共北方區委的反奉〔系軍閥〕倒段〔祺瑞〕的號召下，紛紛走上了街頭，朱自清也參加了這個革命的隊伍。在這場遊行中，他親眼看見了執政政府如何向手無寸鐵的學生隊伍開槍。而韋杰三便是這場遊行中，被打死的學生。因為作者認識韋杰三，並對他很有好感，於是懷著悲痛的心情在隔年四月二日寫下這篇〈哀韋杰三君〉，以茲紀念。

在這篇散文中，朱自清以濃郁的悲傷之情，追憶了一個可愛的青年學生。本文第一、二段，作者回憶和韋杰三初次見面的經過，且因他的誠懇和尊師的舉止，給朱自清留下了「可愛」的印象。

第三段，朱自清由錢子泉先生處得知韋杰三生活的貧困，但仍不願平白地受人家的資助，由此得知，韋杰三的骨氣與人品。第四段，作者回憶韋杰三的微笑與靜默，並用「純潔」、「憂鬱」、「溫雅」等字眼來形容這位學子，加強形象的塑造。第五段敘述作者先聽到韋杰三的死訊，無意中卻又得知他還活著，於是轉悲為喜，次日便趕到城裡協和醫院探望，卻因為遲到一小時而未能跟韋杰三見面。到了第二天作者得到韋杰三的真實死訊，感到非常悲痛，說道：「若早去一點鐘，還可見他一面呢。」由此可看出，作者對學生的真情厚意。最後作者用深沉的呼喚表達對韋杰三的思念，並以感同身受的心態設想韋杰三的心情，此舉表現出作者廣博、深刻的感情。

本文幾乎在每段結尾處，作者都要重複強調「他是一個可愛的人」的這一印象，作者這種反覆吟詠，造成一種詩歌般的魅力，讓人察覺出一種由歡喜而產生的內心韻律，並以此反襯韋杰三死後，縈繞在作者內心揮之不去的悲哀。

白采

盛暑中寫〈白采的詩〉一文，剛滿一頁，便因病擱下。這時候薰宇來了一封信，說白采死了，死在香港到上海的船中。他只有一個人；他的遺物暫存在立達學園裡。有文稿，舊體詩詞稿，筆記稿，有朋友和女人的通信，還有四包女人的頭髮！我將薰宇的信念了好幾遍，茫然若失了一會；覺得白采雖於生死無所容心，但這樣的死在將到吳淞口了的船中，也未免太慘酷了些——這是我們後死者所難堪的。

白采是一個不可捉摸的人。他的歷史，他的性格，現在雖從遺物中略知梗概❶，但在他生前，是絕少人知道的；他也絕口不向人說，你問他他只支吾而已。他賦性❷既這樣遺世絕俗，自然是落落寡合了；但我們卻能夠看出他是一個好朋友，他是一個有真心的人。

「不打不成相識」，我是這樣的知道了白采的。這是為學生李芳詩集的事。李芳將他的詩集交我刪改，並囑我作序。那時我在溫州，他在上海。我因事忙，一擱就是半年；而李芳已因不知名的急病死在上海。我很懊悔我的需緩，趕緊抽了空給他工作。正在這時，平伯轉來白采的信，短短的兩行，催我設法將李芳的詩出版；又附了登在《覺悟》上的小說〈作詩的兒子〉，讓我看看——裡面頗有譏諷我的話。我當時覺得不應得這種譏諷，便寫了一封近兩千字的長信，詳述事件首尾，向他辯解。信去了便等回信；但是杳無消息。等到我已不希望了，他才來了一張明信片；在我看來，只是幾句半冷半熱的話而已。我只能以「豈能盡如人意？但求無愧我心」自解，聽之而已。

但平伯因轉信的關係，卻和他常通函札。平伯來信，屢屢說起他，說是一個有趣的人。有一回平伯到白馬湖看我。我和他同往寧波的時候，他在火車中將白采的詩稿〈羸疾者的愛〉給我看。我在車身不住的動搖中，讀了一遍。覺得大有意思。我於是承認平伯的話，他是一個有趣的人。我又和平伯說，他這篇詩似乎是受了尼采的影響。後來平伯來信，說已將此語函告白采，他頗以為然。我當時還和平伯說，關於這篇詩，我想寫一篇評論；平伯大約也告訴了他。有一回他突然來信說起此事；他盼望早些見著我的文字，讓他知道在我眼中的他的詩究竟是怎樣的。我回信答應他，就要做的。以後我們常常通信，他常常提及此事。但現在是三年以後了，我才算將此文完篇；他卻已經死了，看不見了！他暑假前最後給我的信還說起他的盼望。天啊！我怎樣對得起這樣一個朋友，我怎樣挽回我的過錯呢？

平伯和我都不曾見過白采，大家覺得是一件缺憾。有一回我到上海，和平伯到西門林蔭路新正興里五號去訪他：這是按著他給我們的通信地址去的。但不幸得很，他已經搬到附近什麼地方去了；我們只好嗒然❸而歸。新正興里五號是朋友延陵君住過的：有一次談起白采，他說他姓童，在美術專門學校念書；他的夫人和延陵夫人是朋友，延陵夫婦曾借住他們所賃的一間亭子間。那是我看延陵時去過的，床和桌椅都是白漆的；是一間雖小而極潔淨的房子，幾乎使我忘記了是在上海的西門地方。現在他存著的攝影裡，據我看，有好幾張是在那間房裡照的。又從他的遺札裡，推想他那時還未離婚；他離開新正興里五號，或是正為離婚的緣故，也未可知。這卻使我們事後追想，多少感著些悲劇味了。但平伯終於未見著白采，我竟得和他見了一面。那是在立達學園我預備上火車去上海前的五分鐘。這一天，學園的朋友說白采要搬來了；我從早上等了好久，還沒有音信。正預備上車站，白采從門口進來了。他說著江西話，似乎很老成了，是飽經世變的樣子。我因上海還有約會，只匆匆一談，便握手作別。他後來有信給平伯說我「短小精悍❹」，卻是一句有趣的話。這是我們最初的一面，但誰知也就是最後的一面呢！

去年年底，我在北京時，他要去集美作教；他聽說我有南歸之意，因不能等我一面，便寄了一張小影給我。這是他立在露臺上遠望的背影，他說是聊寄佇盼之意。我得此小影，反覆把玩而不忍釋，覺得他真是一個好朋友。這回來到立達學園，偶然翻閱《白采的小說》〈作詩的兒子〉一篇中譏諷我的話，已經刪改；而薰宇告我，我最初給他的那封長信，他還留在箱子裡。這使我慚愧從前的猜想，我真是小器的人哪！但是他現在死了，我又能怎樣呢？我只相信，如愛墨生❺的話，他在許多朋友的心裡是不死的！

上海，江灣，立達學園

注釋

❶梗概　大略情形。《後漢書・卷八十・文苑傳上・杜篤傳》：「臣所欲言，陛下已知。故略其

梗概，不敢具陳。」

❷賦性　天性、稟性。

❸嗒然　沮喪。嗒，音ㄊㄚˋ。唐白居易《長慶集》卷六三〈隱几贈客詩〉：「有時猶隱几，嗒然無所偶。」

❹短小精悍　形容身體矮小而精明強悍的人。

❺愛墨生　即愛默生（Emerson, Ralph Waldo, 1803–1882），美國哲理詩人、散文家，其「超越論」（Transcendentalism）對英美及歐陸哲學有很大影響。

賞析

一九二六年八月，當朱自清正想把一筆文債——評論白采的詩清掉時，剛起個頭就病倒了，偏偏這時又聽聞白采的死訊，難過之餘便寫下〈白采〉一文，深情的稱他是「一個有真心的人」。

這篇記敘文是朱自清緬懷白采的作品，並以兩人之間的「友誼」貫串全文。開頭敘述作者突然收到薰宇來信說白采死了，並遺下很多文學作品和四包女人的頭髮！他的死訊使作者感受生命的殘酷與自己的愧疚。第二段敘述作者對白采的回憶，白采在朱自清心目中是一個不可捉摸的人，然而又是一個具有真心的好朋友。他們的初識是從誤會開始的，之後交往不頻繁，時間也不長，但因他的詩文，作者感覺到「他是一個有趣的人。」當朱自清總算完成了為白采評論的心願時，白采卻離世了。為此，朱自清既痛惜又愧疚，不知怎樣才能挽回自己的過錯。第三大段描寫作者和白采見面的經驗，雖然只是趕火車前五分鐘，短暫且倉卒的會面，白采卻對朱自清做了評論，說他是一個「短小精悍」的人。可惜的是，這是他們最初的一面，也是最後的一面。追憶這件往事，又怎不使人心生悲傷。最後作者用幾件小事，說明白采對自己的情義：白采因想念朱自清而寄的背影照片；白采刪改過去諷刺朱自清的文字；白采臨死前箱子裡保留著朱自清的長信等，進而說明白采是個值得懷念與感嘆的朋友。最後並點綴一句永恆的悼詞，圓滿地表達對白采的思念。

本文主要使用白描的手法，勾勒出和白采間單純的往事，在樸素的敘述下，反而使白采自然、率真、真心的個性，躍然於紙上。而作者與白采的友情，雖沒有明白寫出，卻洋溢在字裡行間，更容易獲得讀者的認同與接受。

荷塘月色

這幾天心裡頗不寧靜。今晚在院子裡坐著乘涼，忽然想起日日走過的荷塘，在這滿月的光裡，總該另有一番樣子吧。月亮漸漸地升高了，牆外馬路上孩子們的歡笑，已經聽不見了；妻在屋裡拍著閏兒，迷迷糊糊地哼著眠歌。我悄悄地披了大衫，帶上門出去。

沿著荷塘，是一條曲折的小煤屑路。這是一條幽僻的路；白天也少人走，夜晚更加寂寞。荷塘四面，長著許多樹，蓊蓊❶鬱鬱的。路的一旁，是些楊柳，和一些不知道名字的樹。沒有月光的晚上，這路上陰森森的，有些怕人。今晚卻很好，雖然月光也還是淡淡的。

路上只我一個人，背著手踱著。這一片天地好像是我的；我也像超出了平常的自己，到了另一世界裡。我愛熱鬧，也愛冷靜；愛群居，也愛獨處。像今晚上，一個人在這蒼茫的月下，什麼都可以想，什麼都可以不想，便覺是個自由的人。白天裡一定要做的事，一定要說的話，現在都可不理。這是獨處的妙處，我且受用這無邊的荷香月色好了。

曲曲折折的荷塘上面，彌望的是田田的葉子。葉子出水很高，像亭亭的舞女的裙。層層的葉子中間，零星地點綴著些白花，有裊娜❷地開著的，有羞澀地打著朵兒的；正如一粒粒的明珠，又如碧天裡的星星，又如剛出浴的美人。微風過處，送來縷縷清香，彷彿遠處高樓上渺茫的歌聲似的。這時候葉子與花也有一絲的顫動，像閃電般，霎時傳過荷塘的那邊去了。葉子本是肩並肩密密地挨著，這便宛然有了一道凝碧的波痕。葉子底下是脈脈的流水，遮住了，不能見一些顏色；而葉子卻更見風致了。

月光如流水一般，靜靜地瀉在這一片葉子和花上。薄薄的青霧浮起在荷塘裡。葉子和花彷彿在牛乳中洗過一樣；又像籠著輕紗的夢。雖然是滿月，天上卻有一層淡淡的雲，所以不能朗照；但我以為這恰是到了好處——酣眠固不可少，小睡也別有風味的。月光是隔了樹照過來的，高處叢生的灌木，落下參差的斑駁的黑影，峭楞楞如鬼一般；彎彎的楊柳的稀疏的倩影，卻又像是畫在荷葉上。塘中的月色並不均勻；但光與影有著和諧的旋律，如梵婀玲❸上奏著的名曲。

荷塘的四面，遠遠近近，高高低低都是樹，而楊柳最多。這些樹將一片荷塘重重圍住；只在小路一旁，漏著幾段空隙，像是特為月光留下的。樹色一例是陰陰的，乍看像一團煙霧；但楊柳的丰姿，便在煙霧裡也辨得出。樹梢上隱隱約約的是一帶遠山，只有些大意罷了。樹縫裡也漏著一兩點路燈光，沒精打彩的，是渴睡人的眼。這時候最熱鬧的，要數樹上的蟬聲與水裡的蛙聲；但熱鬧是牠們的，我什麼也沒有。

忽然想起採蓮的事情來了。採蓮是江南的舊俗，似乎很早就有，而六朝時為盛；從詩歌裡可以約略知道。採蓮的是少年的女子，她們是蕩著小船，唱著豔歌去的。採蓮人不用說很多，還有看採蓮的人。那是一個熱鬧的季節，也是一個風流的季節。梁元帝〈采蓮賦〉裡說得好：

> 于是妖童媛女，蕩舟心許；鷁首❹徐回，兼傳羽杯；櫂將移而藻挂，船欲動而萍開。爾其纖腰束素，遷延顧步；夏始春餘，葉嫩花初，恐沾裳而淺笑，畏傾船而斂裾。

可見當時嬉遊❺的光景了。這真是有趣的事，可惜我們現在早已無福消受了。

於是又記起〈西洲曲〉裡的句子：

采蓮南塘秋，蓮花過人頭；低頭弄蓮子，蓮子青如水。

今晚若有採蓮人，這兒的蓮花也算得「過人頭」了；只不見一些流水的影子，是不行的。這令我到底惦著江南了。——這樣想著，猛一抬頭，不覺已是自己的門前；輕輕地推門進去，什麼聲息也沒有，妻已睡熟好久了。

一九二七年七月，北京清華園

注釋

❶蓊蓊　音ㄨㄥˇ　ㄨㄥˇ。草木茂盛的樣子。唐韓愈〈別知賦〉：「山磝磝其相軋，樹蓊蓊其相摎。」

❷裊娜　音ㄋㄧㄠˇ　ㄋㄨㄛˊ。柔美纖細的樣子。元王實甫《西廂記》第一本第一折：「解舞腰肢嬌

又軟，千般裊娜，萬般旖旎，似垂柳晚風前。」亦作「嫋娜」、「嬝娜」。

❸梵婀玲　即violin（小提琴）的音譯。

❹鷁首　鷁，音ㄧˋ。水鳥名，形如鷺而大，羽毛蒼白，善翔。鷁首，船頭，也指船。古代畫鷁首於船頭，故名。《淮南子．本經》：「龍舟鷁首，浮吹以娛。」

❺嬉遊　嬉戲遊樂。

賞析

本文寫於一九二七年七月，作者那時在清華大學教書，他描寫的荷塘就在清華園。彼時作者感覺時局不安，加上工作上遇到不如意的事，因此心緒不寧。一天晚上，他到院子裡乘涼，突然想起了荷塘，便披衣出門夜遊。過了幾天，作者便以豐富的想像力、流利優美的文筆寫出如詩如畫的荷塘月色。

本文開頭的一段夾敘夾議，將「我」的一時心情告訴給讀者。第二段只用簡單幾筆便將荷塘四周的輪廓勾勒出來，給人有個比較清晰的印象。到第三段直寫荷塘獨處的妙處。作者真正用力描寫的荷塘月色，是從第四段開始，他十分巧妙地寫了荷塘月色、荷葉、荷花和荷花的形、色、香。到第五段作者才力寫月色。其中虛實為用，先寫實景：「薄薄的青霧浮起在荷塘裡」，後寫虛擬之景：「葉子和花彷彿在牛乳中洗過一樣……輕紗的夢」，貼切地表現了朦朧月色下荷花飄忽的姿態。作者雖然力寫月色，但他也不忘荷塘，「薄薄青霧」就是月色和荷塘裡的霧光葉色、水氣交相揉雜而形成的朦朧景象。最後，作者在濃淡相間地勾畫了整個荷塘月色的夜景。所以樹色「乍看像一團煙霧」。接著他以「燈光」、「蟬聲」、「蛙聲」來點綴荷塘的月夜。

在藝術特色方面，作者大量運用比喻，出水的荷葉「像亭亭的舞女的裙」，打著朵兒的花苞，則像「一粒粒的明珠」，生動貼切。其次，作者善於使用強烈的對比，使描繪的景物更形象鮮明，如以「沒精打彩」的燈來映襯月色的明亮。再者，他運用古典詩歌中常見的「感覺移轉」，把嗅覺和視覺的形象，轉化為聽覺的形象，使抽象的感覺具體化。在語言方面，他所用的語言清新自然，如「樹縫裡也漏著一兩點路燈光」中的「一兩點」便能夠產生強化和渲染的作用。再者，他亦好用疊字，如「曲曲折折」，「蓊蓊鬱鬱」，來表達荷塘的廣度和樹木茂密之多等，甚富音樂美。

一封信

在北京住了兩年多了，一切平平常常地過去。要說福氣，這也是福氣了。因為平平常常，正像「糊塗」一樣「難得」，特別是在「這年頭」。但不知怎的，總不時想著在那兒過了五六年轉徙無常的生活的南方。轉徙無常，誠然算不得好日子；但要說到人生味，怕倒比平平常常時候容易深切地感著。現在終日看見一樣的臉板板的天，灰蓬蓬的地；大柳高槐，只是大柳高槐而已。於是木木然，心上什麼也沒有；有的只是自己，自己的家。我想著我的渺小，有些戰慄起來；清福究竟也不容易享的。

這幾天似乎有些異樣。像一葉扁舟在無邊的大海上，像一個獵人在無盡的森林裡。走路，說話，都要費很大的力氣；還不能如意。心裡是一團亂麻，也可說是一團火。似乎在掙扎著，要明白些什麼，但似乎什麼也沒有明白。「一部《十七史》，從何處說起，」正可借來作近日的我的注腳。昨天忽然有人提起〈我的南方〉的詩。這是兩年前初到北京，在一個村店裡，喝了兩杯「蓮花白」以後，信筆塗出來的。於今想起那情景，似乎有些渺茫；至於詩中所說的，那更是遙遙乎遠哉了，但是事情是這樣湊巧：今天吃了午飯，偶然抽一本舊雜誌來消遣，卻翻著了三年前給S的一封信。信裡說著台州，在上海，杭州，寧波之南的台州。這真是「我的南方」了。我正苦於想不出，這卻指引我一條路，雖然只是「一條」路而已。

我不忘記台州的山水，台州的紫藤花，台州的春日，我也不能忘記S。他從前歡喜喝酒，歡喜罵人；但他是個有天真的人。他待朋友真不錯。L從湖南到寧波去找他，不名一文；他陪他喝了半年酒才分手。他去年結了婚。為結婚的事煩惱了幾個整年的他，這算是葉落歸根了；但他也與我一樣，已快上那「中年」的線了吧。結婚後我們見過一次，匆匆的一次。我想，他也和一切人一樣，結了婚終於是結了婚的樣子了吧。但我老只是記著他那喝醉了酒，很嫵媚的罵人的意態；這在他或已懊悔著了。

南方這一年的變動，是人的意想所趕不上的。我起初還知道他的踪跡；這半年是什麼也不知道了。他到底是怎樣地過著這狂風似的日子呢？我所沉吟的正在此。

我說過大海，他正是大海上的一個小浪；我說過森林，他正是森林裡的一隻小鳥。恕我，恕我，我向那裡去找你？

這封信曾印在台州師範學校的《綠絲》上。我現在重印在這裡；這是我眼前一個很好的自慰的法子。

九月二十七日記

S兄：

……

我對於台州，永遠不能忘記！我第一日到六師校時，係由埠頭坐了轎子去的。轎子走的都是僻路；使我詫異，為什麼堂堂一個府城，竟會這樣冷靜！那時正是春天，而因天氣的薄陰和道路的幽寂，使我宛然如入了秋之國土。約莫到了賣衝橋邊，我看見那清綠的北固山，下面點綴著幾帶樸實的洋房子，心胸頓然開朗，彷彿微微的風拂過我的面孔似的。到了校裡，登樓一望，見遠山之上，都冪著❶白雲。四面全無人聲，也無人影；天上的鳥也無一隻。只背後山上謖謖❷的松風略略可聽而已。

那時我真脫卻人間煙火氣而飄飄欲仙了!後來我雖然發見了那座樓實在太壞了:柱子如雞骨,地板如雞皮!但自然的寬大使我忘記了那房屋的狹窄。我於是曾好幾次爬到北固山的頂上,去領略那颸颸的高風,看那低低的,小小的,綠綠的田畝。這是我最高興的。

來信說起紫藤花,我真愛那紫藤花!在那樣樸陋——現在大概不那樣樸陋了吧——的房子裡,庭院中,竟有那樣雄偉,那樣繁華的紫藤花,真令我十二分驚詫!她的雄偉與繁華遮住了那樸陋,使人一對照,反覺樸陋倒是不可少似的,使人幻想「美好的昔日」!我也曾幾度在花下徘徊:那時學生都上課去了,只剩我一人。暖和的晴日,鮮豔的花色,嗡嗡的蜜蜂,醞釀著一庭的春意。我自己如浮在茫茫的春之海裡,不知怎麼是好!那花真好看:蒼老虯勁的枝幹,這麼粗這麼粗的枝幹,宛轉騰挪而上;誰知她的纖指會那樣嫩,那樣豔麗呢?那花真好看:一縷縷垂垂的細絲,將她們懸在那皺裂的臂上,臨風婀娜,真像嘻嘻哈哈的小姑娘,真像凝妝的少婦,像兩頰又像雙臂,像胭脂又像粉……我在他們下課的時候,又曾幾度在樓頭眺望:那丰姿更是撩人:雲喲,霞喲,仙女喲!我離開台州以後,永遠沒見過那樣好的紫藤花,我真惦記她,我真妒羨你們!

此外，南山殿望江樓上看浮橋（現在早已沒有了），看憧憧的人在長長的橋上往來著；東湖水閣上，九折橋上看柳色和水光，看釣魚的人；府後山沿路看田野，看天；南門外看梨花——再回到北固山，冬天在醫院前看山上的雪；都是我喜歡的。說來可笑，我還記得我從前住過的舊倉頭楊姓的房子裡一張畫桌；那是一張紅漆的，一丈光景長而狹的畫桌，我放它在我樓上的窗前，在上面讀書，和人談話，過了我半年的生活。現在想已擱起來無人用了吧？唉！

台州一般的人真是和自然一樣樸實；我一年裡只見過三個上海裝束的流氓！學生中我頗有記得的。前些時有位P君寫信給我，我雖未有工夫作復，但心中很感謝！乘此機會請你為我轉告一句。

我寫的已多了；這些胡亂的話，不知可附載在《綠絲》的末尾，使它和我的舊友見見面麼？

弟　自清

注釋

❶冪著　覆蓋著。

❷謖謖　音ㄙㄨˋ　ㄙㄨˋ。挺起的樣子。

賞析

這篇散文在一九二七年九月二十七日寫成，主要內容可分成兩部分。

第一部分敘述重印這封信的緣由。當時朱自清因為到清華任教，已經搬到北京兩年多。不知為何，常常回憶起自己從前在南方過的，五六年轉徙無常的生活。兩相比較起來，反而覺得現在平平常常、安定的生活，顯得渺小了。作者本來不知自己的這些靡亂從何而來，但當有人忽然提起他兩年前所寫的〈我的南方〉詩篇時，記憶忽然被翻動了。湊巧的是，作者此時又看見了三年前他給S的一封信，因此作者對「真正的南方」的情緒，才自然完全的明朗化。作者難忘台州的山水、紫藤花和S，因此將當時寫給S的信再度刊行，以表示對以往在南方時日中的山水、故人的懷念與追憶。

第二部分，則是給S的信之內容。信中首先回憶第一次到台州時，所見的冷靜、樸實景色，台州雖然幽寂，但作者卻把其中的景色寫得生意盎然、清新可愛，反映出他對幽靜、閒適的山居生活如何的滿足。其次，作者用擬人手法將紫藤花比喻成笑嘻嘻的姑娘和凝妝的少婦，藉此具體形容紫藤花具有嬌憨、嫵媚各種吸引人的丰姿，也點出作者對她的無限惦記。最後，作者回憶曩昔看過的山水，甚至連一張用過半年的畫桌，作者也仍掛念著它是不是已經擱起來無人使用了呢？作者不僅在描寫樸實的台州自然風景及氛圍，其實更在借懷台州來念故人以及自己生命中一段難以抹煞的時日，寫來清新不俗，情深意摯。

兒女

我現在已是五個兒女的父親了。想起聖陶喜歡用的「蝸牛背了殼」的比喻，便覺得不自在。新近一位親戚嘲笑我說：「要剝層皮呢！」更有些悚然了。十年前剛結婚的時候，在胡適之先生的《藏暉室札記》裡，見過一條，說世界上有許多偉大的人物是不結婚的；文中並引培根的話，「有妻子者，其命定矣。」當時確吃了一驚，彷彿夢醒一般；但是家裡已是不由分說給娶了媳婦，又有甚麼可說？現在是一個媳婦，跟著來了五個孩子；兩個肩頭上，加上這麼重一副擔子，真不知怎樣走才好。「命定」是不用說了；從孩子們那一面說，他們該怎樣長大，也正是可以憂慮的事。我是個徹頭徹尾自私的人，做丈夫已是勉強，做父親更是不成。自然，「子孫崇拜」，「兒童本位」的哲理或倫理，我也有些知道；既做著父親，閉了眼抹殺孩子們的權利，知道是不行的。可惜這只是理論，實際上我是仍舊按照古老的傳統，在野蠻地對付著，和普通的父親一樣。近來差不多是中年的人了，才漸漸覺得自己的殘酷；想著孩子們受過的體罰和叱責，始終不能辯解——像撫摩著舊創痕那樣，我的心酸溜溜的。有一回，讀了有島武郎〈與幼小者〉的譯文，對了那種偉大的，沉摯的態度，我竟流下淚來了。去年父親來信，問起阿九，那時阿九還在白馬湖呢；信上說：「我沒有耽誤你，你也不要耽誤他才好。」我為這句話哭了一場；我為什麼不像父親的仁慈？我不該忘記，父親怎樣待我們來著！人性許真是二元的，我是這樣地矛盾；我的心像鐘擺似的來去。

你讀過魯迅先生的〈幸福的家庭〉麼？我的便是那一類的「幸福的家庭」！每天午飯和晚飯，就如兩次潮水一般。先是孩子們你來他去地在廚房與飯間裡查看，一面催我或妻發「開飯」的命令。急促繁碎的腳步，夾著笑和嚷，一陣陣襲來，直到命令發出為止。他們一遞一個地跑著喊著，將命令傳給廚房裡傭人；便立刻搶著回來搬凳子。於是這個說：「我坐這兒！」那個說：「大哥不讓我！」大哥卻說：「小妹打我！」我給他們調解，說好話。但是他們有時候很固執，我有時候也不耐煩，這便用著叱責了；叱責還不行，不由自主地，我的沉重的手掌便到他們身上了。於是哭的哭，坐的坐，局面才算定了。接著可又你要大碗，他要小碗，你說紅筷子好，他說黑筷子好；這個要乾飯，那個要稀飯，要茶要湯，要魚要肉，要豆腐，要蘿蔔；你說他菜多，他說你菜好。妻是照例安慰著他們，但這顯然是太迂緩了。我是個暴躁的人，怎麼等得及？不用說，用老法子將他們立刻征服了；雖然有哭的，不久也就抹著淚捧起碗了。吃完了，紛紛爬下凳子，桌上是飯粒呀，湯汁呀，骨頭呀，渣滓呀，加上縱橫的筷子，欹斜的匙子，就如一塊花花綠綠的地圖模型。吃飯而外，他們的大事便是遊戲。遊戲時，大的有大主意，小的有小主意，各自堅持不下，於是爭執起來；或者大的欺負了小的，或者小的竟欺負了大的，被欺負的哭著嚷著，到我或妻的面前訴苦；我大抵仍舊要用老法子來判斷的，但不理的時候也有。最為難的，是爭奪玩具的時候：這一個的與那一個的是同樣的東西，卻偏要那一個的；而那一個便偏不答應。在這種情形之下，不論如何，終於是非哭了不可的。這些事件自然不至於天天全有，但大致總有好些起。我若坐在家裡看書或寫什麼東西，管保一點鐘裡要分幾回心，或站起來一兩次的。若是雨天或禮拜日，孩子們在家的多，那麼，攤開書竟看不下一行，提起筆也寫不出一個字的事，也有過的。我常和妻說：「我們家真是成日的千軍萬馬呀！」有時是不但「成日」，連夜裡也有兵馬在進行著，在有吃乳或生病的孩子的時候！

我結婚那一年，才十九歲。二十一歲，有了阿九；二十三歲，又有了阿菜。那時我正像一匹野馬，那能容忍這些累贅的鞍韉，轡頭，和韁繩❶？擺脫也知是不行的，但不自覺地時時在擺脫著。現在回想起來，那些日子，真苦了這兩個孩子；真是難以寬宥❷的種種暴行呢！阿九才兩歲半的樣子，我們住在杭州的學校裡。不知怎地，這孩子特別愛哭，又特別怕生人。一不見了母親，或來了客，就哇哇地哭起來了。學校裡住著許多人，我不能讓他擾著他們，而客人也總是常有的；我懊惱極了，有一回，特地騙出了妻，關了門，將他按在地下打了一頓。這件事，妻到現在說起來，還覺得有些不忍；她說我的手太辣了，到底還是兩歲半的孩子！我近年常想著那時的光景，也覺黯然。阿菜在台州，那是更小了；才過了周歲，還不大會走路。也是為了纏著母親的緣故吧，我將她緊緊地按在牆角裡，直哭喊了三四分鐘；因此生了好幾天病。妻說，那時真寒心呢！但我的苦痛也是真的。我曾給聖陶寫信，說孩子們的磨折，實在無法奈何；有時竟覺著還是自殺的好。這雖是氣憤的話，但這樣的心情，確也有過的。後來孩子是多起來了，磨折也磨折得久了，少年的鋒棱漸漸地鈍起來了；加以增長的年歲增長了理性的裁制力，我能夠忍耐了——覺得從前真是一個「不成材的父親」，如我給另一個朋友信裡所說。但我的孩子們在幼小時，確比別人的特別不安靜，我至今還覺如此。我想這大約還是由於我們撫育不得法；從前只一味地責備孩子，讓他們代我們負起責任，卻未免是可恥的殘酷了！

正面意義的「幸福」，其實也未嘗沒有。正如誰所說，小的總是可愛，孩子們的小模樣，小心眼兒，確有些教人捨不得的。阿毛現在五個月了，你用手指去撥弄她的下巴，或向她做趣臉，她便會張開沒牙的嘴格格地笑，笑得像一朵正開的花。她不願在屋裡待著；待久了，便大聲兒嚷。妻常說：「姑娘又要出去溜達了。」她說她像鳥兒般，每天總得到外面溜一些時候。閏兒上個月剛過了三歲，笨得很，話還沒有學好呢。他只能說三四個字的短語或句子，文法錯誤，發音模糊，又得費氣力說出；我們老是要笑他的。他說「好」字，總變成「小」字；問他「好不好？」他便說「小」，或「不小」。我們常常逗著他說這個字玩兒；他似乎有些覺得，近來偶然也能說出正確的「好」字了——特別在我們故意說成「小」字的時候。他有一只搪磁碗，是一毛來錢買的；買來時，老媽子教給他，「這是一毛錢。」他便記住「一毛」兩個字，管那只碗叫「一毛」，有時竟省稱為「毛」。這在新來的老媽子，是必需翻譯了才懂的。他不好意思，或見著生客時，便咧著嘴痴笑；我們常用了土話，叫他做「呆瓜」。他是個小胖子，短短的腿，走起路來，蹣跚可笑；若快走或跑，便更「好看」了。他有時學我，將兩手疊在背後，一搖一擺的；那是他自己和我們都要樂的。他的大姊便是阿菜，已是七歲多了，在小學校裡念著書。在飯桌上，一定得囉囉唆唆地報告些同學或他們父母的事情；氣喘喘地說著，不管你愛聽不愛聽。說完了總問我：「爸爸認識麼？」「爸爸知道麼？」妻常禁止她吃飯時說話，所以她總是問我。她的問題真多：看電影便問電影裡的是不是人？是不是真人？怎麼不說話？看照相也是一樣。不知誰告訴她，兵是要打人的。她回來便問，兵是人麼？為什麼打人？近來大約聽了先生的話，回來又問張作霖的兵是幫誰的？蔣介石的兵是不是幫我們的？諸如此類的問題，每天短不了，常常鬧得我不知怎樣答才行。她和閏兒在一處玩兒，一大一小，不很合式，老是吵著哭著。但合式的時候也有：譬如這個往床底下躲，那個便鑽進去追著；這個鑽出來，那個也跟著——從這個床到那個床，只聽見笑著，嚷著，喘著，真如妻所說，像小狗似的。現在在京的，便只有這三個孩子；阿九和轉兒是去年北來時，讓母親暫時帶回揚州去了。

阿九是歡喜書的孩子。他愛看《水滸》，《西遊記》，《三俠五義》，《小朋友》等；沒有事便捧著書坐著或躺著看。只不歡喜《紅樓夢》，說是沒有味兒。是的，《紅樓夢》的味兒，一個十歲的孩子，那裡能領略呢？去年我們事實上只能帶兩個孩子來；

因為他大些，而轉兒是一直跟著祖母的，便在上海將他倆丟下。我清清楚楚記得那分別的一個早上。我領著阿九從二洋涇橋的旅館出來，送他到母親和轉兒住著的親戚家去。妻囑咐說：「買點吃的給他們吧。」我們走過四馬路，到一家茶食鋪裡。阿九說要燻魚，我給買了；又買了餅乾，是給轉兒的。便乘電車到海寧路。下車時，看著他的害怕與累贅，很覺惻然[3]。到親戚家，因為就要回旅館收拾上船，只說了一兩句話便出來；轉兒望望我，沒說什麼，阿九是和祖母說什麼去了。我回頭看了他們一眼，硬著頭皮走了。後來妻告訴我，阿九背地裡向她說：「我知道爸爸歡喜小妹，不帶我上北京去。」其實這是冤枉的。他又曾和我們說：「暑假時一定來接我啊！」我們當時答應著；但現在已是第二個暑假了，他們還在迢迢的揚州待著。他們是恨著我們呢？還是惦著我們呢？妻是一年來老放不下這兩個，常常獨自暗中流淚；但我有什麼法子呢！想到「只為家貧成聚散」一句無名的詩，不禁有些悽然。轉兒與我較生疏些。但去年離開白馬湖時，她也曾用了生硬的揚州話（那時她還沒有到過揚州呢），和那特別尖的小嗓子向著我：「我要到北京去。」她曉得什麼北京，只跟著大孩子們說罷了；但當時聽著，現在想著的我，卻真是抱歉呢。這兄妹倆離開我，原是常事，離開母親，雖也有過一回，這回可是太長了；小小的心兒，知道是怎樣忍耐那寂寞來著！

我的朋友大概都是愛孩子的。少谷有一回寫信責備我，說兒女的吵鬧，也是很有趣的，何至可厭到如我所說；他說他真不解。子愷為他家華瞻寫的文章，真是「藹然仁者之言」。聖陶也常常為孩子操心：小學畢業了，到什麼中學好呢？——這樣的話，他和我說過兩三回了。我對他們只有慚愧！可是近來我也漸漸覺著自己的責任。我想，第一該將孩子們團聚起來，其次便該給他們些力量。我親眼見過一個愛兒女的人，因為不曾好好地教育他們，便將他們荒廢了。他並不是溺愛，只是沒有耐心去料理他們，他們便不能成材了。我想我若照現在這樣下去，孩子們也便危險了。我得計畫著，讓他們漸漸知道怎樣去做人才行。但是要不要他們像我自己呢？這一層，我在白馬湖教初中學生時，也曾從師生的立場上問過丏尊，他毫不躊躇地說，「自然囉。」近來與平伯談起教子，他卻答得妙：「總不希望比自己壞囉。」是的，只要不「比自己壞」就行，「像」不「像」倒是不在乎的。職業，人生觀等，還是由他們自己去定的好；自己頂可貴，只要指導，幫助他們去發展自己，便是極賢明的辦法。

予同說：「我們得讓子女在大學畢了業，才算盡了責任。」SK說：「不然，要看我們的經濟，他們的材質與志願；若是中學畢了業，不能或不願升學，便去做別的事，譬如做工人吧，那也並非不行的。」自然，人的好壞與成敗，也不盡靠學校教育；說是非大學畢業不可，也許只是我們的偏見。在這件事上，我現在毫不能有一定的主意；特別是這個變動不居的時代，知道將來怎樣？好在孩子們還小，將來的事且等將來吧。目前所能做的，只是培養他們基本的力量——胸襟與眼光；孩子們還是孩子們，自然說不上高的遠的，慢慢從近處小處下手便了。這自然也只能先按照我自己的樣子：「神而明之，存乎其人，」光輝也罷，倒楣也罷，平凡也罷，讓他們各盡各的力去。我只希望如我所想的，從此好好地做一回父親，便自稱心滿意。——想到那「狂人」「救救孩子」的呼聲，我怎敢不悚然自勉❹呢？

一九二八年六月二十四日晚寫畢，北京清華園

注釋

❶鞍韉，轡頭和韁繩　鞍，馬背上的坐墊。韉，鞍下的墊褥。二者皆為騎馬時放在馬背上的坐

具。轡頭，控御馬的韁繩和口勒等器物。韁繩，栓住牲口的繩子，可以控制牲口的進退。這幾項東西都是用來比喻束縛與限制。

❷寬宥　寬恕、原諒。

❸惻然　悲傷的樣子。

❹悚然自勉　「悚然」本指恐懼的樣子，這裡則是表達作者以一種戒慎恐懼的心情自我勉勵與要求。

賞析

朱自清無疑是中國現代文學史上占有極重要位置的文人兼學者，然而若從他個人的生命歷史著眼，「父親」這樣的角色則是他人生中另一個同等重要的身分。這篇文章便是從一個父親的立場出發，咀嚼為人父之滋味與責任；除了細述每一個孩子不同的風格與脾性，並記寫父子之間的相處情形。

文章首段引了友人的「蝸牛背了殼」、「剝層皮」，以及胡適、培根的命定等說法，道出當一位父親不但不是一件輕鬆的事兒，同時也要付出並犧牲許多；相對而言，自己的人生似乎因此受到了些許束縛與壓縮。與其說他是在慨嘆或懼怕，不如說這是一種親自經歷過的深刻體認，朱自清知道自己作為一位父親責任是重大的。而作者謙言自己做丈夫已是勉強，做父親更是不成，比照自己父親的仁慈，他幾乎算是一位嚴厲的父親；足見他時刻都在思索著如何做一位好父親這樣一個課題。

魯迅〈幸福的家庭〉一文之命名其實是略帶嘲弄的，該文實際上寫的是家庭生活帶來的瑣碎與紛雜；作為一個擁有五個年幼孩子的父親，朱自清自是深諳其理的，因為照顧孩子的生活可以說是沒日沒夜處於千軍萬馬一般地備戰狀態。第三段檢省著自己在青春奔騰的年紀裡就當了父親，無論是就當時的心情或是生活型態而言，其實都是還沒有準備好的，不但讓自己陷入一種侷促，也因此讓孩子們受了一些委屈。

然而擁有孩子之後的生活，豈是僅增添了忙亂與疲憊？第四段裡這位父親透過一種不假雕琢的自然口語描寫生動活潑的孩子群像；有孩子的時光辛勞繁瑣始終存在，然而他們天真爛漫的言行點綴著生活多采多姿，於是苦澀之中又是可以嚼出一些甘醇滋味的，幸福的意義在這些時候就這麼樣以正面的姿態浮現了出來。

文章的第五段和第六段則是一番內心獨語式的自我問答，作者記想著與友人之間的幾段關於養兒育女的談話，從別人的經驗與觀點中，朱自清不斷地反想著自己對待孩子們的方式是否得宜，並不停思索著未來的日子裡該怎麼樣陪著孩子們一同向前行進。

這篇文章寫的是兒女，但是更多部分作者思考的是作為兒女們的父親的自己。如同最末一段所透露出來的心情，他對於孩子們的期望是簡單而微小的，但對於自己的要求卻是一刻不容鬆懈的。對照文章最初所透露出來的心情，其實可以發現，身為父親的辛苦，並非是「父親」身分的沉重，而是因為真正用心關愛孩子的責任感而來的「沉重感」；也唯有那些真正用心關愛著孩子們的父親，才能真正體悟到這會是怎樣的一種既苦澀又甜美的滋味。文中朱自清並無直接道訴對於兒女的情意，然而從對於孩子們生活細節的細膩觀察描寫，從每一番反省與深思的自我對話中，讀者反而更能感受一種真切實在的，獨屬於父母對待兒女才有的深刻情感。

海行雜記

這回從北京南歸，在天津搭了通州輪船，便是去年曾被盜劫的。盜劫的事，似乎已很渺茫；所怕者船上的骯髒，實在令人不堪耳。這是英國公司的船；這樣的骯髒似乎盡夠玷汙了英國國旗的顏色。但英國人說：這有什麼呢？船原是給中國人乘的，骯髒是中國人的自由，英國人管得著！英國人要乘船，會去坐在大菜間裡，那邊看看是什麼樣子？那邊，官艙以下的中國客人是不許上去的，所以就好了。是的，這不怪同船的幾個朋友要罵這隻船是「帝國主義❶」的船了。「帝國主義的船」！我們到底受了些什麼「壓迫」呢？有的，有的！

我現在且說茶房吧。

我若有常常恨著的人，那一定是寧波的茶房了。他們的地盤，一是輪船，二是旅館。他們的團結，是宗法社會而兼梁山泊式的；所以未可輕侮，正和別的「寧波幫」一樣。他們的職務本是照料旅客；但事實正好相反，旅客從他們得著的只是侮辱，恫嚇，與欺騙罷了。中國原有「行路難」之嘆，那是因交通不便的緣故；但在現在便利的交通之下，即老於行旅的人，也還時時發出這種嘆聲，這又為什麼呢？茶房與碼頭工人之艱於應付，我想比僅僅的交通不便，有時更顯其「難」吧！所以從前的「行路難」是唯物的；現在的卻是唯心的。這固然與社會的一般秩序及道德觀念有多少關係，不能全由當事人負責任；但當事人的「性格惡」實也占著一個重要的地位的。

我是乘船既多，受侮不少，所以姑說輪船裡的茶房。你去定艙位的時候，若遇著乘客不多，茶房也許會冷臉相迎；若乘客擁擠，你可就倒楣了。他們或者別轉臉，不來理你；或者用一兩句比刀子還尖的話，打發你走路——譬如說：「等下趟吧。」他說得如此輕鬆，憑你急死了也不管。大約行旅的人總有些異常，臉上總有一付著急的神氣。他們是以逸待勞的，樂得和你開開玩笑，所以一切反應總是懶懶的，冷冷的；你愈急，他們便愈樂了。他們於你也並無仇恨，只想玩弄玩弄，尋尋開心罷了，正和太太們玩弄叭兒狗一樣。所以你記著：上船定艙位的時候，千萬別先高聲呼喚茶房。你不是急於要找他們說話麼？但是他們先得訓你一頓，雖然只是低低的自言自語：「啥事體啦？哇啦哇啦的！」接著才響聲說，「嗅，來哉，啥事體啦？」你還得記著：你的話說得愈慢愈好，愈低愈好；不要太客氣，也不要太不客氣。這樣你便是門檻裡的人，便是內行；他們固然不見得歡迎你，但也不會玩弄你了。——只冷臉和你簡單說話；要知道這已算承蒙青眼❷，應該受寵若驚的了。

定好了艙位，你下船是愈遲愈好；自然，不能過了開船的時候。最好開船前兩小時或一小時到船上，那便顯得你是一個有「涵養工夫」的，非急莘莘的「阿木林❸」可比了。而且茶房也得上岸去辦他自己的事，去早了倒絆住了他；他雖然可託同伴代為招呼，但總之麻煩了。為了客人而麻煩，在他們是不值得，在客人是不必要；所以客人便只好受「阿木林」的待遇了。有時船於明早十時開行，你今晚十點上去，以為晚上總該合式了；但也不然。晚上他們要打牌，你去了足以擾亂他們的清興；他們必也恨恨不平的。這其間有一種「分」，一種默喻的「規矩」，有一種「門檻經」，你得先做若干次「阿木林」，才能應付得「恰到好處」呢。

開船以後，你以為茶房閒了，不妨多呼喚幾回。你若真這樣做時，又該受教訓了。茶房日裡要談天，料理私貨；晚上要抽大煙，打牌，那有閒工夫來伺候你！他們早上給你舀一盆臉水，日裡給你開飯，飯後給你擰手巾；還有上船時給你攤開鋪蓋，下船時給你打起鋪蓋：好了，這已經多了，這已經夠了。此外若有特別的事要他們做時，那只算是額外效勞。你得自己走出艙門，慢慢地叫著茶房，慢慢地和他說，他也會照你所說的做，而不加損害於你。最好是預先打聽了兩個茶房的名字，到這時候悠然叫著，那是更其有效的。但要叫得大方，彷彿很熟悉的樣子，不可有一點訥訥。叫名字所以更其有效者，被叫者覺得你有意和他親近（結果酒資不會少給），而別的茶房或竟以為你與這被叫者本是熟悉的，因而有了相當的敬意；所以你第二次第三次叫時，別人往往會幫著你叫的。但你也只能偶爾叫他們；若常常麻煩，他們將發見，你到底是「阿木林」而冒充內行，他們將立刻改變對你的態度了。至於有些人睡在鋪上高聲朗誦的叫著「茶房」的，那確似乎搭足了架子；在茶房眼中，其為「阿」字號無疑了。他們於是忿然的答應：「啥事體啦？哇啦啦！」但走來倒也會走來的。你若再多叫兩聲，他們又會說：「啥事體啦？茶房當山歌唱！」除非你真麻木，或真生了氣，你大概總不願再叫他們了吧。

「子入太廟，每事問」，至今傳為美談。但你入輪船，最好每事不必問。茶房之怕麻煩，之懶惰，是他們的特徵；你問他們，他們或說不曉得，或故意和你開開玩笑，好在他們對客人們，除行李外，一切是不負責任的。大概客人們最普遍的問題，

「明天可以到吧？」「下午可以到吧？」一類。他們或隨便答覆，或說，「慢慢來好囉，總會到的。」或簡單的說，「早呢！」總是不得要領的居多。他們的話常常變化，使你不能確信；不確信自然不問了。他們所要的正是耳根清淨呀。

茶房在輪船裡，總是盤踞在所謂「大菜間」的吃飯間裡。他們常常圍著桌子閒談，客人也可插進一兩個去。但客人若是坐滿了，使他們無處可坐，他們便恨恨了；若在晚上，他們老實不客氣將電燈滅了，讓你們暗中摸索去吧。所以這吃飯間裡的桌子竟像他們專利的。當他們圍桌而坐，有幾個固然有話可談；有幾個卻連話也沒有，只默默坐著，或者在打牌。我似乎為他們覺著無聊，但他們也就這樣過去了。他們的臉上充滿了倦怠，嘲諷，痲木的氣分，彷彿下工夫練就了似的。最可怕的就是這滿臉：所謂「訑訑然拒人於千里之外」者，便是這種臉了。晚上映著電燈光，多少遮過了那灰滯的顏色；他們也開始有了些生氣。他們搭了鋪抽大煙，或者拖開桌子打牌。他們抽了大煙，漸有笑語；他們打牌，往往通宵達旦——牌聲，爭論聲充滿那小小的「大菜間」裡。客人們，尤其是抱了病，可睡不著了；但於他們有甚麼相干呢？活該你們洗耳恭聽呀！他們也有不抽大煙，不打牌的，便搬出香煙畫片來一張張細細賞玩：這卻是「雅人深致」了。

我說過茶房的團結是宗法社會而兼梁山泊式的，但他們中間仍不免時有戰氛。濃郁的戰氛在船裡是見不著的；船裡所見，只是輕微淡遠的罷了。「唯口出好興戎」，茶房的口，似乎很值得注意。他們的口，一例是練得極其尖刻的；一面自然也是地方性使然。他們大約是「寧可輸在腿上，不肯輸在嘴上」。所以即使是同伴之間，往往因為一句有意的或無意的，不相干的話，動了真氣，掄眉豎目的恨恨半天而不已。這時臉上全失了平時冷靜的顏色，而換上熱烈的猙獰了。但也終於只是口頭「恨恨」而已，真個拔拳來打，舉腳來踢的，倒也似乎沒有。語云，「君子動口，小人動手」；茶房們雖有所爭乎，殆仍不失為君子之道也。有人說，「這正是南方人之所以為南方人」，我想，這話也有理。茶房之於客人，雖也「不肯輸在嘴上」，但全是玩弄的態度，動真氣的似乎很少；而且你愈動真氣，他倒愈可以玩弄你。這大約因為對於客人，是以他們的團體為靠山的；客人總是孤單的多，他們「倚眾欺」起來，不怕你不就範的：所以用不著動真氣。而且萬一吃了客人的虧，那也必是許多同伴陪著他同吃的，不是一個人失了面子：又何必動真氣呢？克實說來，客人要他們動真氣，還不夠資格哪！至於他們同伴間的爭執，那才是切身的利害，而且單槍匹馬做去，毫無可恃的現成的力量；所以便是小題，也不得不大做了。

茶房若有向客人微笑的時候，那必是收酒資的幾分鐘了。酒資的數目照理雖無一定，但卻有不成文的譜。你按著譜斟酌給與，雖也不能得著一聲「謝謝」，但言語的壓迫是不會來的了。你若給得太少，離譜太遠，他們會始而嘲你，繼而罵你，你還得加錢給他們；其實既受了罵，大可以不加的了，但事實上大多數受罵的客人，慴於他們的威勢，總是加給他們的。加了以後，還得聽許多嘮叨才罷。有一回，和我同船的一個學生，本該給一元錢的酒資的，他只給了小洋四角。茶房狠狠力爭，終不得要領，於是說：「你好帶回去做車錢吧！」將錢向鋪上一擲，忿然而去。那學生後來終於添了一些錢重交給他；他這才默然拿走，面孔仍是板板的，若有所不屑然。——付了酒資，便該打鋪蓋了；這時仍是要慢慢來的，一急還是要受教訓，雖然你已給過酒資了。鋪蓋打好以後，茶房的壓迫才算是完了，你再預備受碼頭工人和旅館茶房的壓迫吧。

我原是聲明了敘述通州輪船中事的，但卻做了一首「詛茶房文」；在這裡，我似乎有些自己矛盾。不，「天下老鴉一般黑❹」，我們若很謹慎的將這句話只用在各輪船裡的寧波茶房身上，我想是不會悖謬的。所以我雖就一般立說，通州輪船的茶房卻已包括在內；特別指明與否，是無關重要的。

一九二六年七月，白馬湖

注釋

❶帝國主義　帝國主義，一種政治主張或實踐，主要內容是通過奪取領土或建立經濟、政治霸權而凌駕於別國之上。殖民主義、軍國主義、法西斯主義都是帝國主義的產物。由於帝國主義政策大多在資本主義國家被實施，因此按照馬克斯和列寧的觀點，帝國主義是壟斷的、寄生的、腐朽的、垂死的資本主義，是資本主義發展的最高和最後階段。

❷青眼　以青眼表示喜愛或看重。亦作青目、青睞。

❸阿木林　上海話，罵人愚笨無知。或有認為「阿木林」係由「獃木人」轉音而來。

❹天下老鴉一般黑　所有的烏鴉都一樣是黑色的。比喻同類的人或事物都有相同的特性。多用於貶意。

賞析

這篇散文記錄了朱自清暑假自清華大學循海路回白馬湖家中時，在通州輪船上，受茶房「壓迫」的經歷。本文透過真實的經歷來描寫人物，在生動、誇張的敘寫下，寄寓諷刺，這樣的寫法更能引起讀者的共鳴，使人心有戚戚焉。

本文首先破題點出，茶房因為仗著團體的勢力與個性之中「性格惡」的關係，常常侮辱、恫嚇旅客，使作者興起一種「唯心的」的行路難之感慨。接下來，作者一一敘述在船上，可能遭遇茶房的哪些惡態度，例如：上船不能太早、在船上不能每事問、不能隨便占據吃飯間中的位置，不然總會遭受茶房的嘲諷、戲弄。其次，作者並提供旅客如何應對茶房的策略和方法，最後，作者乾脆用反諷的語氣，說明旅客總要先當幾次「阿木林」，跟他們應對才能「恰到好處」。直到文章結束時，朱自清還要提醒讀者，下了船不代表痛苦結束，接著「你再預備受碼頭工人和旅館茶房的壓迫吧。」在作者戲謔的語氣，實則隱含著無限的無奈。

作者將通州輪船上的茶房，當作是寧波總體茶房的一個縮影，將他們習性中的敷衍將就、尖酸苛刻與貪錢勢利的形象，一一刻畫下來。再以諷刺的手法，批判這些「不認真」、「態度惡」的毛病，造成了全部旅客的無限痛苦，可謂影響深遠。全文穿插了許多「對話」，使茶房的「惡嘴臉」一一生動地再現，藉此以激發讀者思考，進而作出嚴厲的批判，是一篇含義深遠的散文。

揚州的夏日

揚州從隋煬帝以來，是詩人文士所稱道❶的地方；稱道的多了，稱道得久了，一般人便也隨聲附和起來。直到現在，你若向人提起揚州這個名字，他會點頭或搖頭說：「好地方！好地方！」特別是沒去過揚州而念過些唐詩的人，在他心裏，揚州真像蜃樓海市❷一般美麗；他若念過《揚州畫舫錄》❸一類書，那更了不得了。但在一個久住揚州像我的人，他卻沒有那麼多美麗的幻想，他的憎惡也許掩住了他的愛好；他也許離開了三四年並不去想它。若是想呢，——你說他想什麼？女人；不錯，這似乎也有名，但怕不是現在的女人吧？——他也只會想著揚州的夏日，雖然與女人仍然不無關係的。

北方和南方一個大不同，在我看，就是北方無水而南方有。誠然，北方今年大雨，永定河，大清河甚至決了堤防，但這並不能算是有水；北平的三海和頤和園雖然有點兒水，但太平衍了，一覽而盡，船又那麼笨頭笨腦的。有水的仍然是南方。揚州的夏日，好處大半便在水上——有人稱為「瘦西湖」，這個名字真是太「瘦」了，假西湖之名以行，「雅得這樣俗」，老實說，我是不喜歡的。下船的地方便是護城河，曼衍開去，曲曲折折，直到平山堂，——這是你們熟悉的名字——有七八里河道，還有許多杈杈椏椏❹的支流。這條河其實也沒有頂大的好處，只是曲折而有些幽靜，和別處不同。

沿河最著名的風景是小金山，法海寺，五亭橋；最遠的便是平山堂了。金山你們是知道的，小金山卻在水中央。在那裡望水最好，看月自然也不錯——可是我還不曾有過那樣福氣。「下河❺」的人十之九是到這兒的，人不免太多些。法海寺有一個塔，和北海的一樣，據說是乾隆皇帝下江南，鹽商們連夜督促匠人造成的。法海寺著名的自然是這個塔；但還有一樁，你們猜不著，是紅燒豬頭。夏天吃紅燒豬頭，在理論上也許不甚相宜；可是在實際上，揮汗吃著，倒也不壞的。五亭橋如名字所示，是五個亭子的橋。橋是拱形，中一亭最高，兩邊四亭，參差相稱；最宜遠看，或看影子，也好。橋洞頗多，乘小船穿來穿去，另有風味。平山堂在蜀岡上。登堂可見江南諸山淡淡的輪廓；「山色有無中」一句話，我看是恰到好處，並不算錯。

這裡遊人較少，閒坐在堂上，可以永日。沿路光景，也以閒寂勝。從天寧門或北門下船，蜿蜒的城牆，在水裡倒映著蒼黝的影子，小船悠然地撐過去，岸上的喧擾像沒有似的。

船有三種：大船專供宴遊之用，可以挾妓或打牌。小時候常跟了父親去，在船裡聽著謀得利洋行的唱片。現在這樣乘船的大概少了吧？其次是「小划子」，真像一瓣西瓜，由一個男人或女人用竹篙撐著。乘的人多了，便可雇兩隻，前後用小凳子跨著：這也可算得「方舟」了。後來又有一種「洋划」，比大船小，比「小划子」大，上支布篷，可以遮日遮雨。「洋划」漸漸地多，大船漸漸地少，然而「小划子」總是有人要的。這不獨因為價錢最賤，也因為它的伶俐。一個人坐在船中，讓一個人站在船尾上用竹篙一下一下地撐著，簡直是一首唐詩，或一幅山水畫。而有些好事的少年，願意自己撐船，也非「小划子」不行。「小划子」雖然便宜，卻也有些分別。譬如說，你們也可想到的，女人撐船總要貴些；姑娘撐的自然更要貴囉。這些撐船的女子，便是有人說過的「瘦西湖上的船娘」。船娘們的故事大概不少，但我不很知道。據說以亂頭粗服，風趣天然為勝；中年而有風趣，也仍然算好。可是起初原是逢場作戲，或尚不傷廉惠；以後居然有了價格，便覺意味索然了。

北門外一帶，叫做下街，「茶館」最多，往往一面臨河。船行過時，茶客與乘客可以隨便招呼說話。船上人若高興時，也可以向茶館中要一壺茶，或一兩種「小籠點心」，在河中喝著，吃著，談著。回來時再將茶壺和所謂小籠，連價款一併交給茶館中人。撐船的都與茶館相熟，他們不怕你白吃。揚州的小籠點心實在不錯：我離開揚州，也走過七八處大大小小的地方，還沒有吃過那樣好的點心；這其實是值得惦記的。茶館的地方大致總好，名字也頗有好的。如香影廊，綠楊村，紅葉山莊，都是到現在還記得的。綠楊村的幌子，掛在綠楊樹上，隨風飄展，使人想起「綠楊城郭是揚州❻」的名句。裡面還有小池，叢竹，茅亭，景物最幽。這一帶的茶館布置都歷落有致，迥非上海、北平方方正正的茶樓可比。

「下河」總是下午。傍晚回來，在暮靄朦朧中上了岸，將大褂折好搭在腕上，一手微微搖著扇子；這樣進了北門或天寧門走回家中。這時候可以念「又得浮生半日閒」那一句詩了。

注釋

❶稱道　稱讚、讚揚。

❷蜃樓海市　用來比喻虛幻而美好的事物。

❸揚州畫舫錄　書名。清李斗撰，十八卷。追憶乾隆四、五十年間揚州繁盛的景象，就遊蹤所及而記之。除記錄文物、園林、風俗等之外，亦保存一些戲曲、文學的活動資料。

❹杈杈椏椏　音為ㄔㄚ ㄔㄚ ㄧㄚ ㄧㄚ。如同樹木分枝岔枒的樣子。

❺下河　由於揚州多水，而運河所經幾乎囊括了揚州城區的主要景點，也是當地最佳人居環境，故又稱到揚州沿著運河一遊為「下河」。

❻綠楊城郭是揚州　出於清王士禎〈浣溪沙・紅橋懷古〉：

北郭清溪一帶流，紅橋風物眼中秋，綠楊城郭是揚州。
西望雷塘何處是，香魂零落使人愁，淡煙芳草舊迷樓。
白鳥朱荷引畫橈，垂楊影裡見紅橋，欲尋往事已魂消。
遙指平山山外路，斷鴻無數水迢迢，新愁分付廣陵潮。

賞析

同樣一個地方帶給「遊客」與「當地人」的感受經常是不盡相同的。再細膩一點來區分，即使身分一致，每個人仍舊可能依據自己的生活體驗建構出對於某地獨一無二的詮釋與定義。透過這些細膩深刻的表述，讀者們得以更全面地認識一地的各種面向與風貌。

對於朱自清而言，揚州幾乎可以稱得上是他的第二故鄉。由於對於揚州的充分熟悉，從其眼底流露出來的揚州印象自然也不會是一般刻板浮淺的評價「好地方」而已，不但沒有那麼多美麗的幻想，甚至憎惡之情還可能多了一點——除了揚州的夏日之外。

揚州最大的特色便是豐渥的水流，夏日的行跡便是乘著河水一起前進，流過揚州的每一個角落；「瘦西湖」這個名兒或者取得不好，卻也充分傳達出這個地方水痕蔓衍的特色。沿河走過位於水中央的小金山、法海寺內因乾隆皇帝而出名的塔，以及夏日揮著汗吃反而有另一番滋味的紅燒豬肉，五橋亭參差相稱的亭子，以及清淡閒寂的平山堂，處處都是下河旅遊的人不可忽略的著名景點。

遊河當是以船隻作為交通工具，船隻劃過倒映在水面上波動的城牆影子，表現出一種與岸上喧囂紛擾恰恰迥異的優雅淡靜。你可以隨著不同的遊興選擇搭乘大船、小划子或洋划；其中小划子又因為輕便伶俐而無可取代，擺渡人撐著小船點過河面的同時也營造出一幅充滿詩意的美景。

行船經過北門外下街一帶，沿河的茶館美味的小籠點心令吃過的人都難忘不已；一邊兒乘船遊河一邊兒品嚐小點，最愜意自在的人生體驗也不過如此了。搭配著水流的悠長浪漫，每家茶館的店名與布置同樣也是氣質清雅，風味十足。最後一段總結了渡船遊水的心情，夏日午後的揚州遊河之旅，除了各個景點不同的韻致討人歡喜，河水所流出的一種悠然，恰恰映照著遊客閒適的心情。

文章一路寫來可見作者對於揚州夏日景致其實是歡喜之情多一點兒的，回到文章最初他所說的「憎惡也許掩住了他的愛好」，對照之下其實並不是那麼絕對正確。或者說，對於揚州一地，作者實已超脫了純粹感性的著迷憐愛，而有著更多理性的思考及品嘗，因此其筆下的揚州之美，有更多經過沉澱之後的知性魅力。

【朱・自・清】

看花

生長在大江北岸一個城市裡，那兒的園林本是著名的，但近來卻很少；似乎自幼就不曾聽見過「我們今天看花去」一類話，可見花事是不盛的。有些愛花的人，大都只是將花栽在盆裡，一盆盆擱在架上；架子橫放在院子裡。院子照例是小小的，只夠放下一個架子；架上至多擱二十多盆花罷了。有時院子裡依牆築起一座「花臺」，臺上種一株開花的樹；也有在院子裡地上種的。但這只是普通的點綴，不算是愛花。

家裡人似乎都不甚愛花；父親只在領我們上街時，偶然和我們到「花房❶」裡去過一兩回。但我們住過一所房子，有一座小花園，是房東家的。那裡有樹，有花架（大約是紫藤花架之類），但我當時還小，不知道那些花木的名字；只記得爬在牆上的是薔薇而已。園中還有一座太湖石堆成的洞門；現在想來，似乎也還好的。在那時由一個頑皮的少年僕人領了我去，卻只知道跑來跑去捉蝴蝶；有時掐下幾朵花，也只是隨意挼弄著❷，隨意丟棄了。至於領略花的趣味，那是以後的事：夏天的早晨，我們那地方有鄉下的姑娘在各處街巷，沿門叫著，「賣梔子花來。」梔子花不是什麼高品，但我喜歡那白而暈黃的顏色和那肥肥的個兒，正和那些賣花的姑娘有著相似的韻味。梔子花的香，濃而不烈，清而不淡，也是我樂意的。我這樣便愛起花來了。也許有人會問，「你愛的不是花吧？」這個我自己其實也已不大弄得清楚，只好存而不論了。

在高小的一個春天，有人提議到城外F寺裡吃桃子去，而且預備白吃；不讓吃就鬧一場，甚至打一架也不在乎。那時雖遠在五四運動以前，但我們那裡的中學生卻常有打進戲園看白戲❸的事。中學生能白看戲，小學生為什麼不能白吃桃子呢？我們都這樣想，便由那提議人鳩合❹了十幾個同學，浩浩蕩蕩❺地向城外而去。到了F寺，氣勢不凡地呵叱著道人們（我們稱寺裡的工人為道人），立刻領我們向桃園裡去。道人們躊躇著說：「現在桃樹剛才開花呢。」但是誰信道人們的話？我們終於到了桃園裡。大家都喪了氣，原來花是真開著呢！這時提議人P君便去折花。道人們是一直步步跟著的，立刻上前勸阻，而且用起手來。但P君是我們中最不好惹的；「說時遲，那時快」，一眨眼，花在他的手裡，道人已踉蹌在一旁了。那一園子的桃花，想來總該有些可看；我們卻誰也沒有想著去看。只嚷著，「沒有桃子，得沏茶喝！」道人們滿肚子委屈地引我們到「方丈❻」裡，大家各喝一大杯茶。這才平了氣，談談笑笑地進城去。大概我那時還只懂得愛一朵朵的梔子花，對於開在樹上的桃花，是並不了然的；所以眼前的機會，便從眼前錯過了。

以後漸漸念了些看花的詩，覺得看花頗有些意思。但到北平讀了幾年書，卻只到過崇效寺一次；而去得又嫌早些，那有名的一株綠牡丹還未開呢。北平看花的事很盛，看花的地方也很多；但那時熱鬧的似乎也只有一班詩人名士，其餘還是不相干的。那正是新文學運動的起頭，我們這些少年，對於舊詩和那一班詩人名士，實在有些不敬；而看花的地方又都遠不可言，我是一個懶人，便乾脆地斷了那條心了。後來到杭州做事，遇見了Y君，他是新詩人兼舊詩人，看花的興致很好。我和他常到孤山去看梅花。孤山的梅花是古今有名的，但太少；又沒有臨水的，人也太多。有一回坐在放鶴亭上喝茶，來了一個方面有鬚，穿著花緞馬褂的人，用湖南口音和人打招呼道，「梅花盛開嗒！」「盛」字說得特別重，使我吃了一驚；但我吃驚的也只是說在他嘴裡「盛」這個聲音罷了，花的盛不盛，在我倒並沒有什麼的。

有一回，Y來說，靈峰寺有三百株梅花；寺在山裡，去的人也少。我和Y，還有N君，從西湖邊雇船到岳墳，從岳墳入山。曲曲折折走了好一會，又上了許多石級，才到山上寺裡。寺甚小，梅花便在大殿西邊園中。園也不大，東牆下有三間淨室，最宜喝茶看花；北邊有座小山，山上有亭，大約叫「望海亭」吧，望海是未必，但錢塘江與西湖是看得見的。梅樹確是不少，密密地低低地整列著。那時已是黃昏，寺裡只我們三個遊人；梅花並沒有開，但那珍珠似的繁星似的骨都兒，已經夠可愛了；我們都覺得比孤山上盛開時有味。大殿上正做晚課❼，送來梵唄❽的聲音，和著梅林中的暗香，真叫我們捨不得回去。在園裡徘徊了一會，又在屋裡坐了一會，天是黑定了，又沒有月色，我們向廟裡要了一個舊燈籠，照著下山。路上幾乎迷了道，又兩次三番地狗咬；我們的Y詩人確有些窘了，但終於到了岳墳。船夫遠遠迎上來道：「你們來了，我想你們不會冤我呢！」在船上，我們還不離口地說著靈峰的梅花，直到湖邊電燈光照到我們的眼。

Y回北平去了，我也到了白馬湖。那邊是鄉下，只有沿湖與楊柳相間著種了一行小桃樹，春天花發時，在風裡嬌媚地笑著。還有山裡的杜鵑花也不少。這些日日在我們眼前，從沒有人像煞有介事地提議：「我們看花去。」但有一位S君，卻特別愛養花；他家裡幾乎是終年不離花的。我們上他家去，總看他在那裡不是拿著剪刀修理枝葉，便是提著壺澆水。我們常樂意看著。他院子裡一株紫薇花很好，我們在花旁喝酒，不知多少次。白馬湖住了不過一年，我卻傳染了他那花的嗜好。但重到北平時，住在花事很盛的清華園裡，接連過了三個春，卻從未想到去看一回。只在第二年秋天，曾經和孫三先生在園裡看過幾次菊花。「清華園之菊」是著名的，孫三先生還特地寫了一篇文，畫了好些畫。但那種一盆一幹一花的養法，花是好了，總覺沒有天然的風趣。直到去年春天，有了些餘閒，在花開前，先向人問了些花的名字。一個好朋友是從知道姓名起的，我想看花也正是如此。恰好Y君也常來園中，我們一天三四趟地到那些花下去徘徊。今年Y君忙些，我便一個人去。我愛繁花老幹的杏，臨風婀娜的小紅桃，貼梗累累如珠的紫荊；但最戀戀的是西府海棠。海棠的花繁得好，也淡得好；豔極了，卻沒有一絲蕩意。疏疏的高幹子，英氣隱隱逼人。可惜沒有趁著月色看過；王鵬運❾有兩句詞道：「只愁淡月朦朧影，難驗微波上下潮。」我想月下的海棠花，大約便是這種光景吧。為了海棠，前兩天在城裡特地冒了大風到中山公園去，看花的人倒也不少；但不知怎的，卻忘了纖輔先哲祠。Y告我那裡的一株，遮住了大半個院子；別處的都向上長，這一株卻是橫裡伸張的。花的繁沒有法說；海棠本無香，昔人常以為恨，這裡花太繁了，卻醞釀出一種淡淡的香氣，使人久聞不倦。Y告我，正是颳了一日還不息的狂風的晚上；他是前一天去的。他說他去時地上已有落花了，這一日一夜的風，準完了。他說北平看花，是要趕著看的：春光太短了，又晴的日子多；今年算是有陰的日子了，但狂風還是逃不了的。我說北平看花，比別處有意思，也正在此。這時候，我似乎不甚菲薄❿那一班詩人名士了。

一九三〇年四月

注釋

❶花房　這裡指的應當是一般市街上的花店。

❷挼弄　撫玩把弄。挼，音ㄋㄨㄛˋ。

❸看白戲　指不買戲票免費看戲。

❹鳩合　鳩，音ㄐㄧㄡ。鳥名，布穀鳥之屬。鳩合，聚集，糾合。《三國志・蜀志・許慈傳》：「先主定蜀承喪亂歷紀，學業衰微，乃糾合典籍，沙汰眾學。」

❺浩浩蕩蕩　形容成群結隊，氣勢雄壯宏大。

❻方丈　方丈原指僧寺的住持，這裡當是指廟院內部。
❼晚課　佛寺於下午三時到五時，全寺住眾上大殿禮拜，唱誦經讚咒語的修行。
❽梵唄　佛家用語，在印度指歌詠法言，在中國則指唱頌短偈或歌讚。
❾王鵬運　約一八四八——一九〇四，近代詞人。字佑遐，一字幼霞，自號半塘老人，晚年又號鶩翁、半塘僧鶩。
❿菲薄　輕忽鄙視。

賞析

花代表著一種青春美好的形象，賞花之事則因此顯得典雅有致。當然花朵隨處可見，看花之舉自然也是垂手可得之事；不相同的是栽植在不同地方的花朵也擁有不同的氣韻風采。而更重要地影響著對於花朵感受的條件，主要還是賞花者對於不同花種的偏好程度，以及其當下的心境反映。

這篇文章以「看花」一事作為主題，以時間的軸線順序前進，表現出一種漸進式的心境轉換。作者開始可以領略花的樂趣始自夏日早晨裡如同梔子花一般淡雅清新的賣花姑娘，人如其花花如其人，兩者同樣清香動人。

作者回想童年時即使是住在一個以園林景致著稱的城市裡，人們卻不時興看花這件事兒，年幼的孩童自然也是對於玩耍的興致高過一切，任憑身邊的花朵如何丰姿綽約，也無從吸引貪玩小男孩的目光。即使桃花滿枝，莽撞的大男孩絲毫無見，主意在於捉弄在於示威，花朵的柔美婉約與他們的蠻傲氣息距離顯然是很遙遠的。

文學提供人們一種深度咀嚼世界的途徑，在讀過一些看花之詩之後，牽引出作者對於花朵更多的興致。雖是如此，住在賞花風氣極盛的北平的那幾年，卻因為心情與地點的不合宜，居然沒有好好掌握這些看花機會；反而是離開北平之後來到杭州，作者跟著愛好賞花的詩人朋友上孤山去賞了好幾度的梅花。一回衝著靈峰寺那兒少人知曉的三百株梅花，作者與友人不辭舟車辛勞與曲折路徑可能的麻煩，硬是來到山上。那時的含苞梅花較繁榮盛開時反而擁有更多的味道，寺裡傳來的梵唄之音和著滿林的梅香，吸引人心醉著幾乎耽誤了回程的時間。打著燈籠在黑夜裡尋找歸程的路徑，倉促地有些狼狽，然而等到平安地找到約定好的船隻終得返家，回想起靈峰梅花的清雅美好，這一路上的曲折也變得微不足道了。

第六段中作者隨著時間的積累，堆疊出更多賞花的心得與準確的期待，一盆一幹一花的養法，說什麼也沒有天然長成的花朵來得自然有味。再度回到北平，頻繁的看花活動讓作者因此結識到更多的朋友，一群同好者約著就是要去看花。無論是繁花老幹的杏、臨風婀娜的小紅桃、貼梗累累如珠的紫荊，都引誘出作者誠摯的喜愛之情；其中又以西府海棠繁盛卻淡雅的質性最令作者著迷。然而北平的春光短暫，令看花的機緣顯得短暫倉促，作者卻認為，正是這樣即刻縱逝的美好才因此顯得彌足珍貴呀！

隨著年紀的增長與人生歷練的累積，作者從不聞花朵之事逐漸能夠領略花開花落之間的動人情韻，成為一個甚有主張的愛花之人；文章寫的不僅是看花一事的過程，同時也載記了人生各個不同階段的心境與經歷。

我所見的葉聖陶

我第一次與聖陶見面是在民國十年的秋天。那時劉延陵兄介紹我到吳淞炮臺灣中國公學教書。到了那邊，他就和我說：「葉聖陶也在這兒。」我們都念過聖陶的小說，所以他這樣告我。我好奇地問道：「怎樣一個人？」出乎我的意外，他回答我：「一位老先生哩。」但是延陵和我去訪問聖陶的時候，我覺得他的年紀並不老，只那樸實的服色和沉默的風度與我們平日所想像的蘇州少年文人葉聖陶不甚符合罷了。

記得見面的那一天是一個陰天。我見了生人照例說不出話；聖陶似乎也如此。我們只談了幾句關於作品的泛泛的意見，便告辭了。延陵告訴我每星期六聖陶總回甪直去；他很愛他的家。他在校時常邀延陵出去散步；我因與他不熟，只獨自坐在屋裡。不久，中國公學忽然起了風潮。我向延陵說起一個強硬的辦法；——實在是一個笨而無聊的辦法！——我說只怕葉聖陶未必贊成。但是出乎我的意外，他居然贊成了！後來細想他許是有意優容❶我們吧；這真是老大哥的態度呢。我們的辦法天然是失敗了，風潮延宕下去；於是大家都住到上海來。我和聖陶差不多天天見面；同時又認識了西諦、予同諸兄。這樣經過了一個月；這一個月實在是我的很好的日子。

我看出聖陶始終是個寡言的人。大家聚談的時候，他總是坐在那裡聽著。他卻並不是喜歡孤獨，他似乎老是那麼有味地聽著。至於與人獨對的時候，自然多少要說些話；但辯論是不來的。他覺得辯論要開始了，往往微笑著說：「這個弄不大清楚了。」這樣就過去了。他又是個極和易的人，輕易看不見他的怒色。他辛辛苦苦保存著的《晨報》副張，上面有他自己的文字的，特地從家裡捎來給我看；讓我隨便放在一個書架上，給散失了。當他和我同時發見這件事時，他只略露惋惜的顏色，隨即說：「由他去末哉，由他去末哉！」我是至今慚愧著，因為我知道他作文是不留稿的。他的和易出於天性，並非閱歷世故，矯揉造作而成。他對於世間妥協的精神是極厭恨的。在這一月中，我看見他發過一次怒；——始終我只看見他發過這一次怒——那便是對於風潮的妥協論者的蔑視。

風潮結束了，我到杭州教書。那邊學校當局要我約聖陶去。聖陶來信說：「我們要痛痛快快遊西湖，不管這是冬天。」他來了，教我上車站去接。我知道他到了車站這一類地方，是會覺得寂寞的。他的家實在太好了，他的衣著，一向都是家裡管。我常想，他好像一個小孩子；像小孩子的天真，也像小孩子的離不開家裡人。必須離開家裡人時，他也得找些熟朋友伴著；孤獨在他簡直是有些可怕的。所以他到校時，本來是獨住一屋的，卻願意將那間屋做我們兩人的臥室，而將我那間做書室。這樣可以常常相伴；我自然也樂意。我們不時到西湖邊去；有時下湖，有時只喝喝酒。在校時各據一桌，我只預備功課，他卻老是寫小說和童話。初到時，學校當局來看過他。第二天，我問他，「要不要去看看他們？」他皺眉道：「一定要去麼？等一天吧。」後來始終沒有去。他是最反對形式主義❷的。

那時他小說的材料，是舊日的儲積；童話的材料有時卻是片刻的感興。如《稻草人》中〈大喉嚨〉一篇便是。那天早上，我們都醒在床上，聽見工廠的汽笛；他便說：「今天又有一篇了，我已經想好了，來的真快呵。」那篇的藝術很巧，誰想他只是片刻的構思呢！他寫文字時，往往拈筆伸紙，便手不停揮地寫下去；開始及中間，停筆躊躇時絕少。他的稿子極清楚，每頁至多只有三五個塗改的字。他說他從來是這樣的。每篇寫畢，我自然先睹為快；他往往稱述結尾的適宜，他說對於結尾是有些把握的。看完，他立即封寄《小說月報》；照例用平信寄。我總勸他掛號；但他說：「我老是這樣的。」他在杭州不過兩個月，寫的真不少，教人羨慕不已。《火災》裡從〈飯〉起到〈風潮〉這七篇，還有《稻草人》中一部分，都是那時我親眼看他寫的。

在杭州待了兩個月，放寒假前，他便匆匆地回去了；他實在離不開家，臨去時讓我告訴學校當局，無論如何不回來了。但他卻到北平住了半年，也是朋友拉去的。我前些日子偶翻十一年的《晨報副刊》，看見他那時途中思家的小詩，重念了兩遍，覺得怪有意思。北平回去不久，便入了商務印書館編譯部，家也搬到上海。從此在上海待下去，直到現在——中間又被朋友拉到福州一次，有一篇〈將離〉抒寫那回的別恨，是纏綿悱惻的文字。這些日子，我在浙江亂跑，有時到上海小住，他常請了假和我各處玩兒或喝酒。有一回，我便住在他家，但我到上海，總愛出門，因此他老說沒有能暢談；他寫信給我，老說這回來要暢談幾天才行。

十六年一月，我接眷北來，路過上海，許多熟朋友和我餞行，聖陶也在。那晚我們痛快地喝酒，發議論；他是照例地默著。酒喝完了，又去亂走，他也跟著。到了一處，朋友們和他開了個小玩笑；他臉上略露窘意，但仍微笑地默著。聖陶不是個浪漫的人；在一種意義上，他正是延陵所說的「老先生」。但他能了解別人，能諒解別人，他自己也能「作達❸」，所以仍然——也許格外——是可親的。那晚快夜半了，走過愛多亞路，他向我誦周美成❹的詞，「酒已都醒，如何消夜永！」我沒有說什麼；那時的心情，大約也不能說什麼的。我們到一品香又消磨了半夜。這一回特別對不起聖陶；他是不能少睡覺的人。他家雖住在上海，而起居還依著鄉居的日子；早七點起，晚九點睡。有一回我九點十分去，他家已熄了燈，關好門了。這種自然的，有秩序的生活是對的。那晚上伯祥說：「聖兄明天要不舒服了。」想起來真是不知要怎樣感謝才好。

第二天我便上船走了，一眨眼三年半，沒有上南方去。信也很少，卻全是我的懶。我只能從聖陶的小說裡看出他心境的遷變；這個我要留在另一文中說。聖陶這幾年裡似乎到十字街頭走過一趟，但現在怎麼樣呢？我卻不甚了然。他從前晚飯時總喝點酒，「以半醺為度」；近來不大能喝酒了，卻學了吹笛——前些日子說已會一齣《八陽❺》，現在該又會了別的了吧。他本來喜歡看看電影，現在又喜歡聽聽崑曲了。但這些都不是「厭世」，如或人所說的；聖陶是不會厭世的，我知道。又，他雖會喝酒，加上吹笛，卻不曾抽什麼「上等的紙煙」，也不曾住過什麼「小小別墅」，如或人所想的，這個我也知道。

一九三〇年七月，北平清華園

注釋

❶優容　寬待、寬容。

❷形式主義　只注重形式條件，而忽略內在實質精神的思想潮流。

❸作達　指的是葉聖陶心情尚有一種真正的釋懷與豁達。

❹周美成　周邦彥（一〇五六——一一二一）字美成，號清真居士，錢塘（今浙江杭州）人。他懂音樂，能自作曲，向來被認為是北宋末年的大詞人。其詞多寫男女之情，講究形式格律和語言技巧，對詞的發展頗有影響。著有《片玉詞》。

❺八陽　崑曲戲目，又名《千鍾祿》，寫明建文帝遭明成祖捉拿，逃亡過程中所見種種社會慘狀。由於全齣由八支曲組成，每曲都以「陽」字結束，故又名「八陽」。

賞析

這一篇記敘文寫的是朱自清的小說家朋友葉聖陶。文章起頭寫著二人的第一回碰面，葉聖陶近似老年人的樸實風格與沉默風度，與平日看著他的文字想像出來的「蘇州少年文人」，原來是不一樣的。簡單幾句便透過對比的方式呈現出葉聖陶的氣質形象，之後的文章從人物的外在形貌寫到行為氣度，基本上都是與首段所提到的這個靜樸沉穩形象相符合的。

文章二三段以當時的公學風潮事件作為襯底，作者也因為這一段時間的密切接觸，進而更認識這位朋友。一群人相聚時，葉聖陶總是專注的傾聽者；然而在安靜隨和的外表之下，對於事物總是也有著自己的感受與判斷。作者大意地弄丟了他刊登在報上的文字，葉聖陶雖感到惋惜，卻更體貼著朋友可能的自責與歉意，隨即說著「由他去末哉，由他去末哉！」但對於輕易搖擺的妥協者，他卻展現著明確的不認同態度，可以見得潛藏葉聖陶心中的是對於社會的期許與堅持。

四五段記敘兩人一起在杭州教書，共同生活的一段日子；從具體的事例中顯現出葉聖陶怕孤獨、戀家的性格，同時是一個不喜形式束縛的人。他對於生命的熱情以及才氣展現在寫作一事之上，「拈筆伸紙，便手不停揮地寫下去」；寫完之後輕鬆隨意地以平信寄出，可見創作的過程所帶給他的愉悅是比其餘實質上的獲得來得更重要。

之後二人聚散不定，每每相遇總是言少情深；靦腆寡言的葉聖陶對於朋友與人事之間的重視與熱情是透過文字書信，透過行止與微笑來表達。朱自清透過清淡的文筆語調說著葉聖陶這位溫厚的朋友，也帶出了兩個人之間細水流長的情誼。文章最末說著時光的移走總也轉換了老朋友的一些心境，一些習性；然而對於這位熟悉的老朋友，有些事情作者卻仍是可以了解而確定的，在「我知道」、「我也知道」的口語句裡，帶著一種篤定與信任。這樣一份真摯深厚的君子情誼，令人咀嚼而吟詠不已。

冬天

說起冬天，忽然想到豆腐。是一「小洋鍋」（鋁鍋）白煮豆腐，熱騰騰的。水滾著，像好些魚眼睛，一小塊一小塊豆腐養在裡面，嫩而滑，彷彿反穿的白狐大衣。鍋在「洋爐子」（煤油不打氣爐）上，和爐子都熏得烏黑烏黑，越顯出豆腐的白。這是晚上，屋子老了，雖點著「洋燈❶」，也還是陰暗。圍著桌子坐的是父親跟我們哥兒三個。「洋爐子」太高了，父親得常常站起來，微微地仰著臉，覷著眼睛，從氤氳❷的熱氣裡伸進筷子，夾起豆腐，一一地放在我們的醬油碟裡。我們有時也自己動手，但爐子實在太高了，總還是坐享其成的多。這並不是吃飯，只是玩兒。父親說晚上冷，吃了大家暖和些。我們都喜歡這種白水豆腐；一上桌就眼巴巴望著那鍋，等著那熱氣，等著熱氣裡從父親筷子上掉下來的豆腐。

又是冬天，記得是陰曆十一月十六晚上，跟S君P君在西湖裡坐小划子❸。S

君剛到杭州教書，事先來信說：「我們要遊西湖，不管它是冬天。」那晚月色真好，現在想起來還像照在身上。本來前一晚是「月當頭❹」；也許十一月的月亮真有些特別吧。那時九點多了，湖上似乎只有我們一隻划子。有點風，月光照著軟軟的水波；當間那一溜兒反光，像新砑的銀子。湖上的山只剩了淡淡的影子。山下偶爾有一兩星燈火。S君口占兩句詩道：「數星燈火認漁村，淡墨輕描遠黛痕。」我們都不大說話，只有均勻的槳聲。我漸漸地快睡著了。P君「喂」了一下，才抬起眼皮，看見他在微笑。船夫問要不要上淨寺去；是阿彌陀佛生日，那邊蠻熱鬧的。到了寺裡，殿上燈燭輝煌，滿是佛婆念佛的聲音，好像醒了一場夢。這已是十多年前的事了。S君還常常通著信，P君聽說轉變了好幾次，前年是在一個特稅局裡收特稅了，以後便沒有消息。

在台州❺過了一個冬天，一家四口子。台州是個山城，可以說在一個大谷裡。只有一條二里長的大街。別的路上白天簡直不大見人；晚上一片漆黑。偶爾人家窗戶裡透出一點燈光，還有走路的拿著的火把；但那是少極了。我們住在山腳下。有的是山上松林裡的風聲，跟天上一隻兩隻的鳥影。夏末到那裡，春初便走，卻好像老在過著冬天似的；可是即便真冬天也並不冷。我們住在樓上，書房臨著大路；路上有人說話，可以清清楚楚地聽見。但因為走路的人太少了，間或有點說話的聲音，聽起來還只當遠風送來的，想不到就在窗外。我們是外路人，除上學校去之外，常只在家裡坐著。妻也慣了那寂寞，只和我們爺兒們守著。外邊雖老是冬天，家裡卻老是春天。有一回我上街去，回來的時候，樓下廚房的大方窗開著，並排地挨著她們母子三個；三張臉都帶著天真微笑地向著我。似乎台州空空的，只有我們四人；天地空空的，也只有我們四人。那時是民國十年，妻剛從家裡出來，滿自在。現在她死了快四年了，我卻還老記著她那微笑的影子。

無論怎麼冷，大風大雪，想到這些，我心上總是溫暖的。

注釋

❶洋燈　舊時燃燒煤油的燈。

❷氤氳　音ㄧㄣ ㄩㄣ。形容熱氣煙霧瀰漫的樣子。

❸小划子　小型的船隻，靠划槳而行。

❹月當頭　指的是農曆十五，月亮當頭，最亮最圓的時候。

❺台州　位於浙江省中部。

賞析

季節的遞換周而復始，看似是一種規律與一種平淡，卻往往因為人們不同的際遇與記憶增添了對於季節的深刻感受。這篇文章敘寫著三段關於冬天的回憶，也是三種不同色調的冬景。

第一段用對比的手法表達出窗外的冷冽寒意與屋子內家人相聚的溫馨暖意，父子三人在昏暗的老屋子裡圍著燻得烏黑的爐子與鍋子，鍋裡煮著的是熱騰騰的白水豆腐。外在世界的寒冷與內在生活環境的貧簡有一種呼應，但是這一爐火與這一鍋子的豆腐暖和了三個人的身體與心理；與其說是在吃飯，不如說是玩耍，是在享受一種家人之間深厚的溫情。

第二段則是一段冬夜裡遊西湖的記憶，月色映照著湖面，映照著他們這湖面上唯一的船隻，山影與燈火遙遠淡靜，彷彿世界都靜止了，只有均勻的槳聲劃過湖水，徐勻的節奏讓作者幾乎也要跟著跌入另一個平靜的夢境。上岸後來到熱鬧的淨寺，輝煌燈燭與喃喃佛語喚醒了方才寧靜的世界，不禁令人有恍如隔世的錯覺。

最後一幕冬景出現在山城台州，此處的冬天之冷不在於真實溫度上的寒意，而是因為環境的陌生與當地原本的寂寥氣息；窗外偶爾傳來的談話聲音卻也因為並非熟悉，即刻地就融化在風聲之中消失散去。然而一扇門窗分隔出兩種季節，外頭總是冬天般的寂寞冷冽，屋子裡卻時時都是春天般的暖風徐徐，一家四口心情的貼近與凝聚建構出一個溫暖的小世界，把冬天給擋在門外了。

冬日裡往往風雪夾雜，寒冷寂寥，而這幾段冬天的溫馨回憶卻讓作者心頭點起一簇簇暖火，不再懼怕寒意。三幅冬景圖皆是透過一種內外對比的手法，外在季節的蕭條景象映襯著人物內心的踏實溫暖，親情、友情以及夫妻之間的也是親情也是愛情，堆疊出關於這個寒冷季節裡的不可抹滅的美好回憶。

給亡婦

謙，日子真快，一眨眼你已經死了三個年頭了。這三年裡世事不知變化了多少回，但你未必注意這些個，我知道。你第一惦記的是你幾個孩子，第二便輪著我。孩子和我平分你的世界，你在日如此；你死後若還有知，想來還如此的。告訴你，我夏天回家來著：邁兒長得結實極了，比我高一個頭。閏兒父親說是最乖，可是沒有先前胖了。采芷和轉子都好。五兒全家誇她長得好看；卻在腿上生了濕瘡，整天坐在竹床上不能下來，看了怪可憐的。六兒，我怎麼說好，你明白，你臨終時也和母親談過，這孩子是只可以養著玩兒的，他左挨右挨去年春天，到底沒有挨過去。這孩子生了幾個月，你的肺病就重起來了。我勸你少親近他，只監督著老媽子照管就行。你總是忍不住，一會兒提，一會兒抱的。可是你病中為他操的那一份兒心也夠瞧的。那一個夏天他病的時候多，你成天兒忙著，湯呀，藥呀，冷呀，暖呀，連覺也沒有好好兒睡過。那裡有一分一毫想著你自己。瞧著他硬朗點兒你就樂，乾枯的笑容在黃蠟般的臉上，我只有暗中嘆氣而已。

從來想不到做母親的要像你這樣。從邁兒起，你總是自己餵乳，一連四個都這樣。你起初不知道按鐘點兒餵，後來知道了，卻又弄不慣；孩子們每夜裡幾次將你哭醒了，特別是悶熱的夏季。我瞧你的覺老沒睡足。白天裡還得做菜，照料孩子，很少得空兒。你的身子本來壞，四個孩子就累你七八年。到了第五個，你自己實在不成了，又沒乳，只好自己餵奶粉，另雇老媽子專管她。但孩子跟老媽子睡，你就沒有放過心；夜裡一聽見哭，就豎起耳朵聽，工夫一大就得過去看。十六年初，和你到北京來，將邁兒，轉子留在家裡；三年多還不能去接他們，可真把你惦記苦了。你並不常提，我卻明白。你後來說你的病就是惦記出來的；那個自然也有份兒，不過大半還是養育孩子累的。你的短短的十二年結婚生活，有十一年耗費在孩子們身上；而你一點不厭倦，有多少力量用多少，一直到自己毀滅為止。你對孩子一般兒愛，不問男的女的，大的小的。也不想到什麼「養兒防老，積穀防飢[1]」，只拚命的愛去。你對於教育老實說有些外行，孩子們只要吃得好玩得好就成了。這也難怪你，你自己便是這樣長大的。況且孩子們原都還小，吃和玩本來也要緊的。你病重的時候最放不下的還是孩子。病的只剩皮包著骨頭了，總不信自己不會好；老說：「我死了，這一大群孩子可苦了。」後來說送你回家，你想著可以看見邁兒和轉子，也願意；你萬不想到會一走不返的。我送車的時候，你忍不住哭了，說：「還不知能不能再見？」可憐，你的心我知道，你滿想著好好兒帶著六個孩子回來見我的。謙，你那時一定這樣想，一定的。

除了孩子，你心裡只有我。不錯，那時你父親還在；可是你母親死了，他另有個女人，你老早就覺得隔了一層似的。出嫁後第一年你雖還一心一意依戀著他老人家，到第二年上我和孩子可就將你的心占住，你再沒有多少工夫惦記他了。你還記得第一年我在北京，你在家裡。家裡來信說你待不住，常回娘家去。我動氣了，馬上寫信責備你。你教人寫了一封復信，說家裡有事，不能不回去。這是你第一次也可以說第末次的抗議，我從此就沒給你寫信。暑假時帶了一肚子主意回去，但見了面，看你一臉笑，也就拉倒了。打這時候起，你漸漸從你父親的懷裡跑到我這兒。你換了金鐲子幫助我的學費，叫我以後還你；但直到你死，我沒有還你。你在我家受了許多氣，又因為我家的緣故受你家裡的氣，你都忍著。這全為的是我，我知道。那回我從家鄉一個中學半途辭職出走。家裡人諷你也走。那裡走！只得硬著頭皮往你家去。那時你家像個冰窖子，你們在窖裡足足住了三個月。好容易我才將你們領出來了，一同上外省去。小家庭這樣組織起來了。你雖不是什麼闊小姐，可也是自小嬌生慣養的，做起主婦來，什麼都得幹一兩手；你居然做下去了，而且高高興興地做下去了。菜照例滿是你做，可是吃的都是我們；你至多夾上兩三筷子就算了。你的菜做得不壞，有一位老在行大大地誇獎過你。你洗衣服也不錯，夏天我的綢大褂大概總是你親自動手。你在家老不樂意閒著；坐前幾個「月子」，老是四五天就起床，說是躺著家裡事沒條沒理的。其實你起來也還不是沒條理；咱們家那麼多孩子，那兒來條理？在浙江住的時候，逃過兩回兵難，我都在北平。真虧你領著母親和一群孩子東藏西躲的；末一回還要走多少里路，翻一道大嶺。這兩回差不多只靠你一個人。你不但帶了母親和孩子們，還帶了我一箱箱的書；你知道我是最愛書的。在短短的十二年裡，你操的心比人家一輩子還多；謙，你那樣身子怎麼經得住！你將我的責任一股腦兒擔負了去，壓死了你；我如何對得起你！

你為我的撈什子書也費了不少神；第一回讓你父親的男佣人從家鄉捎到上海去。他說了幾句閒話，你氣得在你父親面前哭了。第二回是帶著逃難，別人都說你傻子。你有你的想頭：「沒有書怎麼教書？況且他又愛這個玩意兒。」其實你沒有曉得，那些書丟了也並不可惜；不過教你怎麼曉得，我平常從來沒和你談過這些個！總而言之，你的心是可感謝的。這十二年裡你為我吃的苦真不少，可是沒有過幾天好日子。我們在一起住，算來也還不到五個年頭。無論日子怎麼壞，無論是離是合，你從來沒對我發過脾氣，連一句怨言也沒有。——別說怨我，就是怨命也沒有過。老實說，我的脾氣可不大好，遷怒的事兒有的是。那些時候你往往抽噎❷著流眼淚，從不回嘴，也不號啕❸。不過我也只信得過你一個人，有些話我只和你一個人說，因為世界上只你一個人真關心我，真同情我。你不但為我吃苦，更為我分苦；我之有我現在的精神，大半是你給我培養著的。這些年來我很少生病。但我最不耐煩生病，生了病就呻吟不絕，鬧那伺候病的人。你是領教過一回的，那回只一兩點鐘，可是也夠麻煩了。你常生病，卻總不開口，掙扎著起來；一來怕攪我，二來怕沒人做你那份兒事。我有一個壞脾氣，怕聽人生病，也是真的。後來你天天發燒，自己還以為南方帶來的瘧疾，一直瞞著我。明明躺著，聽見我的腳步，一骨碌就坐起來。我漸漸有些奇怪，讓大夫一瞧，這可糟了，你的一個肺已爛了一個大窟窿了！大夫勸你到西山去靜養，你丟不下孩子，又捨不得錢；勸你在家裡躺著，你也丟不下那份兒家務。越看越不行了，這才送你回去。明知凶多吉少，想不到只一個月工夫你就完了！本來盼望還見得著你，這一來可拉倒了。你也何嘗想到這個？父親告訴我，你回家獨住著一所小住宅，還嫌沒有客廳，怕我回去不便哪。

前年夏天回家，上你墳上去了。你睡在祖父母的下首，想來還不孤單的。只是當年祖父母的墳太小了，你正睡在壙底下。這叫做「抗壙」，在生人看來是不安心的；等著想辦法吧。那時壙上壙下密密地長著青草，朝露浸濕了我的布鞋。你剛埋了半年多，只有壙下多出一塊土，別的全然看不出新墳的樣子。我和隱今夏回去，本想到你的墳上來；因為她病了，沒來成。我們想告訴你，五個孩子都好，我們一定盡心教養他們，讓他們對得起死了的母親——你！謙，好好兒放心安睡吧，你。

一九三二年十月

注釋

❶ 養兒防老，積穀防饑　這裡是說明某部分人撫養兒女，是為了待年老時有人奉養的一種期待。

❷ 抽噎　哭泣時一吸一頓的樣子。

❸號咷　同「嚎咷」，大聲哭泣之意。

賞析

抒情文的寫作若是有一特定的抒情對象，在傾吐個人心中感思以及將情感提煉成具有藝術價值的文學創作之間，同時考驗著作家對於情感的收放以及對於文字的掌握能力。文章寫得過度私我細瑣，難以引起他者共鳴；過度注重文字上的雕琢，又容易顯得矯情。朱自清這一篇以亡妻（原配武鍾謙）為抒情對象的文章，則是在兩者之間達到一種平衡；透過書信的方式，像是在與亡妻對話一般道訴了深刻的感謝與思念之情，另一方面則藉由追憶的方式，將夫妻二人的相處過程與種種回憶歷歷呈現紙上。讀者透過文字彷彿跟著一起走過這一長段歲月，也漸進地體會了作者的深思與感念。

文章一開頭先說時間遷移的快速，這是一種心理時間的感受；三年的光陰之所以令人感到是快速流走的，原因反映在後面的長篇文字之中：夫妻間情感的厚實、對於妻子深刻的掛念，這都是時間奔走之餘未曾帶走或淡化的。作者了解自己妻子的心意無論如何是最惦記著孩子的，第一段裡便是急著要將家裡的近況一一告知孩子們的母親。接著延續著妻子的母親身分，回憶起在她身前對於孩子們向來都是無求回報的付出與寵愛，生命中的每一分鐘牽掛不已的一直都是自己的孩子。

接在孩子之後，作者轉回到妻子與自己的互動，以具實的相處情形說明妻子對於自己的看重與包容，呼應著首段所言的「你第一惦記的是你幾個孩子，第二便輪著我」。時光回推到新婚初始，妻子逐漸移轉了生命的重心，丈夫與孩子變成她下半輩子最重視也最依賴的對象。妻子溫順而能幹，即使因為自己而受了委屈，也總是壓抑隱忍；對於丈夫的志向成全而支持，對於瑣碎家事盡心地承擔與料理，這位女性賢慧善良的形象躍然紙上。作者妻子不只是恰如其分地扮演一個傳統好婦女的角色，並能體貼他對於書本珍愛的心情，即使遭遇逃難的危急艱苦時刻，仍舊堅持攜著厚重的書本一起行動；這已經超過身分上的責任與義務，更是一種對於丈夫深重情意的表現。

對照著妻子的細心周到，作者回憶著昔日時有的壞脾氣、對於妻子身上過重的負擔，以及其病重時的疏忽大意，語多自責與懊惱。然而夫妻之間的相處與付出往往建立在彼此的信任與情感的厚度之上，自然是無法放在天秤上精準地衡量輕重多寡的。從文字中所能見到的也是朱自清對於妻子生前點滴的謹記在心，伴隨著每一段過往的回憶，深藏其中是更多的懷念與謝意。

此篇抒情文寫來平實而溫厚，恰好與作家含蓄卻重情的性格，以及這對夫妻之間溫潤而細長的情感，產生一種動人的呼應。

說話

誰能不說話，除了啞子？有人這個時候說，那個時候不說。有人這個地方說，那個地方不說。有人跟這些人說，不跟那些人說。有人多說，有人少說。有人愛說，有人不愛說。啞子雖然不說，卻也有那伊伊呀呀的聲音，指指點點的手勢。

說話並不是一件容易事。天天說話，不見得就會說話；許多人說了一輩子話，沒有說好過幾句話。所謂「辯士❶的舌鋒」、「三寸不爛之舌」等讚詞，正是物稀為貴的證據；文人們講究「吐屬❷」，也是同樣的道理。我們並不想做辯士，說客，文人，但是人生不外言動，除了動就只有言，所謂人情世故，一半兒是在說話裡。古文《尚書》裡說，「唯口，出好興戎」，一句話的影響有時是你料不到的，歷史和小說上有的是例子。

說話即使不比作文難，也決不比作文容易。有些人會說話不會作文，但也有些人會作文不會說話。說話像行雲流水，不能夠一個字一個字推敲，因而不免有疏漏散漫的地方，不如作文的謹嚴。但那些行雲流水般的自然，卻決非一般文章所及。——文章有能到這樣境界的，簡直當以說話論，不再是文章了。但是這是怎樣一個不易到的境界！我們的文章，哲學裡雖有「用筆如舌」一個標準，古今有幾個人真能「用筆如舌」呢？不過文章不甚自然，還可成為功力一派，說話是不行的；說話若也有功力派，你想，那怕真夠瞧的！

說話到底有多少種，我說不上。約略分別：向大家演說，講解，乃至說書等是一種，會議是一種，公私談判是一種，法庭受審是一種，向新聞記者談話是一種；——這些可稱為正式的。朋友們的閒談也是一種，可稱為非正式的。正式的並不一定全要拉長了面孔，但是拉長了的時候多。這種話都是成片斷的，有時竟是先期預備好的。只有閒談，可以上下古今，來一個雜拌兒；說是雜拌兒，自然零零碎碎，成片段的是例外。閒談說不上預備，滿是將話搭話，隨機應變。說預備好了再去「閒談」，那豈不是個大笑話？這種種說話，大約都有一些公式，就是閒談也有——「天氣」常是閒談的發端，就是一例。但是公式是死的，不夠用的，神而明之還在乎人。會說的教你眉飛色舞，不會說的教你昏頭搭腦，即使是同一個意思，甚至同一句話。

中國人很早就講究說話。《左傳》、《國策》、《世說》是我們的三部說話的經典。一是外交辭令，一是縱橫家言，一是清談。你看他們的話多麼婉轉如意，句句字字打進人心坎裡。還有一部《紅樓夢》，裡面的對話也極輕鬆，漂亮。此外漢代賈君房號為「語妙天下」，可惜留給我們的只有這一句讚詞；明代柳敬亭的說書極有大名，可惜我們也無從領略。近年來的新文學，將白話文歐化，從外國文中借用了許多活潑的，精細的表現，同時暗示我們將舊來有些表現重新咬嚼一番。這卻給我們的語言一種新風味，新力量。加以這些年說話的艱難，使一般報紙都變乖巧了，他們知道用側面的，反面的，夾縫裡的表現了。這對於讀者是一種不容避免的好訓練；他們漸漸敏感起來了，只有敏感的人，才能體會那微妙的咬嚼的味兒。這時期說話的藝術確有了相當的進步。論說話藝術的文字，從前著名的似乎只有韓非的〈說難〉，那是一篇剖析入微的文字。現在我們卻已有了不少的精警之作，魯迅先生的〈立論〉就是的。這可以證明我所說的相當的進步了。

中國人對於說話的態度，最高的是忘言，但如禪宗「教」人「將嘴掛在牆上」，也還是免不了說話。其次是慎言，寡言，訥於言。這三樣又有分別：慎言是小心說話，小心說話自然就少說話，少說話少出錯兒。寡言是說話少，是一種深沉或貞靜的性格或品德。訥於言是說不出話，是一種渾厚誠實的性格或品德。這兩種多半是生成的。第三是修辭或辭令。至誠的君子，人格的力量照徹一切的陰暗，用不著多說話，說話也無須乎修飾。只知講究修飾，嘴邊天花亂墜，腹中矛戟森然❸，那是所謂小人；他太會修飾了，倒教人不信了。他的戲法總有讓人揭穿的一日。我們是介在兩者之間的平凡的人，沒有那偉大的魄力，可也不至於忘掉自己。只是不能無視世故人情，我們看時候，看地方，看人，在禮貌與趣味兩個條件之下，修飾我們的說話。這兒沒有力，只有機智；真正的力不是修飾所可得的。我們所能希望的只是：說得少，說得好。

《小說月報》，一九三五年

注釋

❶辯士　能說善道的人，亦稱為「辯人」。

❷吐屬　談吐。

❸矛戟森然　指的是巧言令色的說話者，笑裡藏刀，別有心機。戟，音ㄐㄧˇ。

賞　析

本文文體屬於論說文，文分六段。一、二段說明說話的必要性、重要性與說話藝術的難度。人生在世，不外言動二事，大部分的人情世故悲歡喜樂都是透過說話來表達與進行；即使是一句微言，可能造成的影響竟是無可預期地大。

第三段將說話與作文相比，相較之下說話不必經過仔細推敲，亦可如行雲流水般地自然流暢，看似是容易的，卻也因為這樣的特點以至於不夠嚴謹，容易形成疏忽流於散漫。

第四段落將說話的種類稍作區別，簡單歸納可分為正式談話與非正式談話二種。正式的談話往往經過演練或準備，凝練成一個完整的段落；而非正式的言談則顯得隨性輕鬆，零碎不成片段，只是閒談的人們也難免會歸納出一個既定的言談公式，其差異則來自不同個體的說話技巧，同樣一個意思從不同口中表達出來，造成的效果將是迥異的。

第五段從中國的歷史進行追溯，以見古人對於說話藝術早已十分重視，從先秦《左傳》、《國策》一直到清代《紅樓夢》，前人累積的各種說話藝術足以作為我們學習的典範。受到外來文化的影響，近代人也吸取了外國語文中的談話精華，刺激了國人言語益求精細活潑——這是一種訓練，也是一種成長。

第六段則指出中國人最高的說話境界固是「忘言」，但在此之前「慎言」、「寡言」與「訥於言」亦是一般常人不可忽略的說話態度與技巧。談話是個體性格品德的外在展現，因此與其著重於浮面的言語修飾，不如反求自身內在品涵的修養。只是一般人尚未能夠達到至誠君子無言即可動人的層次，在無可避免的眾多談話場合中，仍舊應該從裡到外地展現個人的機智思考與趣味談話，「說得少卻說得好」，這才是真正的說話藝術。

此篇文章精鍊透徹地分析了說話的重要性與說話的藝術，在闡述細論的同時，已展現出一種高度的「說話的藝術」。

【遊・記】

萊茵河

萊茵河（The Rhine）發源於瑞士阿爾卑斯山中，穿過德國東部，流入北海，長約二千五百里。分上中下三部分。從馬恩斯（Mayence, Mains）到哥龍（Cologne）算是「中萊茵」；遊萊茵河的都走這一段兒。天然風景並不異乎尋常地好；古蹟可異乎尋常地多。尤其是馬恩斯與考勃倫茲（Koblenz）之間，兩岸山上布滿了舊時的堡壘，高高下下的，錯錯落落的，斑斑駁駁的：有些已經殘破，有些還完好無恙。這中間住過英雄，住過盜賊，或據險自豪，或縱橫馳驟，也曾熱鬧過一番。現在卻無精打采，任憑日曬風吹，一聲兒不響。坐在輪船上兩邊看，那些古色古香各種各樣的堡壘歷歷❶的從眼前過去；彷彿自己已經跳出了這個時代而在那些堡壘裡過著無拘無束的日子。遊這一段兒，火車卻不如輪船：朝日不如殘陽，晴天不如陰天，陰天不如月夜——月夜，再加上幾點兒螢火，一閃一閃的在尋覓荒草裡的幽靈似的。最好還得爬上山去，在堡壘內外徘徊徘徊。

這一帶不但史蹟多。傳說也多。最淒豔的自然是膾炙人口的聲聞岩頭的仙女了。聲聞岩在河東岸，高四百三十英尺，一大片暗淡的懸岩，嶙嶙峋峋❷的；河到岩南，向東拐個小灣，這裡有頂大的回聲，岩因此得名。相傳往日岩頭有個仙女美極，終日歌唱不絕。一個船夫傍晚行船，走過岩下。聽見她的歌聲，仰頭一看，不覺忘其所以，連船帶人都撞碎在岩上。後來又死了一位伯爵的兒子。這可闖下大禍來了。伯爵派兵遣將，給兒子報仇。他們打算捉住她，鎖起來，從岩頂直摔下河裡去。但是她不願死在他們手裡，她呼喚萊茵母親來接她；河裡果然白浪翻騰，她便跳到浪裡。從此聲聞岩下聽不見歌聲，看不見倩影，只剩晚霞在岩頭明滅。德國大詩人海涅有詩詠此事；此事傳播之廣，這篇詩也有關係的。友人淦克超先生曾譯第一章云：

傳聞舊低徊，我心何悒悒。
兩峰隱夕陽，萊茵流不息。
峰際一美人，燦然金髮明，
清歌時一曲，餘音響入雲。

凝聽復凝望，舟子忘所向，
怪石耿中流，人與舟俱喪。

這座岩現在是已穿了隧道通火車了。

哥龍在萊茵河西岸，是萊茵區最大的城，在全德國數第三。從甲板上看教堂的鐘樓與尖塔這兒那兒都是的。雖然多麼繁華一座商業城，卻不大有俗塵撲到臉上。英國詩人柯勒列治說：

人知萊茵河，洗淨哥龍市；
水仙你告我，今有何神力，
洗淨萊茵水？

那些樓與塔鎮壓著塵土，不讓飛揚起來，與萊茵河的洗刷是異曲同工的。哥龍的大教堂是哥龍的榮耀；單憑這個，哥龍便不死了。這是戈昔式，是世界上最宏大的戈昔式教堂❸之一。建築在一二四八年，到一八八零年才全部落成。歐洲教堂往往如此，大約總是錢不夠之故。教堂門牆偉麗，尖拱和直棱，特意繁密，又雕了些小花，小動物，和《聖經》人物，零星點綴著；近前細看，其精工真令人驚嘆。門牆上兩尖塔，高五百十五英尺，直入雲霄。戈昔式要的是高而靈巧，讓靈魂容易上通於天。這也是月光裡看好。淡藍的天乾乾淨淨的，只有兩條尖尖的影子映在上面；像是人天僅有的通路，又像是人類祈禱的一雙胳膊。森嚴肅穆，不說一字，抵得千言萬語。教堂裡非常寬大，頂高一百六十英尺。大石柱一行行的，高的一百四十八英尺，低的也六十英尺，都可合抱；在裡面走，就像在大森林裡，和世界隔絕。尖塔可以上去，玲瓏剔透，有淩雲❹之勢。塔下通迴廊。廊中向下看教堂裡，覺得別人小得可憐，自己高得可怪，真是顛倒夢想。

注釋

❶歷歷　清楚明白，分明可數。

❷嶙嶙峋峋　音ㄌㄧㄣˊ ㄌㄧㄣˊ ㄒㄩㄣˊ ㄒㄩㄣˊ。形容山石奇兀聳峭的樣子。

❸戈昔式教堂　"gothic"，今多譯成「歌德」。歌德式教堂的出現是基督教建築的開始，在整個

建築空間型態上，歌德式建築強調「垂直向上」，「仰望上帝」的空間意象。因此，窗形由羅馬建築的圓拱窗改變為尖拱窗的形式；而交叉肋拱、飛拱壁等結構技術，也幫助整個建築體得以挑高，塑造出修長的垂直感，而其尖刺般的高塔，更將人們的視線焦點向上延伸至無窮的天庭。法國巴黎聖母院 (Notre Dame, Paris) 即是歌德式知名建築物之一。

❹凌雲　乘雲高飛，比喻超俗絕塵，意氣昂揚；此指尖塔高聳矗立，直達雲霄。

賞析

本文是朱自清一系列歐洲之旅相關作品的其中之一，以萊茵河中段部分的見聞與感思作為描述對象，分從沿河兩岸、聲聞岩的傳說與哥龍城三處來反映這一河段的殊異之美。

全文可分作三個段落，首段提到「天然風景並不異乎尋常地好；古蹟可異乎尋常地多」，即是指出此處自然風光一如萊茵河其他部分，無意外地當是秀麗美好；其特殊之處則在於此處歷史遺跡的豐富，預示著作者在這篇文章中所要記寫的感動，正是這些擁有著悠長年代的人類生活記憶。

歲月的步履一路推展，在沿著河岸山上的堡壘群落覆寫下了許多的斑駁與滄桑，它們見證了時間的移轉與歷史的開闔；無論是英雄或盜賊，昔日的意氣風發或縱橫睥睨，如今都已化作堡壘上的一塊磚石，安靜而落寞。此番景象引起作者的懷古之情，彷彿時光倒轉，他也參與了這段動人的歲月。接著作者一連用了四個「不如」，說明在螢光月夜裡登走徘徊在堡壘之間，透過外在氣氛烘托內心情境，將是人生美事一樁。

第二段則介紹河東岸的聲聞岩；這裡的懸岩奇兀聳峭，地勢環境造成的回聲作用除了是命名的依據，也牽引出一段淒美的仙女傳說故事，增添了聲聞岩的浪漫色彩與生動氣韻，每每讓行遊此處的旅客因此動容不已，詩人甚至為此賦詩歌詠一番。

最後來到布滿教堂鐘樓與尖塔的哥龍城。哥龍城商業繁華卻不具俗味，萊茵河的清新透徹與教堂所營造的莊嚴氣氛，同時安定了城市可能的浮動心情。建築物本身就是一種語言，道訴著人們對於宗教的虔誠與敬意。當作家登上迴廊向下眺望教堂，原以為會因為更親近上天而喜悅，卻反而在清楚看見人類的渺小時，感覺到一種距離，一種彆扭；結語用「顛倒夢想」收尾，除了是作家深刻的人生體悟，也為文章留下雋永的餘味，令人咀嚼不已。

此篇遊記文章看似介紹為重，抒情為少，然每一段落記實的書寫之中，作家的思維卻是貫串迴旋其中。讀者在閱讀之際，足以透過文字對於實際情境在腦中進行勾勒描繪，因而得以充分體會作家的感動與體悟。

羅馬

羅馬 (Rome) 是歷史上大帝國的都城，想像起來，總是氣象萬千似的。現在它的光榮雖然早過去了，但是從七零八落的廢墟裡，後人還可彷彿於百一。這些廢墟，舊有的加上新發掘的，幾乎隨處可見，像特意點綴這座古城的一般。這邊幾根石柱子，那邊幾段破牆，帶著當年的塵土，寂寞地陷在大坑裡；雖然是夏天中午的太陽，照上去也黯黯淡淡，沒有多少勁兒。就中羅馬市場 (Forum Romanum) 規模最大。這裡是古羅馬城的中心，有法庭，神廟，與住宅的殘跡。卡司多和波魯斯廟的三根哥林斯式❶的柱子，頂上還有片石相連著；在全場中最為秀拔，像三個丰姿飄灑的少年用手橫遮著額角，正在眺望這一片古市場。想當年這裡終日擠擠鬧鬧的也不知有多少人，各有各的心思，各有各的手法；現在只剩三兩起遊客指手畫腳地在死一般的寂靜裡。犄角上有一所住宅，情形還好；一面是三間住屋，有壁畫，已模糊了，地是嵌石鋪成的；旁廂是飯廳，壁畫極講究，畫的都是正大的題目，他們是很看重飯廳的。市場上面便是巴拉丁山，是飽歷興衰的地方。最早是一個村落，只有些茅草屋子；羅馬共和末期，一姓貴族聚居在這裡；帝國時代，更是繁華。遊人走上山去，兩旁宏壯的住屋還留下完整的黃土坯子，可以見出當時闊人家的氣局。屋頂一片平場，原是許多花園，總名法內塞園子，也是四百年前的舊跡；現在點綴些花木，一角上還有一座小噴泉。在這園子裡看腳底下的古市場，全景都在望中了。

市場東邊是鬥獅場，還可以看見大概的規模；在許多宏壯的廢墟裡，這個算是情形最好的。外牆是一個大圓圈兒，分四層，要仰起頭才能看到頂上。下三層都是一色的圓拱門和柱子，上一層只有小長方窗戶和楞子，這種單純的對照教人覺得這座建築是整整的一塊，好像直上雲霄的松柏，老幹亭亭，沒有一些繁枝細節。裡面中間原是大平場；中古時在這兒築起堡壘，現在滿是一道道頹毀的牆基，倒成了四不像。這場子便是鬥獅場；環繞著的是觀眾的坐位。下兩層是包廂，皇帝與外賓的在最下層，上層是貴族的；第三層公務員坐；最上層平民坐；共可容四五萬人。獅子洞還在下一層，有口直通場中。鬥獅是一種刑罰，也可以說是一種裁判：罪囚放在獅子面前，讓獅子去搏他；他若居然制死了獅子，便是直道在他一邊，他就可自由了。但自然是讓獅子吃掉的多；這些人大約就算活該。想到臨場的罪因和他親族的悲哀與恐怖，他的仇人的痛快，皇帝的威風，與一般觀眾好奇的緊張的面目，真好比一場惡夢。這個場子建築在一世紀，原是戲園子，後來才改作鬥獅之用。

鬥獅場南面不遠是卡拉卡拉浴場。古羅馬人頗講究洗澡，浴場都造得好，這一所更其華麗。全場用大理石砌成，用嵌石鋪地；有壁畫，有雕像，用具也不尋常。房子高大，分兩層，都用圓拱門，走進去覺得穩穩的；裡面金碧輝煌，與壁畫雕像相得益彰。居中是大健身房，有噴泉兩座。場子占地六英畝，可容一千六百人洗浴。洗浴分冷熱水蒸汽三種，各占一所屋子。古羅馬人上浴場來，不單是為洗澡；他們可以在這兒商量買賣，和解訟事等等，正和我們上茶店上飯店一般作用。這兒還有好些遊藝，他們公餘或倦後來洗一個澡，找幾個朋友到遊藝室去消遣一回，要不然，到客廳去談談話，都是很「寫意」的。現在卻只剩下一大堆遺跡。大理石本來還有不少，早給搬去造聖彼得等教堂去了；零星的物件陳列在博物院裡。我們所看見的只是些巍巍峨峨參參差差的黃土骨子，站在太陽裡，還有學者們精心研究出來的《卡拉卡拉浴場圖》的照片，都只是所謂過屠門大嚼❷而已。

羅馬從中古以來便以教堂著名。康南海《羅馬遊紀》中引杜牧的詩「南朝四百八十寺，多少樓臺煙雨中」❸，光景大約有些相像的；只可惜初夏去的人無從領略那煙雨罷了。聖彼得堂最精妙，在城北尼羅圓場的舊址上。尼羅在此地殺了許多基督教徒。據說聖彼得上十字架後也便葬在這裡。這教堂幾經興廢，現在的房屋是十六世紀初年動工，經了許多建築師的手。密凱安傑羅七十二歲時，受保羅第三的命，在這兒工作了十七年。後人以為天使保羅第三假手於這一個大藝術家，給這座大建築定下了規模；以後雖有增改，但大體總是依著他的。教堂內部參照卡拉卡拉浴場的式樣，許多高大的圓拱門穩穩地支著那座穹窿頂。教堂長六百九十六英尺，寬四百五十英尺，穹窿頂高四百零三英尺，可是乍看不覺得是這麼大。因為平常看屋子大小，總以屋內飾物等為標準，飾物等的尺寸無形中是有譜子的。聖彼得堂裡的卻大得離了譜子，「天使像巨人，鴿子像老鷹」；所以教堂真正的大小，一下倒不容易看出了。但是你若看裡面走動著的人，便漸漸覺得不同。教堂用彩色大理石砌牆，加上好些嵌石的大幅的名畫，大都是亮藍與朱紅二色；鮮明豐麗，不像普通教堂一味陰沉沉的。密凱安傑羅雕的彼得像，溫和光潔，別具一格，在教堂的犄角上。

聖彼得堂兩邊的列柱迴廊像兩隻胳膊擁抱著聖彼得圓場；留下一個口子，卻又像個玦❹。場中央是一座埃及的紀功方尖柱，左右各有大噴泉。那兩道迴廊是十七世紀時亞歷山大第三所造，成於倍里尼(Pernini)之手。廊子裡有四排多力克式石柱，共二百八十四根；頂上前後都有闌干，前面闌干上並有許多小雕像。場左右地上有兩塊圓石頭，站在上面看同一邊的廊子，覺得只有一排柱子，氣魄更雄偉了。這個圓場外有一道彎彎的白石線，便是梵蒂岡與意大利的分界。教皇每年復活節站在聖彼得堂的露臺上為人民祝福，這個場子內外據說是擁擠不堪的。

聖保羅堂在南城外，相傳是聖保羅葬地的遺址，也是柱子好。門前一個方院子，四面廊子裡都是些整塊石頭鑿出來的大柱子，比聖彼得的兩道廊子卻質樸得多。教堂裡面也簡單空廓，沒有什麼東西。但中間那八十根花崗石的柱子，和盡頭處那六根蠟石的柱子，縱橫地排著，看上去彷彿到了人跡罕至的遠古的森林裡。柱子上頭牆上，周圍安著嵌石的歷代教皇像，一律圓框子。教堂旁邊另有一個小柱廊，是十二世紀造的。這座廊子圍著一所方院子，在低低的牆基上排著兩層各色各樣的細柱子——有些還嵌著金色玻璃塊兒。這座廊子精工可以說像湘繡，秀美卻又像王羲之的書法。

在城中心的威尼斯方場上巍然蟠踞著的，是也馬奴兒第二的紀功廊。這是近代意大利的建築，不缺少力量。一道彎彎的長廊，在高大的石基上。前面三層石級：

第一層在中間，第二三層分開左右兩道，通到廊子兩頭。這座廊子左右上下都勻稱，中間又有那一彎，便兼有動靜之美了。從廊前列柱間看到暮色中的羅馬全城，覺得幽遠無窮。

羅馬藝術的寶藏自然在梵蒂岡宮；卡辟多林博物院中也有一些，但比起梵蒂岡來就太少了。梵蒂岡有好幾個雕刻院，收藏約有四千件，著名的《拉奧孔》(Laocoön)便在這裡。畫院藏畫五十幅，都是精品，拉飛爾的《基督現身圖》是其中之一，現在卻因修理關著。梵蒂岡的壁畫極精彩，多是拉飛爾和他門徒的手筆，為別處所不及。有四間拉飛爾室和一些廊子，裡面滿是他們的東西。拉飛爾由此得名。他是烏爾比奴人，父親是詩人兼畫家。他到羅馬後，極為人所愛重，大家都要教他畫；他忙不過來，只好收些門徒作助手。他的特長在畫人體。這是實在的人，肢體圓滿而結實，有肉有骨頭。這自然受了些佛羅倫司派❺的影響，但大半還是他的天才。他對於氣韻、遠近、大小與顏色也都有敏銳的感覺，所以成為大家。他在羅馬住的屋子還在，墳在國葬院裡。歇司丁堂與拉飛爾室齊名，也在宮內。這個神堂是十五世紀時歇司土司第四造的，長一百三十三英尺，寬四十五英尺。兩旁牆的上部，都由佛羅倫司派畫家裝飾，有波鐵乞利在內。屋頂的畫滿都是密凱安傑羅的，歇司丁堂著名在此。密凱安傑羅是佛羅倫司派的極峰。他不多作畫，一生精華都在這裡。他畫這屋頂時候，以深沉肅穆的心情滲入畫中。他的構圖裡氣韻流動著，形體的勾勒也自然靈妙，還有那雄偉出塵的風度，都是他獨具的好處。堂中祭壇的牆上也是他的大畫，叫做《最後的審判》。這幅壁畫是以後多年畫的，費了他七年工夫。

羅馬城外有好幾處隧道，是一世紀到五世紀時候基督教徒挖下來做墓穴的，但也用作敬神的地方。尼羅搜殺基督教徒，他們往往避難於此。最值得看的是聖卡里斯多隧道。那兒還有一種熱誠花，十二瓣，據說是代表十二使徒的。我們看的是聖賽巴司提亞堂底下的那一處，大家點了小蠟燭下去。曲曲折折的狹路，兩旁是大大小小深深淺淺的墓穴；現在自然是空的，可是有時還看見些零星的白骨。有一處據說聖彼得住過，成了龕堂，壁上畫得很好。別處也還有些壁畫的殘跡。這個隧道似乎有四層，占的地方也不小。聖賽巴司提亞堂裡保存著一塊石頭，上有大腳印兩個；他們說是耶穌基督的，現在供養在神龕裡。另一個教堂也供著這麼一塊石頭，據說是仿本。

縲絏堂建於第五世紀，專為供養拴過聖彼得的一條鐵鏈子。現在這條鏈子還好好的在一個精美的龕子裡。堂中周理烏司第二紀念碑上有密凱安傑羅雕的幾座像；

摩西像尤為著名。那種原始的堅定的精神和勇猛的力量從眉目上，鬍鬚上，胳膊上，手上，腿上，處處透露出來，教你覺得見著了一個偉大的人。又有個阿拉古里堂，中有聖嬰像。這個聖嬰自然便是耶穌基督；是十五世紀耶路撒冷一個教徒用橄欖木雕的。他帶它到羅馬，供養在這個堂裡。四方來許願的很多，據說非常靈驗；它身上密層層地掛著許多金銀飾器都是人家還願的。還有好些信寫給它，表示敬慕的意思。

羅馬城西南角上，挨著古城牆，是英國墳場或叫做新教墳場。這裡邊葬的大都是藝術家與詩人，所以來參謁來憑弔的意大利人和別國的人終日不絕。就中最有名的自然是十九世紀英國浪漫詩人雪萊與濟玆的墓。雪萊的心葬在英國，他的遺灰在這兒。墓在古城牆下斜坡上，蓋有一塊長方的白石；第一行刻著「心中心」，下面兩行是生卒年月，再下三行是莎士比亞《風暴》中的仙歌。

彼無毫毛損，
海濤變化之，
從此更神奇。

好在恰恰關合雪萊的死和他的為人。濟茲墓相去不遠，有墓碑，上面刻著道：

這座墳裡是
英國一位少年詩人的遺體；
他臨死時候，
想著他仇人們的惡勢力，
痛心極了，叫將下面這一句話
刻在他的墓碑上：
「這兒躺著一個人，
他的名字是用水寫的。」

末一行是速朽的意思；但他的名字正所謂「不廢江河萬古流」，又豈是當時人所料得到的。後來有人別作新解，根據這一行話作了一首詩，連濟茲的小像一塊兒刻銅嵌在他墓旁牆上。這首詩的原文是很有風趣的。

濟茲名字好，
說是水寫成；
一點一滴水，
後人的淚痕——
英雄枯萬骨，
難如此感人。
安睡吧，
陳詞雖掛漏，
高風自崢嶸。

這座墳場是羅馬富有詩意的一角；有些愛羅馬的人雖不死在意大利，也會遺囑葬在這座「永遠的城」的永遠的一角裡。

注釋

❶哥林斯式　Corinthian，原為希臘主要的古建築樣式之一，其實希臘人並不常用，反倒是成為

後來的羅馬人經常引用的一種柱式。其特點是：細長、華美，裝飾風格強，給人以纖巧細膩的感覺；柱頭裝飾極為華麗，多以植物葉叢組成雕刻裝飾。哥林斯式建築充分顯示王者的尊嚴及其奢侈慾望的滿足。

❷過屠門大嚼　屠門，內鋪，宰牲的地方。過屠門大嚼，比喻羨慕而不能得到，想像已得之狀聊以自慰。漢桓譚《新論》：「人聞長安樂，則出門西向笑，知肉味美，則對屠門而嚼。」

❸南朝四百八十寺二句　此二句詩出自杜牧〈江南春〉一詩：「千里鶯啼綠映紅，水村山郭酒旗風。南朝四百八十寺，多少樓臺煙雨中。」唐朝詩人杜牧有感於南朝佛教的興盛，曾賦此詩。而本文中引用其中二詩句為比喻，則是在形容羅馬教堂數量之繁盛；二地的宗教盛況是極為雷同的。

❹玦　音ㄐㄩㄝˊ。開缺口的玉環，古時常用以贈人表示決斷、決絕。

❺佛羅倫司派　意大利文藝復興時期在經濟和文化中心佛羅倫斯形成的一個重要畫派。該派以資產階級發展時期的人文主義思想為主導，用科學方法探索人體的造型規律，吸取古代希臘、羅馬的雕刻手法應用在繪畫上，把中世紀的平面裝飾風格改變為用集中透視，有明暗效果，表現三度空間的畫法。除了油畫外，當時多創作大幅濕壁劃畫，主要為宮廷、教會服務，從而改變了歐洲中世紀繪畫的面貌。初期代表畫家有喬托、馬薩丘、烏齊羅等，盛期以達文西、米開朗基羅、拉斐爾等畫家為代表。

賞析

遊記有許多種寫法，翔實描敘所見事物的是一種，發抒遊興情感的也是一種方式。而朱自清這篇〈羅馬〉則看似以前者為主，透過作者攝影機一般的眼睛，將在羅馬所見的歷史建物與文化景觀，一幕幕地再現紙上。然而在客觀細膩之餘，仍舊穿插了許多作者的情感評價，文字中屢屢流露出屬於一位知識分子對於事物的敏銳觀察與深度思索。

文章前半部分的遊覽以羅馬豐富的宗教與政治遺跡為主，後半段落則著重於藝術文化景致的記敘。首段從古羅馬城的歷史遺跡寫起，在這些斑駁凋零、黯淡寂靜的廢墟中，仍舊可以想見當年的繁盛景況，透過對於這些遺址的懷想，羅馬帝國的風采再度重建於人們的腦海之中。作者接著分別來到古代的鬥獅場、卡拉卡拉浴場以及壯觀的聖彼得及聖保羅教堂。鬥獅場記錄了一段殘酷的歷史，卡拉卡拉浴場載記了古人們的一種生活方式。而羅馬教堂固然多得不可勝數，其中又屬聖彼得與聖保羅教堂最能代表羅馬文化的精華，細緻而雄偉的建築裡充分體現著宗教的神聖與莊嚴。

文章的後半部分著重於羅馬文化藝術景致的描寫。梵蒂岡擁有最多的羅馬藝術寶藏，從拉飛爾的作品，歇斯丁堂屋頂的壁畫，以及密凱安傑羅的著名作品《最後的審判》，藝術獨立的珍貴價值在此完全不亞於原本的政治作用或宗教意義。接著作家走過羅馬城外的幾處敬神所用的墓穴與教堂，那些刻畫生動的人物雕像，令宗教史上的聖徒們彷彿重現當下。而羅馬城西南角的新教墳場則是另一種充滿文學記憶的藝術氣氛，偉大詩人雪萊和濟茲（濟慈）即使在過世之後，仍舊無法切斷與文學的緊密關係，連墓碑上的題字都充滿詩意。最後一段寫著詩人濟慈擁有一個象徵源遠流長的名兒，卻有一段快速凋零的人生，這或者是一種令人惆悵的反諷；然而後人基於對於濟慈的喜愛，將他的名字另作新解，增添後世的崇敬與追憶之情。最末從詩人的墓園又回到整個羅馬。墓園是羅馬詩意的一角，而對於所有熱愛藝術的人而言，充滿歷史刻痕與藝術遺產的羅馬城，卻也正是世界上最詩意的一角。

朱自清在這篇遊記裡既有客觀描寫，亦有主觀抒情；前者透過逼真而細膩的記錄描繪，令各種景象具實地躍然紙上，後者則同時在對於歷史記憶的追述與聯想中，傳達了個人的感受與體會。在敘述議論及抒情的過程中，作家的理性思維與感性情意一併呈現於文字之中。

瑞士

瑞士有「歐洲的公園」之稱。起初以為有些好風景而已；到了那裡，才知無處不是好風景，而且除了好風景似乎就沒有什麼別的。這大半由於天然，小半也是人工。瑞士人似乎是靠遊客活的，只看很小的地方也有若干若干的旅館就知道。他們拚命地築鐵道通輪船，讓愛逛山的愛遊湖的都有落兒；而且車船兩便，票在手裡，愛怎麼走就怎麼走。瑞士是山國，鐵道依山而築，隧道極少；所以老是高高低低，有時像差得很遠的。還有一種爬山鐵道，這兒特別多。狹狹的雙軌之間，另加一條特別軌：有時是一個個方格兒，有時是一個個鉤子；車底下帶一種齒輪似的東西，一步步咬著這些方格兒，這些鉤子，慢慢地爬上爬下。這種鐵道不用說工程大極了；有些簡直是筆陡筆陡的。

逛山的味道實在比遊湖好。瑞士的湖水一例是淡藍的，真正平得像鏡子一樣。

太陽照著的時候，那水在微風裡搖晃著，宛然是西方小姑娘的眼。若遇著陰天或者下小雨，湖上迷迷濛濛的，水天混在一塊兒，人如在睡裡夢裡。也有風大的時候；那時水上便皺起粼粼的細紋，有點像顰眉的西子❶。可是這些變幻的光景在岸上或山上才能整個兒看見，在湖裡倒不能領略許多。況且輪船走得究竟慢些，常覺得看來看去還是湖，不免也膩味。逛山就不同，一會兒看見湖，一會兒不看見；本來湖在左邊，不知怎麼一轉彎，忽然挪到右邊了。湖上固然可以看山，山上還可看山，阿爾卑斯有的是重巒疊嶂，怎麼看也不會窮。山上不但可以看山，還可以看谷；稀稀疏疏錯錯落落的房舍，彷彿有雞鳴犬吠的聲音，在山肚裡，在山腳下。看風景能夠流連低徊固然高雅，但目不暇接地過去，新境界層出不窮，也未嘗不淋漓痛快；坐火車逛山便是這個辦法。

盧參(Luzerne)在瑞士中部，盧參湖的西北角上。出了車站，一眼就看見那汪汪的湖水和屏風般的青山，真有一股爽氣撲到人的臉上。與湖連著的是勞思河，穿過盧參的中間。河上低低的一座古水塔，從前當作燈塔用；這兒稱燈塔為「盧采那」，有人猜「盧參」這名字就是由此而出。這座塔低得有意思；依傍著一架曲了又曲的舊木橋，倒配了對兒。這架橋帶頂，像廊子；分兩截，近塔的一截低而窄，那一截卻突然高闊起來，彷彿彼此不相干，可是看來還只有一架橋。不遠兒另是一架木橋，叫龕橋，因上有神龕得名，曲曲的，也古。許多對柱子支著橋頂，頂底下每一根橫梁上兩面各釘著一大幅三角形的木板畫，總名「死神的跳舞」。每一幅配搭的人物和死神跳舞的姿態都不相同，意在表現社會上各種人的死法。畫筆大約並不算頂好，但這樣上百幅的死的圖畫，看了也就夠勁兒。過了河往裡去，可以看見城牆的遺跡。牆依山而築，蜿蜒如蛇；現在卻只見一段一段的嵌在住屋之間。但九座望樓還好好的，和水塔一樣都是多角錐形；多年的風吹日曬雨淋，顏色是黯淡得很了。

冰河公園也在山上。古代有一個時期北半球全埋在冰雪裡，瑞士自然在內。阿爾卑斯山上積雪老是不化，越堆越多。在底下的漸漸地結成冰，最底下的一層漸漸地滑下來，順著山勢，往谷裡流去。這就是冰河。冰河移動的時候，遇著夏季，便大量地溶化。這樣溶化下來的一股大水，力量無窮；石頭上一個小縫兒，在一個夏天裡，可以讓沖成深深的大潭。這個叫磨穴。有時大石塊被帶進潭裡去，出不來，便只在那兒跟著水轉。初起有稜角，將潭壁上磨了許多道兒；日子多了，稜角慢慢光了，就成了一個大圓球，還是轉著。這個叫磨石。冰河公園便以這類遺跡得名。大大小小的石潭，大大小小的石球，現在是安靜了；但那粗糙的樣子還能教你想見多少萬年前大自然的氣力。可是奇怪，這些不言不語的頑石，居然背著多少萬年的歷史，比我們人類還老得多多；要沒人卓古證今地說，誰相信。這樣講，古詩人慨嘆「磊磊澗中石❷」，似乎也很有些道理在裡頭了。這些遺跡本來一半埋在亂石堆裡，一半埋在草地裡，直到一八七二年秋天才偶然間被發現。還發現了兩種化石：一種上是些蚌殼，足見阿爾卑斯腳下這一塊土原來是滔滔的大海。另一種上是片棕葉，又足見此地本有熱帶的大森林。這兩期都在冰河期前，日子雖然更杳茫，光景卻還能在眼前描畫得出，但我們人類與那種大自然一比，卻未免太微細了。

立磯山(Rigi)在盧參之西，乘輪船去大約要一點鐘。去時是個陰天，雨意很濃。四周陡峭的青山的影子冷冷地沉在水裡。湖面兒光光的，像大理石一樣。上岸的地方叫威茲老，山腳下一座小小的村落，疏疏散散遮遮掩掩的人家，靜透了。上山坐火車，只一輛，走得可真慢，雖不像蝸牛，卻像牛之至。一邊是山，太近了，不好看。一邊是湖，是湖上的山；從上面往下看，山像一片一片兒插著，湖也像只有一薄片兒。有時窗外一座大崖石來了，便什麼都不見；有時一片樹木來了，只好從枝葉的縫兒裡張一下。山上和山下一樣，靜透了，常常聽到牛鈴兒叮兒噹的。牛帶著鈴兒，為的是跑到那兒都好找。這些牛真有些「不知漢魏」，有一回居然擋住了火車；

開車的還有山上的人幫著，吆喝了半天，才將牠們哄走。但是誰也沒有著急，只微微一笑就算了。山高五千九百零五英尺，頂上一塊不大的平場。據說在那兒可以看見周圍九百里的湖山，至少可以看見九個湖和無數的山峰。可是我們的運氣壞，上山後雲便越濃起來；到了山頂，什麼都裹在雲裡，幾乎連我們自己也在內。在不分遠近的白茫茫裡悶坐了一點鐘，下山的車才來了。

交湖 (Interlaken) 在盧參的東南。從盧參去，要坐六點鐘的火車。車子走過勃呂尼山峽。這條山峽在瑞士是最低的，可是最有名。沿路的風景實在太奇了。車子老是挨著一邊兒山腳下走，路很窄。那邊兒起初也只是山，青青青青的。越望上走，那些山越高了，也越遠了，中間豁然開朗，一片一片的谷，是從來沒看見過的山水畫。車窗裡直望下去，卻往往只見一叢叢的樹頂，到處是深的綠，在風裡微微波動著。路似乎頗彎曲的樣子，一座大山峰老是看不完；瀑布左一條右一條的，多少讓山頂上的雲掩護著，清淡到像一些聲音都沒有，不知轉了多少轉，到勃呂尼了。這兒高三千二百九十六英尺，差不多到了這條峽的頂。從此下山，不遠便是勃利安湖的東岸，北岸就是交湖了。車沿著湖走。太陽出來了，隔岸的高山青得出煙，湖水在我們腳下百多尺，閃閃的像琺琅一樣。

交湖高一千八百六十六英尺，勃利安湖與森湖交會於此。地方小極了，只有一條大街；四圍讓阿爾卑斯的群峰嚴嚴地圍著。其中少婦峰最為秀拔，積雪皚皚，高出雲外。街北有兩條小徑。一條沿河，一條在山腳下，都以幽靜勝。小徑的一端，依著座小山的形勢參差地安排著些別墅般的屋子。街南一塊平原，只有稀稀的幾個人家，顯得空曠得不得了。早晨從旅館的窗子看，一片清新的朝氣冉冉地由遠而近，彷彿在古時的村落裡。街上滿是旅館和鋪子；鋪子不外賣些紀念品，咖啡，酒飯等等，都是為遊客預備的；還有旅行社，更是的。這個地方簡直是遊客的地方，不像屬於瑞士人。紀念品以刻木為最多，大概是些小玩意兒；是一種塗紫色的木頭，雖然刻得粗略，卻有氣力。在一家鋪子門前看見一個美國人在說：「你們這些東西都沒有用處；我不歡喜玩意兒。」買點紀念品而還要考較用處。此君真美國得可以了。

從交湖可以乘車上少婦峰，路上要換兩次車。在老臺勃魯能換爬山電車，就是下面帶齒輪的。這兒到萬根，景致最好看。車子慢慢爬上去，窗外展開一片高山與平陸，寬曠到一眼望不盡。坐在車中，不知道車子如何爬法；卻看那邊山上也有一條陡峻的軌道，也有車子在上面爬著，就像一隻甲蟲。到萬格那爾勃可見冰川，在太陽裡亮晶晶的。到小夏代格再換車，軌道中間裝上一排鐵鉤子，與車底下的齒輪好咬得更緊些。這條路直通到少婦峰前頭，差不多整個兒是隧道；因為山上滿積著雪，不得不打山肚裡穿過去。這條路是歐洲最高的鐵路，費了十四年工夫才造好，要算近代頂偉大的工程了。

在隧道裡走沒有多少意思，可是哀格望車站值得看。那前面的看廊是從巖岩裡硬鑿出來的。三個又高又大又粗的拱門般的窗洞，教你覺得自己藐小。望出去很遠；五千九百零四英尺下的格林德瓦德也可見。少婦峰站的看廊卻不及這裡；一眼盡是雪山，雪水從檐上滴下來，別的什麼都沒有。雖在一萬一千三百四十二英尺的高處，而不能放開眼界，未免令人有些悵悵。但是站裡有一架電梯，可以到山頂上去。這是小小一片高原，在明西峰與少婦峰之間，三百二十英尺長，厚厚地堆著白雪。雪上雖只是淡淡的日光，乍看竟耀得人睜不開眼。這兒可望得遠了。一層層的峰巒起伏著，有戴雪的，有不戴的；總之越遠越淡下去。山縫裡躲躲閃閃一些玩具般的屋子，據說便是交湖了。原上一頭插著瑞士白十字國旗，在風裡颯颯地響，頗有些氣勢。山上不時地雪崩，沙沙沙沙流下來像水一般，遠看很好玩兒。腳下的雪滑極，不走慣的人寸步都得留神才行。少婦峰的頂還在二千三百二十五英尺之上，得憑著自己的手腳爬上去。

下山還在小夏代格換車，卻打這兒另走一股道，過格林德瓦德直到交湖，路似乎平多了。車子繞明西峰走了好些時候。明西峰比少婦峰低些，可是大。少婦峰秀美得好，明西峰雄奇得好。車子緊挨著山腳轉，陡陡的山勢似乎要向窗子裡直壓下來，像傳說中的巨人。這一路有幾條瀑布；瀑布下的溪流快極了，翻著白沫，老像沸著的鍋子。早九點多在交湖上車，回去是五點多。

司皮也茲(Spiez)是玲瓏可愛的一個小地方；臨著森湖，如浮在湖上。路依山而建，共有四五層，臺階似的。街上常看不見人。在旅館樓上待著，遠處偶然有人過去，說話聲音聽得清清楚楚的。傍晚從露臺上望湖，山腳下的暮靄混在一抹輕藍裡，加上幾星兒剛放的燈光，真有味。孟特羅(Montreux)的果子可可糖也真有味。日內瓦像上海，只湖中大噴水，高二百餘英尺，還有盧梭島及他出生的老屋，現在已開了古董鋪的，可以看看。

注釋

❶顰眉的西子　蘇軾的七言絕句詩作〈飲湖上初晴後雨〉：「水光瀲灩晴方好，山色空濛雨亦

奇。若把西湖比西子，淡妝濃抹總相宜。」當中用以與西湖相比的西子指的就是西施。春秋時越國美女西施，患心痛病而時常捧胸皺眉，卻更增美態。典出《莊子・天運》。後以比喻別具風姿或病困愁苦之態。文中便以「顰眉的西子」比擬瑞士因風起紋的湖光景致，猶是另一番風味。

❷磊磊澗中石　此詩句出自漢朝古詩十九首之三，原詩為：「青青陵上柏，磊磊澗中石。人生天地間，忽如遠行客。斗酒相娛樂，聊厚不為薄。驅車策駑馬，游戲宛與洛。洛中何鬱鬱，冠帶自相索。長衢羅夾巷，王侯多第宅。兩宮遙相望，雙闕百餘尺。極宴娛心意，戚戚何所迫。」

賞析

本篇文章選自朱自清《歐遊雜記》一書。

文章首段作者用自己親身體驗的感受附和著世界各地對於瑞士的既有評價：「歐洲的公園」，以觀光勝地著稱的瑞士的確到處都是好風光，作者也藉機幽了瑞士一默——除了好風景，也好像什麼都沒有啦！但也因此將瑞士最突出的美景特色充分彰顯。

第二段表達自己對於逛山勝過遊湖的偏好，重巒曲折的山勢，轉個彎又見一處不一樣的風景，連湖面風光也都得從山上才可一覽無遺。接著作者一路走過盧參、冰河公園、立磯山、交湖、少婦峰以及司皮也茲，並分別勾勒了這些地方的風景特色，以及所見所感：盧參的人文景像是人民生活的生活記憶；冰河公園裡的自然景觀則述說著大自然浩瀚而恆久的奇妙力量；登上立磯山隔著霧幕觀賞山光湖色則又是另一番滋味。而交湖雖然不高，沿著山峽的風景卻令人驚奇不已，山峰峽谷、瀑布流水層層積疊，彷彿是永無盡頭的風景。前往少女峰的通路是一項偉大工程的成就；登上高處望著被雪覆蓋的山巒，日光灑在雪上的白亮教人幾乎睜不開眼。最後來到司皮也茲這個小地方，其可愛的理由除了本身的一種靜謐氣質，更重要的是它的位置臨著森湖，於是彷彿像是漂在湖上一般。

全篇文章中作者走過不少地方，各處景象是殊異的，但作者用一種寧靜悠遠的一致風格將全文情調給統一了。作家行走在如畫的風景之間，展現出比外在環境更平靜祥和的心情，文中少見人跡的書寫，即使有，也仍舊是一種溫和清朗畫面的呈現。在這裡作者所能聽到的多是來自大自然的天籟之音，連人聲傳到耳裡，也巧妙地融為自然旋律的一部分。

讀者們或者尚未親自走過瑞士一遭，對於作者所描寫的地點景物也感到些許陌生。然而此篇遊記最大的特色是對於一種氣氛的掌握與傳達，並呼應以內在心境的淡雅平實；在旅行之前，你就已經知道可以先卸下平日的急躁匆忙，以一種恬然的心情迎向瑞士這樣一個寧靜美麗的國家。

博物院

倫敦的博物院帶畫院，只檢大的說，足足有十個之多。在巴黎和柏林，並不「覺得」博物院有這麼多似的。柏林的本來少些；巴黎的不但不少，還要多些，但除盧佛宮外，都不大。最要緊的，倫敦各院陳列得有條有理的，又疏朗，房屋又亮，得看；不像盧佛宮，東西那麼擠，屋子那麼黑，老教人喘不出氣。可是，倫敦雖然得看，說起來也還是千頭萬緒；真只好檢大的說罷了。

先看西南角。維多利亞亞伯特院最為堂皇富麗。這是個美術博物院，所收藏的都是美術史材料，而裝飾用的工藝品尤多，東方的西方的都有。漆器，磁器，家具，織物，服裝，書籍裝訂，道地五光十色。這裡頗有中國東西。漆器磁器玉器不用說，壁畫佛像，羅漢木像，還有乾隆寶座也都見於該院的「東方百珍圖錄」裡。圖錄裡還有明朝李麟（原作 Li Ling，疑係此人）畫的《波羅球戲圖》；波羅球騎著馬打，是唐朝從西域傳來的。中國現在似乎沒存著這種畫。院中賣石膏像，有些真大。

自然史院是從不列顛博物院分出來的。這裡才真古色古香，也才真「巨大」。看了各種史前人的模型，只覺得遠煙似的時代，無從憑弔，無從懷想——滿夠不上分兒。中生代大爬蟲的骨架，昂然站在屋頂下，人還夠不上牠們一條腿那麼長，不用提「項背」了。現代鯨魚的標本雖然也夠大的，但沒腿，在陸居的我們眼中就差多了。這裡有夜鶯，自然是死的，那樣子似乎也並不特別秀氣；嗓子可真脆真圓，我在話匣片裡聽來著。

歐戰院成立不過十來年。大戰各方面，可以從這裡略見一斑。這裡有模型，有透視畫(dioramas)，有照相，有電影機，有槍炮等等。但最多的還是畫。大戰當年，英國情報部雇用一群少年畫家，教他們擱下自己的工作，大規模的畫戰事畫，以供宣傳，並作為歷史記錄。後來少年畫家不夠用，連老畫家也用上了。那時情報部常給這些畫家開展覽會，個人的或合夥的。歐戰院的畫便是那些展覽作品的一部分。少年畫家大約都是些立體派，和老畫家的浪漫作風迥乎不同。這些畫家都透視了戰爭，但他們所成就的卻只是歷史記錄，藝術是沒有什麼的。

現在該到西頭來，看人所熟知的不列顛博物院了。考古學的收藏，名人文件，抄本和印本書籍，都數一數二；顧愷之《女史箴》❶卷子和敦煌卷子便在此院中。磁器也不少，中國的，土耳其的，歐洲各國的都有；中國的不用說，土耳其的青花，渾厚樸拙，比歐洲金的藍的或刻鏤的好。考古學方面，埃及王拉米塞斯第二（約公元前一二五〇）巨大的花崗石像，幾乎有自然史院大爬蟲那麼高，足為我們揚眉吐氣；也有坐像。坐立像都僵直而四方，大有雖地動山搖不倒之勢。這些像的石質尺寸和形狀，表示統治者永久的超人的權力。還有貝葉的《死者的書》，用象形字和俗字兩體寫成。羅塞他石❷，用埃及兩體字和希臘文刻著詔書一通（公元前一九五），一七九八年出土；從這塊石頭上，學者比對希臘文，才讀通了埃及文字。

希臘巴昔農廟 (Parthenon) 各件雕刻，是該院最足以自豪的。這個廟在雅典，奉祀女神雅典巴昔奴；配利克里斯 (Pericles) 時代，教成千帶萬的藝術家，用最美的大理石，重建起來，總其事的是配氏的好友兼顧問，著名雕刻家費迪亞斯 (Phidias)。那時物阜民豐，費了二十年工夫，到了公元前四三五年，才造成。廟是長方形，有門無窗；或單行或雙行的石柱圍繞著，像女神的馬隊一般。短的兩頭，柱上承著三角形的楣；這上面都雕著像。廟牆外上部，是著名的刻壁。廟在一六八七年讓威尼斯人炸毀了一部分；一八〇一年，愛而近伯爵從雅典人手裡將三角楣上的像，刻壁，和些別的買回英國，費了七萬鎊，約合百多萬元；後來轉賣給這博物院，卻只要一半價錢。院中特設了一間愛而近室陳列那些藝術品，並參考巴黎國家圖書館所藏的巴昔農廟諸圖，做成廟的模型，巍巍然立在石山上。

希臘雕像與埃及大不相同，絕無僵直和緊張的樣子。那些藝術家比較自由，得以研究人體的比例；骨架，肌理，皮肉，他們都懂得清楚，而且有本事表現出來。又能抓住要點，使全體和諧不亂。無論坐像立像，都自然，莊嚴，造成希臘藝術的特色：清明而有力。當時運動競技極發達；藝術家雕神像，常以得獎的人為「模特兒」，赤裸裸的身體裡充滿了活動與力量。可是究竟是神像；所以不能是如實的人像而只是理想的人像。這時代所缺少的是熱情，幻想；那要等後世藝人去發展了。廟的東楣上運命女神三姊妹像，頭已經失去了，可是那衣褶如水的輕妙，衣褶下身體的充盈，也從繁複的光影中顯現，幾乎不相信是石人。那刻壁浮雕著女神節貴家少女獻衣的行列。少女們穿著長袍，莊嚴的衣褶，和運命女神的又不一樣，手裡各自拿著些東西；後面跟著成隊的老人，婦女，雄赳赳的騎士，還有帶祭品的人，齊向諸神而進。諸神清明徹骨，在等待著這一行人眾。這刻壁上那麼多人，卻不繁雜，不零散，打成一片，布局時必然煞費苦心。而細看諸少女諸騎士，也各有精神，絕不一律；其間刀鋒或深或淺，光影大異。少壯的騎士更像生龍活虎，千載如見。

院中所藏名人的文件太多了。像莎士比亞押房契，密爾頓出賣《失樂園》合同❸（這合同是書記代簽，不出密氏親筆），巴格來夫(Palgrave)《金庫集》❹稿，格雷❺《挽歌》稿，哈代《苔絲》❻稿，達文齊❼，密凱安傑羅❽的手冊，還有維多利亞後四歲時鉛筆簽字，都親切有味。至於荷馬史詩的貝葉，公元一世紀所寫，在埃及發見的，以及九世紀時希伯來文《舊約聖經》殘頁，據說也許是世界上最古《聖經》鈔本的，卻真令人悠然遐想。還有，二世紀時，羅馬艦隊一官員，向兵丁買了一個七歲的東方小兒為奴，立了一張貝葉契，上端蓋著泥印七顆；和英國大憲章的原本，很可比著看。院裡藏的中古鈔本也不少；那時歐洲僧侶非常閒，日以抄書為事；字用峨特體，多棱角，精工是不用說的。他們最考究字頭和插畫，必然細心勾勒著上鮮麗的顏色，藍和金用得多些；顏色也選得精，至今不變。某抄本有歲曆圖，二幅，畫十二月風俗，細緻風華，極為少見。每幅下另有一欄，畫種種遊戲，人物短小，卻也滑稽可喜。畫目如下：正月，析薪；二月，炬舞；三月，種花，伐木；四月，情人園會；五月，盪舟；六月，比武；七月，行獵，刈麥；八月，獲稻；九月，釀酒；十月，耕種；十一月，獵歸；十二月，屠豕。鈔本和印本書籍之多，世界上只有巴黎國家圖書館可與這博物院相比；此處印本共三百二十萬餘冊。有穹窿❾頂的大閱覽室，圓形，室中桌子的安排，好像車輪的輻，可坐四百八十五人；管理員高踞在轂❿中。

次看畫院。國家畫院在西中區鬧市口，匹對著特拉伐加方場一百八十四英尺高的納爾遜石柱子。院中的畫不算很多，可是足以代表歐洲畫史上的各派，他們自詡在這一方面，世界上那兒也及不上這裡。最完全的是意大利十五六世紀的作品，特別是佛羅倫司派，大約除了意大利本國，便得上這兒來了。畫按派別排列，可也按著時代。但是要看英國美術，此地不成，得上南邊兒泰特 (Tate) 畫院去。那畫院在泰晤士河邊上；一九二八年水上了岸，給浸壞了特耐爾 (Joseph Malord William Turner, 1775–1851) 好多畫，最可惜。特耐爾是十九世紀英國最大的風景畫家，也是印象派的先鋒。他是個勞苦的孩子，小時候住在菜市旁的陋巷裡，常只在泰晤士河的碼頭和駁船上玩兒。他對於泰晤士河太熟了，所以後來愛畫船，畫水，畫太陽光。再後來他費了二十多年工夫專研究光影和色彩，輪廓與內容差不多全不管；這便做了印象派的前驅了。他畫過一幅《日出：灣頭堡子》，那堡子淡得只見影兒，左手一行樹，也只有樹的意思罷了；可是，瞧，那金黃的朝陽的光，順著樹水似的流過去，你只覺著溫暖，只覺著柔和，在你的身上，那光卻又像一片海，滿處都是的，可是閃閃鑠鑠，儀態萬千，教你無從捉摸，有點兒著急。

特耐爾以前，堅士波羅（Gainsborough, 1727–1788）是第一個人脫離荷蘭影響，用英國景物作風景畫的題材；又以畫像著名。何嘉士（Hogarth, 1697–1764）畫了一套《結婚式》，又生動又親切，當時刻板流傳，風行各處，現存在這畫院中。美國大畫家惠斯勒（Whistler）稱他為英國僅有的大畫家。雷諾爾茲（Reynolds, 1723–1792）的畫像，與堅士波羅並稱。畫像以性格與身分為主，第一當然要像。可是從看畫者一面說，像主若是歷史上的或當代的名人，他們的性格與身分，多少總知道些，看起來自然有味，也略能批評得失。若只是平凡的人，憑你怎樣像，陳列到畫院裡，怕就少有去理會的。因此，畫家為維持他們永久的生命計，有時候重視技巧，而將「像」放在第二著。雷諾爾茲與堅士波羅似乎就是這樣的人。他們畫的像，色調鮮明而縹緲。莊嚴的男相，華貴的女相，優美活潑的孩子相，都算登峰造極；可就是不大「像」。堅氏的女像總太瘦；雷氏的不至於那麼瘦，但是像主往往退回他的畫，說太不像。

——國家畫院旁有個國家畫像院，專陳列英國歷史上名人的像，文學家，藝術家，科學家，政治家，皇族，應有盡有，約共二千一百五十人。油畫是大宗，排列依著時代。這兒也看見雷堅二氏的作品;但就全體而論,歷史比藝術多的多。

泰特畫院中還藏著詩人勃來克 (William Blake, 1757–1827) 和羅塞蒂 (Dante Gabriel Rossetti, 1828–1882) 的畫。前一位是浪漫詩人的先驅,號稱神祕派。自幼兒想像多,都表現在詩與畫裡。他的圖案非常宏偉;色彩也如火焰,如一飛沖天的翅膀。所畫的人體並不切實,只用作表現姿態,表現動的符號而已。後一位是先拉斐爾派的主角;這一派是詩與畫雙管齊下的。他們不相信「為藝術的藝術」,而以知識為重。畫要敘事,要教訓,要接觸民眾的心,讓他們相信美的新觀念;畫筆要細膩,顏色卻不必調和。羅氏作品有著清明的調子,強厚的感情;只是理想雖高,氣韻卻不夠生動似的。

當代英國名雕塑家愛勃斯坦 (Jacob Epstein) 也有幾件東西陳列在這裡。他是新派的浪漫雕塑家。這派人要在形體的部分中去找新的情感力量;那必是不尋常的部分,足以擴展他們自己情感或感覺的經驗的。他們以為這是美,誇張的表現出來;可是俗人卻覺得人不像人,物不像物,覺得醜,只認為滑稽畫一類。愛氏雕石頭,但是塑泥似乎更多:塑泥的表面,決不刮光,就讓那麼凸凸凹凹的堆著,要的是這股勁兒。塑完了再倒銅。——他也賣素描,形體色調也是那股浪漫勁兒。

以上只有不列顛博物院的歷史可以追溯到十八世紀；別的都是十九世紀建立的，但歐戰院除外。這些院的建立，固然靠國家的力量，卻也靠私人的捐助——捐錢蓋房子或捐自己的收藏的都有。各院或全不要門票，像不列顛博物院就是的；或一禮拜中兩天要門票，票價也極低。他們印的圖片及專冊，廉價出售，數量驚人。又差不多都有定期的講演，一面講一面領著看；雖然講的未必怎樣精，聽講的也未必怎樣多。這種種全為了教育民眾，用意是值得我們佩服的。

注釋

❶顧愷之女史箴　顧愷之（三四五——四〇六），字長康，小字虎頭，東晉晉陵人（今江蘇無錫），博學多才，詩文書畫皆能。畫風細勁柔和，筆墨連綿不輟，有「遊絲描」之稱，提出「遷想妙得」、「以形寫神」繪畫理論。《女史箴圖》係根據西晉張華的《女史箴》所繪。張華原文歌頌古代具有賢德的宮廷「女史」（即女官）。

❷羅塞他石　The Rosetta Stone。根據大英博物館的簡介，此詔書應寫於西元前一九六年。

❸密爾頓出賣失樂園合同　米爾頓，John Milton (1608–1674) 英國大詩人，史詩〈失樂園〉(*Paradise Lost*) 作者。

❹巴格來夫金庫集　巴格來夫，Francis Turner Palgrave (1824–1897)，英國歷史學家、詩人，在他好朋友 Lord Alfred Tennyson 影響下曾編有《金庫集》(*The Golden Treasury*)。

❺格雷　Thomas Gray (1716–1771)，英國詩人，最膾炙人口的是他的詩作〈輓歌〉("The Elegy Written in a Country Churchyard")。

❻哈代苔絲　哈代，Thomas Hardy (1840–1928)，英國小說家，著有《返鄉記》(*The Return of the Native*, 1878)，《遠離瘋狂群眾》(*Far From the Madding Crowd*, 1874)，以及《苔絲》(*Tess of the D'Urberville*, 1891)。

❼達文齊　Leonardo Da Vince (1452–1519)，今天一般翻譯為「達文西」，意大利藝術家、科學家。

❽密凱安傑羅　Buonarrati Michelangelo (1475–1564)，今天一般翻譯為「米開朗基羅」，意大利雕刻家、建築家、畫家及詩人。

❾穹窿　音ㄑㄩㄥ ㄌㄨㄥˊ。形容像天四周低垂而中間隆起的樣子。

❿轂　音ㄍㄨˇ。車輪中心的圓木。

賞析

本文摘自《倫敦筆記》，本書於一九四三年四月由開明書局出版。主要敘述一九三一年，朱自清獲得清華大學的公費支助，出國遊歷，至歐洲各國參觀訪問的記錄。作者在同年十月到隔年二月這段期間，於倫敦的一所大學修習語言學與英國文學。這一時期，作者常常參觀各大博物館，這篇散文就是記錄作者此時期的見聞。

文章開始，作者首先說明倫敦的博物館和畫院，不但數量多，而且陳設有條理又疏朗，這些都是他國的博物館所比不上的。其次，作者依次介紹各博物館的特點與館藏。維多利亞亞伯特院最堂皇富麗，收藏許多美術史材料。自然史院則古色古香，並展示各種巨大的模型，十分驚人。歐戰院藏有透視畫、相片、電影機和槍砲等，記錄了戰爭的歷史。最為人熟知的則是不列顛博物院，院中考古學的收藏，名人文件，抄本和印本書籍，都數一數二。館中最足以自豪的，便是希臘的雕像，作者精確點出希臘雕像的特點——充滿活動與力量，可是缺乏熱情與幻想。接著作者用車輪的形狀來介紹閱覽室的外觀，給人一種形象化的感覺。而國家畫院的畫不算多，可是足以代表歐洲畫史上的各派。作者在此以極鮮麗的文筆描摹畫中的景色，不但增進了文章中的美感，更給人一種文中有畫的鮮明感受。最後作者說道這些華麗的博物館，如不是免費，就是收費低廉，且常舉辦定期演講，這種種教育民眾的用意，實是值得我們敬佩的。

朱自清以中國知識分子的身分遊歷國外，不但對外國文化作出鉅細靡遺的評價，並對中國的不足之處作出反思，這種兩種文化的相互對照與反思，對中國的文化發展，毋寧是具有深刻意義的。

【讀書・勵志・序跋】

詩的形式

二十多年來寫新詩的和談新詩的都放不下形式的問題，直到現在，新詩的提倡從破壞舊詩詞的形式下手。胡適之先生提倡自由詩，主張「自然的音節」。但那時的新詩並不能完全脫離舊詩詞的調子，還有些利用小調的音節的。完全用白話調的自然不少，詩行多長短不齊，有時長到二十幾個字，又多不押韻。這就很近乎散文了。那時劉半農先生已經提議「增多詩體」，他主張創造與輸入雙管齊下。不過沒有什麼人注意。十二年陸志韋先生的《渡河》出版，他試驗了許多外國詩體，有相當的成功；有一篇〈我的詩的軀殼〉，說明他試驗的情形。他似乎很注意押韻，但還是覺得長短句最好。那時正在盛行「小詩」——自由詩的極端——他的試驗也沒有什麼人注意。這裡得特別提到郭沫若先生，他的詩多押韻，詩行也相當整齊。他的詩影響很大，但似乎只在那泛神論的意境上，而不在形式上。

「自然的音節」近於散文而沒有標準——除了比散文句子短些，緊湊些。一般人，不但是反對新詩的人，似乎總願意詩距離散文遠些，有它自己的面目。十四年北平《晨報・詩刊》提倡的格律詩能夠風行一時，便是為此。〈詩刊〉主張努力於「新形式與新音節的發現」(《詩刊》弁言)，代表人是徐志摩、聞一多兩位先生。徐先生試驗各種外國詩體，他的才氣足以駕馭這些形式，所以成績斐然。而「無韻體」的運用更能達到自然的地步。這一體可以說已經成立在中國詩裡。但新理論的建立得靠聞先生。他在〈詩的格律〉一文裡主張詩要有「建築的美」；這包括「節的勻稱」、「句的均齊」。要達到這種勻稱和均齊，便得講究格式、音尺、平仄、韻腳等。如他的〈死水〉詩的兩頭行：

這是　一溝　絕望的　死水，
清風　吹不起　半點　漪淪。

兩行都由三個「二音尺」和一個「三音尺」組成，而安排不同。這便是「句的均齊」的一例。他也試驗種種外國詩體，成績也很好。後來又翻譯白朗寧夫人十四行詩幾十首，發表在《新月雜誌》上；他給這種形式以「商籟體❶」的新譯名。他是第一個使人注意「商籟」的人。

聞、徐兩位先生雖然似乎只是輸入外國詩體和外國詩的格律說，可是同時在創造中國新詩體，指示中國詩的新道路。他們主張的格律不像舊詩詞的格律這樣呆板；他們主張「相體裁衣❷」，多創格式。那時的詩便多向「勻稱」、「均齊」一路走。但一般似乎只注重詩行的相等的字數而忽略了音尺等，駕馭文字的力量也還不足；因此引起「方塊詩」甚至「豆腐干詩」等嘲笑的名字。一方面有些詩行還是太長。這當兒李金髮先生等的象徵詩興起了。他們不注重形式而注重詞的色彩與聲音。他們要充分發揮詞的暗示的力量：一面創造新鮮的隱喻，一面參用文言的虛字，使讀者不致滑過一個詞去。他們是在向精細的地方發展。這種作風表面上似乎回到自由詩，其實不然；可是規律運動卻暫時像衰歇了似的。一般的印象好像詩只須「相體裁衣」，講格律是徒然。

但格律運動實在已經留下了不滅的影響。只看抗戰以來的詩，一面雖然趨向散文化，一面卻也注意「勻稱」和「均齊」，不過並不一定使各行的字數相等罷了。艾青和臧克家兩位先生的詩都可作例；前者似乎多注意在「勻稱」上，後者卻兼注意在「均齊」上。而去年出版的卞之琳先生的《十年詩草》，更使我們知道這些年裡詩的格律一直有人在試驗著。從陸志韋先生起始，有志試驗外國種種詩體的，徐、聞兩先生外，還該提到梁宗岱先生，卞先生是第五個人。他試驗過的詩體大概不比徐志摩先生少。而因為有前頭的人做鏡子，他更能融會那些詩體來寫自己的詩。第六個人是馮至先生，他的《十四行集》也在去年出版；這集子可以說建立了中國十四行的基礎，使得向來懷疑這詩體的人也相信它可以在中國詩裡活下去。無韻體和十四行（或商籟）值得繼續發展；別種外國詩體也將融化在中國詩裡。這是摹仿，同時是創造，到了頭都會變成我們自己的。

無論是試驗外國詩體或創造「新格式與新音節」，主要的是在求得適當的「勻稱」和「均齊」。自由詩只能作為詩的一體而存在，不能代替「勻稱」「均齊」的詩體，也不能占到比後者更重要的地位。外國詩如此，中國詩不會是例外。這個為的是讓詩和散文距離遠些。原來詩和散文的分界，說到底並不顯明；像牟雷（Murry）甚至於說這兩者並沒有根本的區別（見《風格問題》一書）。不過詩大概總寫得比較強烈些；它比散文經濟些，一方面卻也比散文複沓❸多些。經濟和複沓好像相反，其實相成。複沓是詩的節奏和主要的成分，詩歌起源時就如此，從現在的歌謠和《詩經》的〈國風〉都可看出。韻腳跟雙聲疊韻也都是複沓的表現。詩的特性似乎就在回環複沓。所謂兜圈子；說來說去，只說那一點兒。複沓不是為了要說得少，是為了要說得少而強烈些。詩隨時代發展，外在的形式的複沓漸減，內在的意義的複沓漸增，於是乎講求經濟的表現——還是為了說得少而強烈些。但外在的和內在的複沓，比例儘管變化，卻相依為用，相得益彰。要得到強烈的表現，複沓的形式是有力的幫手。就是寫自由詩，詩行也得短些，緊湊些；而且不宜過分參差，跟散文相混。短些，緊湊些，總可以讓內在的複沓多些。

新詩的初期重在舊形式的破壞，那些白話調都趨向於散文化。陸志韋先生雖然主張用韻，但還覺得長短句最好，也可見當時的風氣。其實就中外的詩體（包括詞曲）而論，長短句都不是主要的形式；就一般人的詩感而論，也是如此。現在新詩已經發展到一個程度，使我們感覺到「勻稱」和「均齊」還是詩的主要的條件；這些正是外在的複沓的形式。但所謂「勻稱」和「均齊」並不要像舊詩——尤其是律詩——那樣凝成定型。寫詩只須注意形式上的幾個原則，盡可「相體裁衣」，而且必須「相體裁衣」。

歸納各位作家試驗的成果，所謂原則也還不外乎「段的勻稱」和「行的均齊」

兩目。段的勻稱並不一定要各段形式相同。盡可甲段和丙段相同，乙段和丁段相同；或甲乙丙段依次跟丁戊己段相同。但間隔三段的複沓（就是甲乙丙丁段依次跟戊己庚辛段相同）便似乎太遠或太瑣碎些。所謂相同，指的是各段的行數，各行的長短，和韻腳的位置等。行的均齊主要在音節（就是音尺）。中國語在文言裡似乎以單音節和雙音節為主，在白話裡似乎以雙音節和三音節為主。顧亭林說過，古詩句最長不過十個字；據卞之琳先生的經驗，新詩每行也只該到十個字左右，每行最多五個音節。我讀過不少新詩，也覺得這是詩行最適當的長度，再長就拗口了。這裡得注重輕音字。如「我的」的「的」字，「鳥兒」的「兒」字等。這種字不妨作為半個音，可以調整音節和詩行；行裡有輕音字，就不妨多一個兩個字的。點號卻多少有些相反的作用；行裡有點號，不妨少一兩個字。這樣，各行就不會像刀切的一般齊了。各行音節的數目，當然並不必相同，但得勻稱的安排著。一行至少似乎得有兩個音節。韻腳的安排有種種式樣，但不外連韻和間韻兩大類，這裡不能詳論。此外句中韻（內韻），雙聲疊韻，陰聲陽聲，開齊合撮四呼等，如能注意，自然更多幫助。這些也不難分辨。一般人難分辨的是平仄聲；但平仄聲的分別在新詩裡並不占什麼地位。

新詩的白話，跟白話文的白話一樣，並不全合於口語，而且多少趨向歐化或現代化。本來文字也不能全合於口語，不過現在的白話詩文跟口語的距離比一般文字跟口語的距離確是遠些；因為我們的國語正在創造中。文字不全合於口語，可以使文字有獨立的地位，自己的尊嚴。現在的白話詩文已經有了這種地位，這種尊嚴。象徵詩的訓練，使人不放鬆每一個詞語，幫助增進了這種地位和尊嚴。但象徵詩為要得到幽澀的調子，往往參用文言虛字，現在卻似乎不必要了。當然，用文言的虛字，還可以得到一些古色古香；寫詩的人還可以這樣做的。有些詩純用口語，可以得著活潑親切的效果；徐志摩先生的無韻體就能做到這地步。自由詩卻並不見得更宜於口語。不過短小的自由詩不然。蘇聯瑪耶可夫斯基的一些詩，就是這一類，從譯文裡也見出那精悍處。田間先生的《中國農村的故事》以至「詩傳單」和「街頭詩」也有這種意味。因為整個兒短小的詩形便於運用內在的複沓，比較容易成功經濟的強烈的表現。

注釋

❶商籟體　意大利文 Sonetto，英文、法文 Sonnet 的音譯，又名十四行詩。歐洲一種格律嚴謹

的抒情詩體。其起源說法不一，最初流行於文藝復興時期的意大利，後傳入法國，於十六世紀時又自法、意傳入英國。依據分節與韻腳不同，商籟體又分為意體和英體兩種。意體十四行詩，又稱彼特拉克體，由兩節四行詩、兩節三行詩組成，押韻前兩節一般是abba、abba，後兩節六行或兩韻變化，或三韻變化；英體即莎士比亞體十四行詩，又稱伊麗莎白體，由三節四行詩和兩行對句組成，押韻方式一般為abab、cdcd、efef、gg，五四以後這種詩體即被介紹到中國。聞一多、孫大雨等人較早嘗試這種詩體的創作。

❷相體裁衣　看身型剪裁衣服，比喻根據實際情況處理事情。這裡是指新詩的格律須以內容精神為依據，並由作者的意匠來加以創造。

❸複沓　反覆疊沓。

賞析

這篇文章歸納整理了二十世紀初以來，文人或學者對於新詩創作所提出的各種指導原則；記敘之外亦加入朱自清個人的評論與見解。作者首先提出，無論是新詩或舊詩，形式的掌握與確立都是最重要的寫作基礎，接著便根據著最重要的幾種論點，依循其中的發展變化脈絡進行討論。

首先是胡適在提倡自由詩時主張的「自然的音節」，然而自然的音節又容易因為過度接近散文而失去了創作的標準，因此文人們又正視到形式與格律的問題，例如徐志摩、聞一多先生在《詩刊》雜誌裡所主張的「新形式與新音節的發現」；徐志摩透過對於各種外國詩體的嘗試來發掘各種詩歌形式，聞一多先生的成就則在於新理論的建立。其以建築之美作為比擬，認為詩歌要講究「節的勻稱」和「句的均齊」；此兩項原則便是將詩的格式、音尺、平仄、韻腳一併包含在內了。

「相體裁詩」的要求固然是一種美意，但是過度著重於外在形式又造成了對於音律與文字力量的疏忽；於是李金髮的象徵詩便從詞的色彩與聲音出發，重新回到對於文字特殊的感染力一事上，要求有更精緻的發揮。雖則如此，格律運動議題持續行進著；文人們不斷地嘗試並學習西方經驗，企圖在摹倣之中進行創造，建立屬於我們自己的詩歌風格。

第五段開始有更多朱自清自己對於詩歌創作的見解，認為「勻稱」與「均齊」終究是區別詩歌與散文形式與特色之差異所在的方法。在詩歌節奏與情緒表達上，「複沓」的手法便是一個有力的幫手；複沓之中說得少卻表現強烈，遂達成所謂的「經濟」的要求。

即使自由詩和長短句為許多人所提倡，但在累積了一些嘗試與經驗之後，到頭來仍舊發現，「勻稱」與「均齊」還是詩最主要的條件；第七段文字中，作者不厭其煩地舉出一些方式來具體說明詩歌形式原則：段落之間需形成一種符合節奏的複沓與錯落，行句之間則要求音節的長短適中，以適合口語的誦讀等等。最後一段則講到新詩中的語言並不等同於一般口語，二者之間的距離正是令文字擁有自身獨立地位與尊嚴的條件。

此篇文章在夾敘夾議的書寫手法裡，記寫了新詩初興起時，文人們經過不斷地嘗試與學習，逐漸摸索出屬於自己的新詩形式風格的過程。而朱自清本身就是一位深富文學素養的學者文人，除能掌握其間的變化與發展脈絡，並且歸納出自己的觀點與見解；對於初期的新詩的認識與創作，無疑是一篇很值得參考的評論小文。

論雅俗共賞

陶淵明有「奇文共欣賞，疑義相與析」的詩句，那是一些「素心人」的樂事，「素心人」當然是雅人，也就是士大夫。這兩句詩後來凝結成「賞奇析疑」一個成語，「賞奇析疑」是一種雅事，俗人的小市民和農家子弟是沒有份兒的。然而又出現了「雅俗共賞」這一個成語，「共賞」顯然是「共欣賞」的簡化，可是這是雅人和俗人或俗人跟雅人一同在欣賞，那欣賞的大概不會還是「奇文」罷。這句成語不知道起於什麼時代，從語氣看來，似乎雅人多少得理會到甚至遷就著俗人的樣子，這大概是在宋朝或者更後罷。

原來唐朝的安史之亂可以說是我們社會變遷的一條分水嶺。在這之後，門第❶迅速的垮了臺，社會的等級不像先前那樣固定了，「士」和「民」這兩個等級的分界不像先前的嚴格和清楚了，彼此的分子在流通著，上下著。而上去的比下來的多，士人流落民間的究竟少，老百姓加入士流的卻漸漸多起來。王侯將相早就沒有種了，讀書人到了這時候也沒有種了；只要家裡能夠勉強供給一些，自己有些天分，又肯用功，就是個「讀書種子」；去參加那些公開的考試，考中了就有官做，至少也落個紳士。這種進展經過唐末跟五代的長期的變亂加了速度，到宋朝又加上印刷術的發達，學校多起來了，士人也多起來了，士人的地位加強，責任也加重了。這些士人多數是來自民間的新的分子，他們多少保留著民間的生活方式和生活態度。他們一面學習和享受那些雅的，一面卻還不能擺脫或蛻變那些俗的。人既然很多，大家是這樣，也就不覺其寒塵❷；不但不覺其寒塵，還要重新估定價值，至少也得調整那舊來的標準與尺度。「雅俗共賞」似乎就是新提出的尺度或標準，這裡並非打倒舊標準，只是要求那些雅士理會到或遷就些俗士的趣味，好讓大家打成一片。當然，所謂「提出」和「要求」，都只是不自覺的看來是自然而然的趨勢。

中唐的時期，比安史之亂還早些，禪宗的和尚就開始用口語記錄大師的說教。用口語為的是求真與化俗，化俗就是爭取群眾。安史亂後，和尚的口語記錄更其流行，於是乎有了「語錄」這個名稱，「語錄」就成為一種著述體了。到了宋朝，道學家講學，更廣泛的留下了許多語錄；他們用語錄，也還是為了求真與化俗，還是為了爭取群眾。所謂求真的「真」，一面是如實和直接的意思。禪家認為第一義是不可說的，語言文字都不能表達那無限的可能，所以是虛妄的。然而實際上語言文字究竟是不免要用的一種「方便」，記錄文字自然越近實際的、直接的說話越好。在另一面這「真」又是自然的意思，自然才親切，才讓人容易懂，也就是更能收到化俗的功效，更能獲得廣大的群眾。道學主要的是中國的正統的思想，道學家用了語錄做工具，大大的增強了這種新的文體的地位，語錄就成為一種傳統了。比語錄體稍稍晚些，還出現了一種宋朝叫做「筆記」的東西。這種作品記述有趣味的雜事，範圍很寬，一方面發表作者自己的意見，所謂議論，也就是批評，這些批評往往也很有趣味。作者寫這種書，只當做對客閒談，並非一本正經，雖然以文言為主，可是很接近說話。這也是給大家看的，看了可以當作「談助」，增加趣味。宋朝的筆記最發達，當時盛行，流傳下來的也很多。目錄家將這種筆記歸在「小說」項下，近代書店匯印這些筆記，更直題為「筆記小說」；中國古代所謂「小說」，原是指記述雜事的趣味作品而言的。

那裡我們得特別提到唐朝的「傳奇」。「傳奇」據說可以見出作者的「史才、詩筆、議論」，是唐朝士子在投考進士以前用來送給一些大人先生看，介紹自己，求他們給自己宣傳的。其中不外乎靈怪、豔情、劍俠三類故事，顯然是以供給「談助」，引起趣味為主。無論照傳統的意念，或現代的意念，這些「傳奇」無疑的是小說，一方面也和筆記的寫作態度有相類之處。照陳寅恪先生的意見，這種「傳奇」大概起於民間，文士是仿作，文字裡多口語化的地方。陳先生並且說唐朝的古文運動就是從這兒開始。他指出古文運動的領導者韓愈的〈毛穎傳〉，正是仿「傳奇」而作。我們看韓愈的「氣盛言宜」的理論和他的參差錯落的文句，也正是多多少少在口語化。他的門下的「好難」、「好易」兩派，似乎原來也都是在試驗如何口語化。可是「好難」的一派過分強調了自己，過分想出奇制勝，不管一般人能夠了解欣賞與否，終於被人看作「詭」和「怪」而失敗，於是宋朝的歐陽修繼承了「好易」的一派的努力而奠定了古文的基礎。——以上說的種種，都是安史亂後幾百年間自然的趨勢，就是那雅俗共賞的趨勢。

宋朝不但古文走上了「雅俗共賞」的路，詩也走向這條路。胡適之先生說宋詩的好處就在「做詩如說話」，一語破的指出了這條路。自然，這條路上還有許多曲折，但是就像不好懂的黃山谷，他也提出了「以俗為雅」的主張，並且點化❸了許多俗語成為詩句。實踐上「以俗為雅」，並不從他開始，梅聖俞、蘇東坡都是好手，而蘇東坡更勝。據記載梅和蘇都說過「以俗為雅」這句話，可是不大靠得住；黃山谷卻在〈再次楊明叔韵〉一詩的「引」裡鄭重的提出「以俗為雅，以故為新」，說是「舉一綱而張萬目」。他將「以俗為雅」放在第一，因為這實在可以說是宋詩的一般作風，也正是「雅俗共賞」的路。但是加上「以故為新」，路就曲折起來，那是雅人自賞，黃山谷所以終於不好懂了。不過黃山谷雖然不好懂，宋詩卻終於回到了「做詩如說話」的路，這「如說話」，的確是條大路。

雅化的詩還不得不回向俗化，剛剛來自民間的詞，在當時不用說自然是「雅俗共賞」的。別瞧黃山谷的有些詩不好懂，他的一些小詞可夠俗的。柳耆卿更是個通俗的詞人。詞後來雖然漸漸雅化或文人化，可是始終不能雅到詩的地位，它怎麼著也只是「詩餘」。詞變為曲，不是在文人手裡變，是在民間變的；曲又變得比詞俗，雖然也經過雅化或文人化，可是還雅不到詞的地位，它只是「詞餘」。一方面從晚唐和尚的俗講演變出來的宋朝的「說話」就是說書，乃至後來的平話以及章回小說，還有宋朝的雜劇和諸宮調等等轉變成功的元朝的雜劇和戲文，乃至後來的傳奇，以及皮簧戲，更多半是些「不登大雅」的「俗文學」。這些除元雜劇和後來的傳奇也算是「詞餘」以外，在過去的文學傳統裡簡直沒有地位；也就是說這些小說和戲劇在過去的文學傳統裡多半沒有地位，有些有點地位，也不是正經地位。可是雖然俗，大體上卻「俗不傷雅」，雖然沒有什麼地位，卻總是「雅俗共賞」的玩藝兒。

「雅俗共賞」是以雅為主的，從宋人的「以俗為雅」以及常語的「俗不傷雅」，更可見出這種賓主之分。起初成群俗士蜂擁而上，固然逼得原來的雅士不得不理會到甚至遷就著他們的趣味，可是這些俗士需要擺脫的更多。他們在學習，在享受，也在蛻變，這樣漸漸適應那雅化的傳統，於是乎新舊打成一片，傳統多多少少變了質繼續下去。前面說過的文體和詩風的種種改變，就是新舊雙方調整的過程，結果遷就的漸漸不覺其為遷就，學習的也漸漸習慣成了自然，傳統的確稍稍變了質，但是還是文言或雅言為主，就算跟民眾近了一些，近得也不太多。

至於詞曲，算是新起於俗間，實在以音樂為重，文辭原是無關輕重的；「雅俗共賞」，正是那音樂的作用。後來雅士們也曾分別將那些文辭雅化，但是因為音樂性太重，使他們不能完成那種雅化，所以詞曲終於不能達到詩的地位。而曲一直配著音樂，雅化更難，地位也就更低，還低於詞一等。可是詞曲到了雅化的時期，那「共賞」的人卻就雅多而俗少了。真正「雅俗共賞」的是唐、五代、北宋的詞，元朝的散曲和雜劇，還有平話和章回小說以及皮簧戲等。皮簧戲也是音樂為主，大家直到現在都還在哼著那些粗俗的戲詞，所以雅化難以下手，雖然一二十年來這雅化也已經試著在開始。平話和章回小說，傳統裡本來沒有，雅化沒有合式的榜樣，進行就不易。《三國演義》雖然用了文言，卻是俗化的文言，接近口語的文言，後來的《水滸》、《西遊記》、《紅樓夢》等就都用白話了。不能完全雅化的作品在雅化的傳統裡不能有地位，至少不能有正經的地位。雅化程度的深淺，決定這種地位的高低或有沒有，一方面也決定「雅俗共賞」的範圍的小和大——雅化越深，「共賞」的人越少，越淺也就越多。所謂多少，主要的是俗人，是小市民和受教育的農家子弟。在傳統裡沒有地位或只有低地位的作品，只算是玩藝兒；然而這些才接近民眾，接近民眾卻還能教「雅俗共賞」，雅和俗究竟有共通的地方，不是不相理會的兩橛❹了。

單就玩藝兒而論，「雅俗共賞」雖然是以雅化的標準為主，「共賞」者卻以俗人為主。固然，這在雅方得降低一些，在俗方也得提高一些，要「俗不傷雅」才成；雅方看來太俗，以至於「俗不可耐」的，是不能「共賞」的。但是在什麼條件之下才會讓俗人所「賞」的，雅人也能來「共賞」呢？我們想起了「有目共賞」這句話。孟子說過「不知子都之姣者，無目者也」，「有目」是反過來說，「共賞」還是陶詩「共欣賞」的意思。子都的美貌，有眼睛的都容易辨別，自然也就能「共賞」了。孟子接著說：「口之于味也，有同嗜焉；耳之于聲也，有同聽焉；目之于色也，有同美焉。」這說的是人之常情，也就是所謂人情不相遠。但是這不相遠似乎只限於一些具體的、常識的、現實的事物和趣味。譬如北平罷，故宮和頤和園，包括建築，風景和陳列的工藝品，似乎是「雅俗共賞」的，天橋在雅人的眼中似乎就有些太俗了。說到文章，俗人所能「賞」的也只是常識的，現實的。後漢的王充出身是俗人，他多多少少代表俗人說話，反對難懂而不切實用的辭賦，卻讚美公文能手。公文這東西關係雅俗的現實利益，始終是不曾完全雅化了的。再說後來的小說和戲劇，有的雅人說《西廂記》誨淫，《水滸傳》誨盜，這是「高論」。實際上這一部戲劇和這一部小說都是「雅俗共賞」的作品。《西廂記》無視了傳統的禮教，《水滸傳》無視了傳統的忠德，然而「男女」是「人之大欲」之一，「官逼民反」，也是人之常情，梁山泊的英雄正是被壓迫的人民所想望的。俗人固然同情這些，一部分的雅人，跟俗人相距還不太遠的，也未嘗不高興這兩部書說出了他們想說而不敢說的。這可以說是一種快感，一種趣味，可並不是低級趣味；這是有關係的，也未嘗不是有節制的。「誨淫」「誨盜」只是代表統治者的利益的說話。

十九世紀二十世紀之交是個新時代，新時代給我們帶來了新文化，產生了我們的知識階級。這知識階級跟從前的讀書人不大一樣，包括了更多的從民間來的分子，他們漸漸跟統治者拆夥而走向民間。於是乎有了白話正宗的新文學，詞曲和小說戲劇都有了正經的地位。還有種種歐化的新藝術。這種文學和藝術卻並不能讓小市民來「共賞」，不用說農工大眾。於是乎有人指出這是新紳士也就是新雅人的歐化，不管一般人能夠了解欣賞與否。他們提倡「大眾語」運動。但是時機還沒有成熟，結果不顯著。抗戰以來又有「通俗化」運動，這個運動並已經在開始轉向大眾化。「通俗化」還分別雅俗，還是「雅俗共賞」的路，大眾化卻更進一步要達到那沒有雅俗之分，只有「共賞」的局面。這大概也會是所謂由量變到質變罷。

❶門第　家族的社會地位及聲望。

❷寒塵　寒酸不體面、不大方。吳沃堯《二十年目睹之怪現狀》第七十一回：「我只插戴了這一點撈什子，還覺著怪寒塵的，誰知你倒那麼驚天動地起來！」

❸點化　變化，別出新意。《朱子語類》卷七「小學」：「古人於小學存養已熟，根基已深厚，到大學，只就上面點化出些精彩。」

❹橛 音ㄐㄩㄝˊ。小木樁、短木頭。

賞析

本文初寫作於一九四七年十月二十六日，後收錄於《論雅俗共賞》，此書於一九四八年五月由觀察社出版，為「觀察叢書」之七，收文十五篇。

作者在抗戰勝利後，寫過許多關於中國古典文學研究和評論的文章，本篇之內容，就是作者針對自己的觀察，論述中國文學自唐末以後就存在著一種「通俗化」的傾向，可說是一篇文學評論的佳作。

本文第一層次，作者主要為中國的文學勾勒出一個發展脈絡，說明自唐朝的安史之亂以來，「士」與「民」的等級不像以前嚴格和清楚，民間的新分子加入士人的行列，他們一面雖然學習和享受那些「雅」的，但另一面還不能擺脫那些俗的，因此文學的價值就要重新評估，「雅俗共賞」的口號也是這時候提出的。

本文第二層次，則說明中國俗文學的發展過程。作者認為首先發展起來的是唐代佛教的語錄體。接著則是宋代的筆記，這些作品可以記錄一些有趣的雜事，範圍很寬，目錄史家甚至把筆記歸類在「小說」之下，中國古代所謂的「小說」，原是指記錄雜事的趣味作品，傳奇也是如此。此外，傳奇的文字多有口語化的地方，有人說這便是古文運動的開始。以上所說種種，都證明了安史之亂後幾百年間，中國文學自然的趨勢，就是雅俗共賞的趨勢。而且不管在詞中、詩中、戲曲和小說中，都能發現這種趨勢。

本文第三層次則說明，雅俗共賞還是以「雅」為主，雅化程度的深淺，決定了文學地位的高低有無，但另一方面也決定了欣賞者範圍之多寡。因此，要使雅俗共賞，必定要在雅方得降低一點，在俗方也提高一點，才能使大家都能「共賞」。至於，要在什麼條件下使人人共賞？作者認為，文學的內容必須與「人情不相遠」，並且要給予讀者一種「快感」、「趣味」，但這些又不能是低級趣味方可。

最後，作者認為十九世紀二十世紀之交是個新時代，新時代給我們帶來新階級和新文化，文學也因此有了更強烈的變化。例如，抗戰以來有著「通俗化」的運動，不但要使文學能共賞，還要破除「雅俗」之分，這就是所謂的由量變到質變吧！

全文說理清晰、論證完整，不僅勾勒出中國文學發展的概況，並以此呈現中國文學由雅至俗演變的趨勢。

論百讀不厭

前些日子參加了一個討論會，討論趙樹理[1]先生的《李有才板話》。座中一位青年提出了一件事實：他讀了這本書覺得好，可是不想重讀一遍。大家費了一些時候討論這件事實。有人表示意見，說不想重讀一遍，未必減少這本書的好，未必減少它的價值。但是時間匆促，大家沒有達到明確的結論。一方面似乎大家也都沒有重讀過這本書，並且似乎從沒有想到重讀它。然而問題不但關於這一本書，而是關於一切文藝作品。為什麼一些作品有人「百讀不厭」，另一些卻有人不想讀第二遍呢？是作品的不同嗎？是讀的人不同嗎？如果是作品不同，「百讀不厭」是不是作品評價的一個標準呢？這些都值得我們思索一番。

蘇東坡有〈送章惇秀才失解西歸〉詩，開頭兩句是：

舊書不厭百回讀，
熟讀深思子自知。

「百讀不厭」這個成語就出在這裡。「舊書」指的是經典❷，所以要「熟讀深思」。《三國志・魏志・王肅傳・注》：

人有從（董遇）學者，遇不肯教，而云「必當先讀百遍」，言「讀書百遍而意自見」。

經典文字簡短，意思深長，要多讀，熟讀，仔細玩味，才能了解和體會。所謂「意自見」，「子自知」，著重自然而然，這是不能著急的。這詩句原是安慰和勉勵那考試失敗的章惇秀才的話，勸他回家再去安心讀書，說「舊書」不嫌多讀，越讀越玩味越有意思。固然經典值得「百回讀」，但是這裡著重的還在那讀書的人。簡化成「百讀不厭」這個成語，卻就著重在讀的書或作品了。這成語常跟另一成語「愛不釋手」配合著，在讀的時候「愛不釋手」，讀過了以後「百讀不厭」。這是一種贊詞和評語，傳統上確乎是一個評價的標準。當然,「百讀」只是「重讀」「多讀」「屢讀」的意思,並不一定一遍接著一遍的讀下去。

經典給人知識,教給人怎樣做人,其中有許多語言的、歷史的、修養的課題,有許多注解,此外還有許多相關的考證,讀上百遍,也未必能夠處處貫通,教人多讀是有道理的。但是後來所謂「百讀不厭」,往往不指經典而指一些詩,一些文,以及一些小說;這些作品讀起來津津有味,重讀,屢讀也不膩味,所以說「不厭」;「不厭」不但是「不討厭」,並且是「不厭倦」。詩文和小說都是文藝作品,這裡面也有一些語言的和歷史的課題,詩文也有些注解和考證;小說方面呢,卻直到近代才有人注意這些課題,於是也有了種種考證。但是過去一般讀者只注意詩文的注解,不大留心那些課題,對於小說更其如此。他們集中在本文的吟誦或流覽上。這些人吟誦詩文是為了欣賞,甚至於只為了消遣,流覽或閱讀小說更只是為了消遣,他們要求的是趣味,是快感。這跟誦讀經典不一樣。誦讀經典是為了知識,為了教訓,得認真,嚴肅,正襟危坐的讀,不像讀詩文和小說可以馬馬虎虎的,隨隨便便的,在床上,在火車輪船上都成。這麼著可還能夠教人「百讀不厭」,那些詩文和小說到底是靠了什麼呢?

在筆者看來，詩文主要是靠了聲調，小說主要是靠了情節。過去一般讀者大概都會吟誦，他們吟誦詩文，從那吟誦的聲調或吟誦的音樂得到趣味或快感，意義的關係很少；只要懂得字面兒，全篇的意義弄不清楚也不要緊的。梁啓超先生說過李義山的一些詩，雖然不懂得究竟是什麼意思，可是讀起來還是很有趣味（大意）。這種趣味大概一部分在那些字面兒的影像上，一部分就在那七言律詩的音樂上。字面兒的影像引起人們奇麗的感覺；這種影像所表示的往往是珍奇，華麗的景物，平常人不容易接觸到的，所謂「七寶樓臺」之類。民間文藝裡常常見到的「牙床」等等，也正是這種作用。民間流行的小調以音樂為主，而不注重詞句，欣賞也偏重在音樂上，跟吟誦詩文也正相同。感覺的享受似乎是直接的，本能的，即使是字面兒的影像所引起的感覺，也還多少有這種情形，至於小調和吟誦，更顯然直接訴諸❸聽覺，難怪容易喚起普遍的趣味和快感。至於意義的欣賞，得靠綜合諸感覺的想像力，這個得有長期的教養才成。然而就像教養很深的梁啓超先生，有時也還讓感覺領著走，足見感覺的力量之大。

小說的「百讀不厭」，主要的是靠了故事或情節。人們在兒童時代就愛聽故事，尤其愛奇怪的故事。成人也還是愛故事，不過那情節得複雜些。這些故事大概總是神仙、武俠、才子、佳人，經過種種悲歡離合，而以大團圓終場。悲歡離合總得不同尋常，那大團圓才足奇。小說本來起於民間，起於農民和小市民之間。在封建社會裡，農民和小市民是受著重重壓迫的，他們沒有多少自由，卻有做白日夢的自由。他們寄託他們的希望於超現實的神仙，神仙化的武俠，以及望之若神仙的上層社會的才子佳人；他們希望有朝一日自己會變成了這樣的人物。這自然是不能實現的奇蹟，可是能夠給他們安慰、趣味和快感。他們要大團圓，正因為他們一輩子是難得大團圓的，奇情也正是常情啊。他們同情故事中的人物，「設身處地」的「替古人擔憂」，這也因為事奇人奇的原故。過去的小說似乎始終沒有完全移交到士大夫的手裡。士大夫讀小說，只是看閒書，就是作小說，也只是遊戲文章，總而言之，消遣而已。他們得化裝為小市民來欣賞，來寫作；在他們看，小說奇於事實，只是一種玩藝兒，所以不能認真、嚴肅，只是消遣而已。

封建社會漸漸垮了，「五四」時代出現了個人，出現了自我，同時成立了新文學。新文學提高了文學的地位；文學也給人知識，也教給人怎樣做人，不是做別人的，而是做自己的人。可是這時候寫作新文學和閱讀新文學的，只是那變了質的下降的士和那變了質的上升的農民和小市民混合成的知識階級，別的人是不願來或不能來參加的。而新文學跟過去的詩文和小說不同之處，就在它是認真的負著使命。早期的反封建❹也罷，後來的反帝國主義也罷，寫實的也罷，浪漫的和感傷的也罷，文學作品總是一本正經的在表現著並且批評著生活。這麼著文學揚棄了消遣的氣氛，回到了嚴肅——古代貴族的文學如《詩經》，倒本來是嚴肅的。這負著嚴肅的使命的文學，自然不再注重「傳奇」，不再注重趣味和快感，讀起來也得正襟危坐，跟讀經典差不多，不能再那麼馬馬虎虎，隨隨便便的。但是究竟是形象化的，訴諸情感的，跟經典以冰冷的抽象的理智的教訓為主不同，又是現代的白話，沒有那些語言的和歷史的問題，所以還能夠吸引許多讀者自動去讀。不過教人「百讀不厭」甚至教人想去重讀一遍的作品，的確是很少了。

新詩或白話詩，和白話文，都脫離了那多多少少帶著人工的、音樂的聲調，而用著接近說話的聲調。喜歡古詩、律詩和駢文、古文的失望了，他們尤其反對這不能吟誦的白話新詩；因為詩出於歌，一直不曾跟音樂完全分家，他們是不願揚棄這個傳統的。然而詩終於轉到意義中心的階段了。古代的音樂是一種說話，所謂「樂語」，後來的音樂獨立發展，變成「好聽」為主了。現在的詩既負上自覺的使命，它得說出人人心中所欲言而不能言的，自然就不注重音樂而注重意義了。——一方面音樂大概也在漸漸注重意義，回到說話罷？——字面兒的影像還是用得著，不過一般的看起來，影像本身，不論是鮮明的，朦朧的，可以獨立的訴諸感覺的，是不夠吸引人了；影像如果必須得用，就要配合全詩的各部分完成那中心的意義，說出那要說的話。在這動亂時代，人們著急要說話，因為要說的話實在太多。小說也不注重故事或情節了，它的使命比詩更見分明。它可以不靠描寫，只靠對話，說出所要說的。這裡面神仙、武俠、才子、佳人，都不大出現了，偶然出現，也得打扮成平常人；是的，這時代的小說的人物，主要的是些平常人了，這是平民世紀啊。至於文，長篇議論文發展了工具性，讓人們更如意的也更精密的說出他們的話，但是這已經成為訴諸理性的了。訴諸情感的是那發展在後的小品散文，就是那標榜「生活的藝術」，抒寫「身邊瑣事」的。這倒是回到趣味中心，企圖著教人「百讀不厭」的，確乎也風行過一時。然而時代太緊張了，不容許人們那麼悠閒；大家嫌小品文近乎所謂「軟性」，丟下了它去找那「硬性」的東西。

文藝作品的讀者變了質了，作品本身也變了質了，意義和使命壓下了趣味，認識和行動壓下了快感。這也許就是所謂「硬」的解釋。「硬性」的作品得一本正經的讀，自然就不容易讓人「愛不釋手」，「百讀不厭」。於是「百讀不厭」就不成其為評價的標準了，至少不成其為主要的標準了。但是文藝是欣賞的對象，它究竟是形象化的，訴諸情感的，怎麼「硬」也不能「硬」到和論文或公式一樣。詩雖然不必再講那帶幾分機械性的聲調，卻不能不講節奏，說話不也有輕重高低快慢嗎？節奏合式，才能集中，才能夠高度集中。文也有文的節奏，配合著意義使意義集中。小說是不注重故事或情節了，但也總得有些契機來表現生活和批評它；這些契機得費心思去選擇和配合，才能夠將那要說的話，要傳達的意義，完整的說出來，傳達出來。集中了的完整了的意義，才見出情感，才讓人樂意接受，「欣賞」就是「樂意接受」的意思。能夠這樣讓人欣賞的作品是好的，是否「百讀不厭」，可以不論。在這種情形之下，筆者同意：《李有才板話》即使沒有人想重讀一遍，也不減少它的價值，它的好。

但是在我們的現代文藝裡，讓人「百讀不厭」的作品也有的。例如魯迅先生的《阿Q正傳》，茅盾先生的《幻滅》、《動搖》、《追求》三部曲，筆者都讀過不止一回，想來讀過不止一回的人該不少罷。在筆者本人，大概是《阿Q正傳》裡的幽默和三部曲裡的幾個女性吸引住了我。這幾個作品的好已經定論，它們的意義和使命大家也都熟悉，這裡說的只是它們讓筆者「百讀不厭」的因素。《阿Q正傳》主要的作用不在幽默，那三部曲的主要作用也不在鑄造幾個女性，但是這些卻可能產生讓人「百讀不厭」的趣味。這種趣味雖然不是必要的，卻也可以增加作品的力量。不過這裡的幽默決不是油滑的，無聊的，也決不是為幽默而幽默，而女性也決不就是色情，這個界限是得弄清楚的。抗戰期中，文藝作品尤其是小說的讀眾大大的增加了。增加的多半是小市民的讀者，他們要求消遣，要求趣味和快感。擴大了的讀眾，有著這樣的要求也是很自然的。長篇小說的流行就是這個要求的反應，因為篇幅長，故事就長，情節就多，趣味也就豐富了。這可以促進長篇小說的發展，倒是很好的。可是有些作者卻因為這樣的要求，忘記了自己的邊界，放縱到色情上，以及粗劣的笑料上，去吸引讀眾，這只是迎合低級趣味。而讀者貪讀這一類低級的軟性的作品，也只是沉溺，說不上「百讀不厭」。「百讀不厭」究竟是個贊詞或評語，雖然以趣味為主，總要是純正的趣味才說得上的。

注釋

❶趙樹理　一九〇六——一九七〇，中國作家，原名趙樹禮，山西人，主要代表作有《小二黑結婚》、《李有才板話》等。趙樹理的小說多以華北農村為背景，反映農村社會的變遷和存在其間的矛盾鬥爭，塑造農村各式人物的形象，趙樹理開創的「山藥蛋派」，成為新中國文學史上最重要、最有影響的文學流派之一。

❷經典　形容製作美善，可以流傳久遠，成為後世模範。

❸訴諸　利用某方式或某途徑來解決問題。

❹反封建　反對守舊陳腐的思想與意識。

賞析

本篇以文學「趣味」的問題貫串全文。第一層次，作者由眾人對趙樹理《李有才板話》的評論中，提出了百讀不厭的標準何在的問題。他認為，詩文要令人感到百讀不厭，主要靠聲調，一般讀者只是從吟詠的音樂中得到趣味或快感，並不在乎是不是弄懂詩文在表達什麼。只有少數人重視詞句，並且欣賞當中的意義。而這少數人是要靠長期的教養才能培養出一種想像力。字面的影像引起人們奇麗的感覺，這樣的感覺是直接的、本能的，更容易喚起普遍的趣味和快樂。

第二層次，作者則說明小說令人百讀不厭的標準。對小說的看法，作者更加明確，他認為小說之所以讓人百讀不厭，主要是靠故事或情節，因為「小說本來起於民間，起於農民和小市民之間。」小說中的那些奇蹟能給百姓安慰、趣味和快感。因為他們一輩子是難得大團圓的，所以就要投合他們的需求給予大團圓的結尾。但五四之後，由於時代動盪，不容許人們那麼悠閒，所以有些作品的意義和使命壓下了趣味，認識和行動壓下了快感。雖然作者也認為，這些作品雖然不能百讀不厭，也不會減少它的價值，但是那些「讀起來也得正襟危坐，跟讀經典差不多」缺乏趣味的小說，事實還是不受人們歡迎。

第三層次，作者則說明，現代文藝裡，也有令人百讀不厭的作品，例如魯迅的《阿Q正傳》，它的意義和使命已經為大家熟知，然而它的趣味性也非常足夠，這些幽默的趣味不但為作品增加了力量，也使讀者能夠百讀不厭，藉此擴大了讀眾。因此，百讀不厭在朱自清的心裡是個讚語，不過他也認為百讀不厭雖然以趣味為主，但是趣味必定要是純正的，這才可以真正稱為百讀不厭。

本篇作者以專家之眼光首先點出作品吸引人，使人百讀不厭的原因絕大部分在於趣味。再者說明，五四之後由於時代動盪，導致許多作品因重視意義和使命減少了趣味，這樣雖然不會減少作品的價值，但是真正好的作品還是要兼顧意義與趣味，才使讀者能夠百讀不厭。這樣精確的分析，如同一本文學賞析寶典，不僅使讀者更了解如何賞玩文章，也能使讀者了解在閱讀與寫作時，需注意兼顧文章的趣味與意義性，意義可謂深遠。

論青年

馮友蘭先生在《新事論・贊中華》篇裡第一次指出現在一般人對於青年的估價超過老年之上。這扼要的說明了我們的時代。這是青年時代，而這時代該從「五四」運動開始。從那時起，青年人才抬起了頭，發現了自己，不再僅僅的做祖父母的孫子，父母的兒子，社會的小孩子。他們發現了自己，發現了自己的群，發現了自己和自己的群的力量。他們跟傳統鬥爭❶，跟社會鬥爭，不斷的在爭取自己領導權甚至社會領導權，要名副其實的做新中國的主人。但是，像一切時代一切社會一樣，中國的領導權掌握在老年人和中年人的手裡，特別是中年人的手裡。於是乎來了青年的反抗，在學校裡反抗師長，在社會上反抗統治者。他們反抗傳統和紀律，用怠工，有時也用挺擊。中年統治者記得「五四」以前青年的沉靜，覺著現在青年愛搗亂，惹麻煩，第一步打算壓制下去。可是不成。於是乎敷衍下去。敷衍到了難以收拾的地步，來了集體訓練，開出新局面，可是還得等著瞧呢。

青年反抗傳統，反抗社會，自古已然，只是一向他們低頭受壓，使不出大力氣，見得沉靜罷了。家庭裡父代和子代鬧彆扭是常見的，正是壓制與反抗的徵象。政治上也有老少兩代的鬥爭，漢朝的賈誼到戊戌六君子，例子並不少。中年人總是在統治的地位，老年人勢力足以影響他們的地位時，就是老年時代，青年人勢力足以影響他們的地位時，就是青年時代。老年和青年的勢力互為消長，中年人卻總是在位，因此無所謂中年時代。老年人在衰朽，是過去，青年人還幼稚，是將來，占有現在的只是中年人。他們一面得安慰老年人，培植青年人，一面也在譏笑前者，煩厭後者。安慰還是順的，培植卻常是逆的，所以更難。培植是憑中年人的學識經驗做標準，大致要養成有為有守愛人愛物的中國人。青年卻恨這種切近的典型❷的標準妨礙他們飛躍的理想。他們不甘心在理想還未疲倦的時候就被壓進典型裡去，所以總是掙扎著，在憧憬那海闊天空的境界。中年人不能了解青年人為什麼總愛旁逸斜出不走正路，說是時代病。其實這倒是成德達材的大路；壓迫著，掙扎著，材德的達成就在這兩種力的平衡裡。這兩種力永恆的一步步平衡著，自古已然，不過現在更其表面化罷了。

青年人愛說自己是「天真的」，「純潔的」。但是看看這時代，老練的青年可真不少。老練卻只是工於自謀，到了臨大事，決大疑，似乎又見得幼稚了。青年要求進步，要求改革，自然很好，他們有的是奮鬥的力量。不過大處著眼難，小處下手易，他們的飽滿的精力也許終於只用在自己的物質的改革跟進步上；於是驕奢淫佚，無所不為，有利無義，有我無人。中年裡原也不缺少這種人，效率卻趕不上青年的大。眼光小還可以有一步路，便是做自了漢，得過且過的活下去；或者更退一步，遇事消極，馬馬虎虎對付著，一點不認真。中年人這兩種也夠多的。可是青年時就染上這些習氣，未老先衰，不免更教人毛骨悚然。所幸青年人容易回頭，「浪子回頭金不換」，不像中年人往往將錯就錯，一直沉到底裡去。

青年人容易脫胎換骨改樣子，是真可以自負之處；精力足，歲月長，前路寬，也是真可以自負之處。總之可能多。可能多倚仗就大，所以青年人狂。人說青年時候不狂，什麼時候才狂？不錯。但是這狂氣到時候也得收拾一下，不然會忘其所以的。青年人愛諷刺，冷嘲熱罵，一學就成，揮之不去；但是這只足以取快一時，久了也會無聊起來的。青年人罵中年人逃避現實，圓通，不奮鬥，妥協，自有他們的道理。不過青年人有時候讓現實籠罩住，伸不出頭，張不開眼，只模糊的看到面前一段兒路，真是「前不見古人，後不見來者」。這又是小處。若是能夠偶然到所謂「世界外之世界」裡歇一下腳，也許可以將自己放大些。青年也有時候偏執不回，過去一度以為讀書就不能救國就是的。那時蔡孑民先生卻指出「讀書不忘救國，救國不忘讀書」。這不是妥協，而是一種權衡輕重的圓通觀。懂得這種圓通，就可以將自己放平些。能夠放大自己，放平自己，才有真正的「工作與嚴肅」，這裡就需要奮鬥了。

蔡孑民先生不愧人師，青年還是需要人師。用不著滿口仁義道德，道貌岸然❸，也用不著一手攤經，一手握劍，只要認真而親切的服務，就是人師。但是這些人得組織起來，通力合作。講情理，可是不敷衍，重誘導，可還歸到守法上。不靠婆婆媽媽氣去乞憐青年人，不靠甜言蜜語去買好青年人，也不靠刀子手槍去示威青年人。只言行一致後先一致的按著應該做的放膽放手做去。不過基礎得打在學校裡；學校不妨盡量社會化，青年訓練卻還是得在學校裡。學校好像實驗室，可以嚴格的計劃著進行一切；可不是溫室，除非讓它墮落到那地步。訓練該注重集體的，集體訓練好，個體也會改樣子。人說教師只消傳授知識就好，學生做人，該自己磨練去。但是得先有集體訓練，教青年有膽量幫助人，制裁人，然後才可以讓他們自己磨練去。這種集體訓練的大任，得教師擔當起來。現行的導師制注重個別指導，瑣碎而難實踐，不如緩辦，讓大家集中力量到集體訓練上。學校以外倒是先有了集中訓練，從集中軍訓起頭，跟著來了各種訓練班。前者似乎太單純了，效果和預期差得多，後者好像還差不多。不過訓練班至多只是百尺竿頭更進一步，培植根基還得在學校裡。在青年時代，學校的使命更重大了，中年教師的責任也更重大了，他們得任勞任怨的領導一群群青年人走上那成德達材的大路。

《中學生》，一九四四年

注釋

❶鬥爭　打擊敵對分子的手段。

❷典型　舊法、模範。宋文天祥〈正氣歌〉：「哲人日已遠，典型在夙昔」。亦作「典刑」。

❸道貌岸然　學道的人，容貌莊嚴肅穆。亦指外表莊重嚴肅的樣子。後用以形容外表故作正經，而心中實不如此。

賞析

本文刊登於一九四四年的《中學生》，當時作者在西南聯大主持中文系，課務閒暇之時便以一個長輩的立場，對時下年輕人提出針砭與建議。

第一段作者首先說明，自己所處的時代，是一個青年人價值超過老年人的時代，而這樣的時代，是從五四時期開始的。當時國家處於敗亡的過度壓力下，需要借外國文化來救國治國，並激烈否定傳統，因此「青年人才抬起了頭，發現了自己」，也發現了「群的力量」，進而跟傳統鬥爭和社會鬥爭，想要當新中國的主人。

第二段作者替青年發聲，說明青年人之反抗，自古已然，只不過現在更表面化。且青年人如果能在這種壓迫著、掙扎著的兩種力量中平衡，其實更能步上成德的大道。

第三、四段則準確的點出青年的匱缺。第一，作者認為當時「老練」的青年可謂不少，但這種老練都只是工於自謀，到了臨大事的時候，似乎又顯得幼稚。且許多青年飽滿的經歷只用在自己物質的改革與進步上，有利無義，有我無人。所幸青年人容易回頭，「不像中年人往往將錯就錯，一直沉到底裡去。」第二，作者認為青年人「狂」，所以容易忘其所以，如果能到「世界外之世界」看一下，才能夠放大自己、放平自己。

第五段則說明青年人的需要，作者認為青年人最需要「人師」，人師必須認真而親切，講情理但不敷衍，重誘導但仍歸到守法上。且人師必須集體訓練青年，教青年有膽量幫助人，制裁人，然後才可以讓他們自己磨練去。最後作者提出，在青年時代，學校與中年教師的責任更重大，必須任勞任怨的領導青年人走向成德達材的大路。

這篇文章，作者首先由正面立論，說明這是青年的時代，並期待青年人能在壓迫、掙扎的兩種力量中平衡步上成德的大道。其次，則從反面論證，鞭辟入裡的說明當代青年普遍所有之缺點，期許青年能放大自己、放平自己。最後，作者分析青年的真正需求作為結論，認為學校與老師的責任重大，希望在他們的帶領下，青年人能走向成德達材的大路。作者用正、反、合的寫作法，將各種論點解說得一清二楚，使文章更有說服力。且作者設身處地呼籲青年成德達材，說理親切有味，讓讀者更易明白青年應該扮演的角色，並了解自己應盡個人最大努力，走向成德達材的大路。

文藝之力

我們讀了〈桃花源記〉，《紅樓夢》，〈虬髯客傳〉，〈灰色馬〉，《現代日本小說集》，《茵夢湖》，〈盧森堡之一夜〉……覺得新闢了許多世界。有的開著爛漫的花，綿連著芊芊的碧草。在青的山味，白的泉聲中，上下啁啾著玲瓏的小鳥。太陽微微的笑著；天風不時掠過小鳥的背上。有的展著一片廣漠的戰場，黑壓壓的人都凍在冰裡，或燒在火裡。卻有三兩個戰士，在層冰上，在烈焰中奔馳著。那裡也有風，冷到刺骨，熱便灼人肌膚。那些戰士披著髮，紅著臉，用了鐵石一般的聲音叫喊。在這個世界裡，沒有困倦，沒有寂寞；只有百度上的熱，零度下的冷，只有熱和冷！有的是白髮的老人和紅衣的幼女，乃至少壯的男人，婦人，手牽著手，挽成一個無限大的圈兒，在地上環行。他們都踏著腳，唱著溫暖的歌，笑容可掬的向著；太陽在他們頭上。有的全是黑暗和陰影，彷彿夜之國一般。大家摸索著，挨擠著，以嫉恨的眼互視著。這些閃閃的眼波，在暗地裡彷彿是幕上演著的活動影戲，有十足的機械風。又像舞著的劍鋒，說不定會落在誰的頸上或胸前的。這世界如此的深而莫測，真有如「盲人騎瞎馬，夜半臨深池」了。有的卻又不同。將眼前的世界剝去了一層殼，只留下她的裸體，顯示美和醜的曲線。世界在我們前面索索的抖著，便不復初時那樣的儀態萬方了。有時更像用了X光似的，顯示出她的骨骼和筋絡等等，我們見其肺肝了，我們看見她的血是怎樣流的了。這或者太不留餘地。但我們卻能接觸著現世界的別面，將一個胰皂泡幻成三個胰皂泡似的，得著新國土了。

另有詞句與韻律，雖常被認為末事，卻也醞釀著多樣的空氣，傳給我們種種新鮮的印象。這種印象確乎是簡單些；而引人入勝，有催眠之功用，正和前節所述關於意境情調的一樣——只是程度不同吧了。從前人形容痛快的文句，說是如啖哀家梨，如用并州剪❶。這可見詞句能夠引起人的新鮮的筋肉感覺。我們讀晉人文章和《世說新語》一類的書遇著許多「雋語❷」，往往翛然❸有出塵之感，真像不食人間煙火似的，也正是詞句的力。又如《紅樓夢》中的自然而漂亮的對話，使人覺得輕鬆，覺得積伶。《點滴》中深曲而活潑的描寫，多用擬人的字眼和句子，更易引起人神經的顫動。《誘惑》中的：

忽然全世界似乎打了一個寒噤。

彷彿地正顫動著，正如伊的心臟一般的跳將起來了。

便足顯示這種力量。此外「句式」也有些關係。短句使人斂；長句使人宛轉；鎖句(periodical sentence) 使人精細；散句使人平易；偶句使人凝整，峭拔。說到「句式」，便會聯想到韻律，因為這兩者是相關甚密的。普通說韻律，但就詩歌而論；我所謂韻律卻是廣義的，散文裡也有的。這韻律其實就是聲音的自然的調節，凡是語言文字裡都有的。韻律的性質，一部分隨著字音的性質而變，大部分隨著句的組織而變。字音的性質是很複雜的。我於音韻學沒有什麼研究，不能詳論。約略說來，有剛音，有柔音，有粗澀的音，有甜軟的音。清楚而平滑的韻（如「先」韻）可以引起輕快與美妙的感覺；開張而廣闊的韻（如「陽」韻）可以引起飈舉與展擴的感覺。濁聲（如ㄅ，ㄉ，ㄍ）使人有努力，衝撞，粗暴，艱難，沉重等印象；清聲（如ㄆ，ㄊ，ㄋ）則顯示安易，平滑，流動，穩靜，輕妙，溫良與嫻雅。濁聲如重擔在肩上；清聲如蜜在舌上。這些分別，大概由於發音機關的變化；舊韻書裡所謂開齊合撮，陰聲，陽聲，弇聲，侈聲，當能說明這種緣故。我卻不能做這種工作；我只總說一句，因發音機關的作用不同，引起各種相當而不同的筋肉感覺，於是各字的聲音才有不同的力量了。但這種力量也並非一定，因字在句中的位置而有增減。在句子裡，因為意思與文法的關係，各字的排列可以有種種的不同。其間輕重疾徐，自然互異。輕而疾則力減，重而徐則力增。這輕重疾徐的調節便是韻律。調節除字音外，更當注重音「節」與句式；音節的長短，句式的長短，曲直，都是可以決定韻律的。現在只說句式，音節可以類推。短句促而嚴，如斬釘截鐵，如一柄晶瑩的匕首。長句舒緩而流利，如風前的馬尾，如拂水的垂楊。鎖句宛轉騰挪，如夭矯的遊龍，如回環的舞女。散句曼衍而平實，如戰場上的散兵線，如依山臨水的錯落的樓臺。偶句停勻而凝煉，如西湖上南北兩峰，如處女的雙乳。這只論其大凡，不可拘執；但已可見韻律的力量之一斑了。——所論的在詩歌裡，尤為顯然。

由上所說，可見文藝的內容與形式都能移人情；兩者相依為用，可以引人入勝，引人到「世界外之世界」。在這些境界裡，沒有種種計較利害的複雜的動機，也沒有那個能分別的我。只有渾然的沉思，只有物我一如的情感(fellow feeling)。這便是所謂「忘我」。這時雖也有喜，怒，哀，樂，愛，惡，欲等的波動，但是無所附的，無所為的，無所執的。固然不是為「我自己」而喜怒哀樂，也不是為「我的」親戚朋友而喜怒哀樂，喜怒哀樂只是喜怒哀樂自己，更不能說是為了誰的。既不能說是為了誰的，當然也分不出是「誰的」了。所以，這種喜怒哀樂是人類所共同的。因為是共同的，無所執的，所以是平靜的，中和的。有人說文藝裡的情緒不是真的情緒，縱然能逼緊人的喉頭，燃燒人的眼睛。我們閱讀文藝，只能得著許多鮮活的意象❹(idea)吧了；這些意象是如此的鮮活，將相聯的情緒也微微的帶起在讀者的心中了。正如我們憶起一個惡夢一樣，雖時過境遷，仍不免震悚；但這個震悚的力量究竟是微薄的。所以文藝裡的情緒的力量也是微薄的；說它不是真的情緒，便是為此。真的情緒只在真的衝動，真的反應裡才有。但我的解說，有些不同。文藝裡既然有著情緒，如何又說是不真？至多只能加上「強」，「弱」，「直接」，「間接」等限制詞吧了。你能說文藝裡情緒是從文字裡來的，不是從事實裡來的，所以是間接的，微弱的；但你如何能說它不是真的呢？至於我，認表現為生活的一部，文字與事實同是生活的過程；我不承認文藝裡的情緒是間接的，因而也不能承認它是微弱的。我寧願說它是平靜的，中和的。這中和與平靜正是文藝的效用，文藝的價值。為什麼中和而平靜呢？我說是無「我執」之故。人生的狂喜與劇哀，都是「我」在那裡串戲。利害，得失，聚散……之念，縈於人心，以「我」為其樞紐。「我」於是糾纏、顛倒，不能已已。這原是生活意志的表現；生活的趣味就在於此。但人既執著了「我」，自然就生出「我愛」，「我慢」，「我見」，「我痴」；情之所發，便有偏畸，不能得其平了。與「我」親的，哀樂之情獨厚；漸疏漸薄，至於沒有為止。這是爭競狀態中的情緒，力量甚強而範圍甚狹。至於文藝裡的情緒，則是無利害的，泯人我的；無利害便無爭競，泯人我便無親疏。因而純淨，平和，普遍，像汪汪千頃，一碧如鏡的湖水。湖水的恬靜，雖然沒有濤瀾的洶湧，但又何能說是微薄或不充實呢？我的意思，人在這種境界裡，能夠免去種種不調和與衝突，使他的心明淨無纖塵，以大智慧普照一切；無論悲樂，皆能生趣。——日常生活中的悲哀是受苦，文藝中的悲哀是享樂。愈易使我們流淚的文藝，我們愈願意去親近它。有人說文藝的悲哀是「奢華的悲哀」(luxurious sadness)正是這個意思。「奢華的」就是「無計較的享樂」的意思。我曾說這是「忘我」的境界；但從別一面說，也可說是「自我無限的擴大」。我們天天關閉在自己的身分裡，如關閉在牢獄裡；我們都渴望脫離了自己，如幽囚的人之渴望自由。我們為此而憂愁，掃興，陰鬱。文藝卻能解放❺我們，從層層的束縛裡。文藝如一個俠士，半夜裡將我們從牢獄裡背了出來，飛檐走壁的在大黑暗裡行著；又如一個少女，偷偷開了狹的鳥籠，將我們放了出來，任我們向海闊天空中翱翔。我們的「我」，融化於沉思的世界中，如醉如痴的渾不覺了。在這不覺中，卻開闢著，創造著新的自由的世界，在廣大的同情與純淨的趣味的基礎上。前面所說各種境界，便可見一斑了。這種解放與自由只是暫時的，或者竟是頃刻的。但那中和與平靜的光景，給我們以安息，給我們以滋養，使我們「煥然一新」；文藝的效用與價值惟其是暫而不常的，所以才有意義呀。普通的娛樂如打球，跳舞等，雖能以遊戲的目的代替實利的目的，使人忘卻一部分的計較，但決不能使人完全忘卻了自我，如文藝一樣。故解放與自由實是文藝的特殊的力量。

文藝既然有解放與擴大的力量，它毀滅了「我」界，毀滅了人與人之間重重的障壁。它繼續的以「別人」調換我們「自己」，使我們聯合起來。現在世界上固然有愛，而疑忌，輕蔑，嫉妒等等或者更多於愛。這決不是可以滿足的現象。其原因在於人為一己之私所蔽，有了種種成見與偏見，便不能了解他人，照顧他人了。各人有各人的世界；真的，各人獨有一個世界。大世界分割成散沙似的碎片，便不成個氣候；災禍便紛紛而起了。災禍總要避除。有心人於是著手打倒種種障壁；使人們得以推誠相見，攜手同行。他們的能力表現在各種形式裡，而文藝亦其一種。文藝在隱隱中實在負著聯合人類的使命。從前俄國托爾斯泰論藝術，也說藝術的任務在藉著情緒的感染以聯合人類而增進人生之幸福。他的全部的見解，我覺得太嚴了，也可以說太狹了。但在「聯合人類」這一層上，我佩服他的說話。他說只有他所謂真正的藝術，才有聯合的力量，我卻覺得他那斥為虛偽的藝術的，也未嘗沒有這種力量；這是和他不同的地方。單就文藝而論，自然也事同一例。在文藝裡，我們感染著全人類的悲樂，乃至人類以外的悲樂（任舉一例，如葉聖陶〈小蜆的回家〉中所表現的）。這時候人天平等，一視同仁；「我即在人中」，人即在自然中。「全世界聯合了喲！」我們可以這樣絕叫了。便是自然派的作品，以描寫醜與惡著名，給我們以夜之國的，看了究竟也只會發生聯合的要求；所以我們不妨一概論的。這時候，即便是一剎那，愛在我們心中膨脹，如月滿時的潮汛一般。愛充塞了我們的心，妖魅魍魎似的疑忌輕蔑等心思，便躲避得無影無蹤了。這種聯合力，是文藝的力量的又一方面。

有人說文藝並不能使人忘我，它卻使人活潑潑的實現自我(self-realization)，這就是說，文藝給人以一種新的刺激，足以引起人格的變化。照他們說，文藝能教導人，能鼓舞人；有時更要激動人的感情，引起人的動作。革命的呼聲可以喚起睡夢中的人，使他們努力前驅，這是的確的。俄國便是一個好例。而「靡靡之音」使人

「纏綿歌泣於春花秋月，銷磨其少壯活潑之氣」，使人「兒女情多，風雲氣少」，卻也是真的。這因環境的變遷固可影響人的情思及他種行為，情思的變遷也未嘗不能影響他種行為及環境；而文藝正是情思變遷的一個重要因子，其得著功利的效果，也是當然的。文藝如何影響人的情思，引起他人格的變化呢？梁任公先生說得最明白，我且引他的話：

> 抑小說之支配人道也，復有四種力：一曰熏。熏也者，如入雲煙中而為其所烘，如近墨朱處而為其所染。……人之讀一小說也，不知不覺之間，而眼識為之迷漾，而腦筋為之搖颺，而神經為之營注；今日變一二焉，明日變一二焉，剎那剎那，相斷相續；久之，而此小說之境界遂入其靈臺而據之，成一特別原質之種子。有此種子故，他日又更有所觸所受者，旦旦而熏之，種子愈盛。而又以之熏他人。……（〈論小說與群治之關係〉）

此節措辭雖間有不正確之處，但議論是極透闢的。他雖只就小說立論，但別種文藝也都可作如是觀。此節的主旨只是說小說（文藝）能夠漸漸的，不知不覺的改變讀者的舊習慣，造成新習慣在他們的情思及別種行為裡。這個概念是很重要的；所謂「實現自我」，也便是這個意思。近年文壇上「血與淚的文學」，愛與美的文學之爭，就是從這個見解而來的。但精細的說，「實現自我」並不是文藝之直接的，即時的效用，文藝之直接的效用，只是解放自我，只是以作品的自我調換了讀者的自我；這都是閱讀當時頃刻間的事。至於新刺激的給予，新變化的引起，那是片刻間的擴大，自由，安息之結果，是稍後的事了。因為閱讀當時沒有實際的刺激，便沒有實際的衝動與反應，所以也沒有實現自我可言。閱讀之後，憑著記憶的力量，將當時所感與實際所受對比，才生出振作，頹廢等樣的新力量。這所謂對比，自然是不自覺的。閱讀當時所感，雖同是擴大，自由與安息，但其間的色調卻是千差萬殊的；所以所實現的自我，也就萬有不同。至於實現的效用，也難一概而論。大約一次兩次的實現是沒有多大影響的；文藝接觸得多了，實現的機會頻頻了，才可以造成新的習慣，新的人格。所以是很慢的。原來自我的解放只是暫時的，而自我的實現又不過是這暫時解放的結果；間接的力量，自然不能十分強盛了。故從自我實現的立場說，文藝的力量的確沒有一般人所想像的那樣大。周啓明先生說得好：

我以為文學的感化力並不是極大無限的，所以無論善之華惡之華都未必有什麼大影響於後人的行為，因此除了真不道德的思想以外（資本主義及名分等）可以放任。（《詩》一卷四號通信）

他承認文藝有影響行為的力量，但這個力量是有限度的。這是最公平的話。但無論如何，這種「實現自我」的力量也是文藝的力量的一面，雖然是間接的。它是與解放、聯合的力量先後並存的，卻不是文藝的唯一的力量。

說文藝的力量不是極大無限的，或許有人不滿足。但這絕不足為文藝病。文藝的直接效用雖只是「片刻間」的解放，而這「片刻間」已經多少可以安慰人們忙碌與平凡的生活了。我們如奔馳的馬，在接觸文藝的時候，暫時鬆了韁絆，解了鞍轡，讓嚼那青青的細草，飲那凜冽的清泉。這短短的舒散之後，我們仍須奔馳向我們的前路。我們固願長逗留於清泉嫩草之間，但是怎能夠呢？我們有我們的責任，怎能夠脫卸呢？我們固然要求無憂無慮的解放，我們也要求繼續不斷的努力與實現。生活的趣味就在這兩者的對比與調和裡。在對比的光景下，文藝的解放力因稀有而可貴；它便成了人生的適量的調和劑了。這樣說來，我們也可不滿足的滿足了。至於實現自我，本非文藝的專責，只是餘力而已；其不能十分盛大，也是當然。又文藝的效用是「自然的效用」，非可以人力強求；你若故意費力去找，那是鑽入牛角灣裡去了。而文藝的享受，也只是自然的。或取或捨，由人自便；它決不含有傳統的權威如《聖經》一樣，勉強人去親近它。它的精神如飄忽來往的輕風，如不能捕捉的逃人；在空閒的甜蜜的時候來訪問我們的心。它來時我們決不十分明白，而它已去了。我們歡迎它的，它給我們最小到最大的力量，照著我們所能受的。我們若拒絕它或漠然的看待它，它便什麼也不丟下。我們有時在偉大的作品之前，完全不能失了自己，或者不能完全失了自己，便是為此了。文藝的精神，文藝的力，是不死的；它變化萬端而與人生相應。它本是「人生底」呀。看第一第二兩節所寫，便可明白了。

以上所說大致依據高斯威賽 (Galsworthy) 之論藝術 (art)；所舉原理可以與他種藝術相通。但文藝之力就沒有特殊的彩色麼？我說有的，在於豐富而明瞭的意象 (idea)。他種藝術都有特別的，複雜的外質，——繪畫有形，線，色彩，音樂有聲音，節奏——足以掀起深廣的情瀾在人們心裡；而文藝的外質大都只是極簡單的無變化的字形，與情潮的漲落無關的。文藝所恃以引起濃厚的情緒的，卻全在那些文字裡所含的意象與聯想(association)（但在詩歌裡，還有韻律）。文藝的主力自然仍在情緒，但情緒是伴意象而起的。——在這一點上，我贊成前面所引的Puffer的話了。他種藝術裡也有意象，但沒有文藝裡的多而明白；情緒非由意象所引起，意象便易為情緒所蔽了。他種藝術裡的世界雖也有種種分別，但總是渾沌❻不明晰的；文藝裡的世界，則大部分是很精細的。以「忘我」論，他種藝術或者較深廣些，「以創造新世界」論，文藝則較精切了；以「解放聯合」論，他種藝術的力量或者更強些，「以實現自我」論，文藝又較易見功了。——文藝的實際的影響，我們可以找出歷史的例子，他種藝術就不能了。總之，文藝之力與他種藝術異的，不在性質而在程度；這就是淺學的我所能說出的文藝之力的特殊的調子了。

一九二四年一月二十八日

注釋

❶如唊哀家梨，如用并州剪　哀家梨，出於《世說新語・輕詆》：「桓南郡（玄）每見人不快，

輒嗔云：『君得哀家梨，當復不烝食不？』《注》言：秣陵哀仲家產好梨，大如升，入口消釋。後來比喻說話或文章流暢爽利為如食哀梨。并州剪，古代并州所產的剪刀，以鋒利著稱，比喻文字爽朗明快，不拖泥帶水。」

❷雋語　音ㄐㄩㄣˋ　ㄩˇ。意味深長的言語。如：「此番雋語，發人深省。」

❸翛然　翛，音ㄒㄧㄠ。翛然，自然超脫貌。《莊子・大宗師》：「翛然而往，翛然而來而已矣。」

❹意象　在主觀意識中，被選擇而有秩序的組織起來的客觀現象。

❺解放　解除束縛。解除種種違反自然的道德、習慣、制度等的束縛，使各歸於自由平等，近世社會運動中常用此語。

❻渾沌　模糊不分明。《抱朴子・外篇・廣譬》：「渾沌之原，無皎澄之流；毫釐之根，無連抱之枝。」亦作「渾敦」。

賞析

本文寫成於一九二四年一月二十八日，當時作者在溫州擔任浙江省立第十中學的國文教員。作者出於專業的直覺，與累積長期的閱讀經驗後，分析文學給人的影響，精闢的觀點使人更能深入了解文學藝術本身具備的力量及其可能的影響力。

本文第一層次，說明各種文藝作品，為我們原本平淡的人生開闢了許多新的世界，有的世界是充滿了花朵的草原；有的是黑壓壓的戰場，不管是哪一種，都使我們獲得感動就像到達新的國土一般。

本文第二層次，則說明文藝作品中的語句與韻律，它們雖然常常被認為是瑣碎的小事，其中也醞釀著多樣的空氣，傳給我們一種新鮮的印象。因此在語句與韻律中，其實也蘊含著藝術的力量。

第三層次點出文學的內容和形式都具有移情作用，可以引人入勝，直到「世界外之世界」，並引導我們脫離關閉的身分，獲得自由的解放。解放我們於層層束縛的力量。故解放與自由也是文藝的特殊力量。

第四層次，說明文藝可以消弭人與人之間重重的障壁，它可以持續以「別人」來調換自己，使我們能易於了解他人，消除成見，因此，文藝也有聯合人群的力量。

第五層次，作者則說明文藝能給人一種新的刺激，足以引起個人人格的變化，可以改變讀者的舊習慣，並在他們的情思或行為上造就新的習慣，因此文藝具有塑造新人格的力量。

作者運用各種優美的譬喻，使所說的道理更容易被讀者接受，也引導我們從更多方面去欣賞和體會藝術之力量與美感。

寫作雜談

一、文脈

多年批改學生作文，覺得他們的最大的毛病是思路不清。思路不清就是層次不清，也就是無條理。這似乎是初學作文的人不能免的毛病。無論今昔，無論文言和白話——不過作文言更容易如此罷了。這毛病在敘述文（包括描寫文）和抒情文裡比較不顯著，在說明文和議論文裡就容易看出。實際生活中說明文和議論文比敘述文和抒情文用得多，高中與大一的學生應該多練習這兩體文字；一面也可以訓練他們的思想。本篇便著眼在這兩體上；文言文的問題比較複雜，現在且只就白話文立論。因為注重「思路」怎樣表現在文字裡，所以別稱它為「文脈」——表現在語言裡的，稱為「語脈」。

現在許多青年大概有一個誤解，認為白話文是跟說話差不多一致的。他們以為照著心裡說的話寫下來就是白話文；而心裡說的話等於獨自言語。但這種「獨自言語」跟平常說話不同。不但不出聲音，並且因為沒有聽者，沒有種種自覺的和不自覺的制限，容易跑野馬。在平常談話或演說的時候，還免不了跑野馬；獨自思想時自然更會如此。再說思想也不一定全用語言，有時只用一些影像就過去了。因此作文便跟說話不能一致；思路不清正由於這些情形。說話也有沒條理的；那也是思想訓練不足，隨心所嚮，不加控制的原故。但說話的條理比作文的條理究竟容易訓練些，而訓練的機會也多些。這就是說從自然的思路變成文脈，比變成語脈要難。總之，從思想到語言，和從思想到文字，都需要一番努力，語言文字清楚的程度，便看努力的大小而定；若完全隨心所嚮，必至於說的話人家聽不懂，作的文人家看不懂。

照著心裡說的話寫下來，有時自己讀著，教別人聽，倒也還通順似的；可是教別人看，就看出思路不清來了。這種情形似乎奇特，但我實地試驗過，確有這種事。我並且想，許多的文脈不調正是因為這個原故。現在的青年練習說話——特別是演說——的機會很多，應該有相當的控制語言的能力，就是說語脈不調的應該比較前一代的青年少。他們練習作文的機會其實也比較前一代多;但如上文所論,控制文字確是難些。而因為作的是白話文,他們卻容易將語脈混進文脈裡,減少自己的困難,增加自己的滿足;他們是將作文當做了說話的記錄。但說話時至少有聲調的幫助,有時候承轉或聯貫全靠聲調;白話文也有聲調,可是另一種,不及口語聲調的活潑有彈性,承轉或聯貫處,便得另起爐灶。將作文當說話的記錄,是想像口語聲調的存在,因此就不肯多費氣力在承轉或聯貫上;但那口語的聲調其實是不存在的。這種作文由作者自己讀,他會按照口語的聲調加以調整,所以聽起來也還通順似的。可是教別人看時,只照白話文的聲調默讀著,只按著文脈,毛病便出來了。那種自己讀時的調整,是不自覺的,是讓語脈蒙蔽了自己;這蒙蔽自己是不容易發現的,因此作文就難改進了。

思想,談話,演說,作文,這四步一步比一步難,一步比一步需要更多的條理;思想可以獨自隨心所嚮,談話和演說就得顧到少數與多數的聽者,作文更得顧到不見面的讀者,所以越來越需要條理。語脈和文脈不同,所以有些人長於說話而不長於作文,有些人恰相反;但也有相關聯的情形。說話可以訓練語脈;這樣獲得的語脈,特別是從演說練習裡獲得的,有時也可以幫助文脈的進展。所以要改進作文,可以從練習演說下手。但是語脈有時會混入文脈，像上一段說的。在這種情形下，要改進作文，最好先讀給人聽，再請他看，請他改，並指出聽時和看時覺得不同的地方，但是這件事得有負責的而且細心的教師才成。其實一般只要能夠細看教師的批改也就很好。不過在這兩種情形下，改本都得再三朗讀，才會真得到益處。現在的學生肯細看教師的批改的已經很少，朗讀改本的大概沒有一個。這固然因為懶，也因為從來沒有受到正確的朗讀訓練的原故。現在白話文的朗讀訓練只在小學裡有，那其實不是朗讀，只是吟誦；吟誦重音節，便於背，卻將文義忽略，不能訓練文脈。要訓練文脈，得用宣讀文件的聲調。我想若從小學時代起就訓練這種正確的朗讀，語脈混入文脈的情形將可減少，學生的作文也將容易進步。

再次是在作文時先寫出詳細的綱目。這不是從聲調上下手，而是從意義上、從意念的排列上下手。這是訴諸邏輯。細目最好請教師看看。意念安排得有秩序，作起文來應該容易通順些。不過這方法似乎不及前兩者直截而自然。還有，作文時限制字數，或先作一段一段的，且慢作整篇的，這樣可以有工夫細心修改；但得教師個別的指正，學生才知道修改的路子。這樣修改的結果，文脈也可以清楚些。除了這些方法之外，更要緊的是多看、多朗讀、多習作（三項都該多在說明和議論兩體上下工夫）。這原是老生常談，但這裡要指出，前兩項更重要些；只多作而不多看多讀，文脈還是不容易獲得的。

二、標點符號

歷年批改大學一年級學生的作文，覺得他們對於標點符號的使用很不在意。他們之間，和一般人之間一樣，流行著一句熟語：「加標點。」他們寫作，多數是等到成篇之後再「加」標點符號的。這顯然不是正確的辦法。白話文之所以為白話文，標點符號是主要的成分之一。標點符號表明詞句的性質，幫助達意的明確和表情的恰切，作用跟文字一樣，決不是附加在文字上，可有可無的玩意兒。本來沒有標點符號的古書和文言，為了幫助別人了解或為了自己了解正確，可以「加」上標點符號去。但是自己寫作，特別是白話文，該將標點符號和文字一樣看待，同等使用，隨寫隨標點，才能盡標點符號的用處。若是等文字寫成篇再「加標點」，那總是不會切合的。古書和原無標點符號的文言，「加標點」後往往有不切合處；那是古今達意表情的方式不同，無可奈何。自己寫作，特別是白話文，標點符號正是支持我們達意表情的方式的，不充分利用，寫作的效果便會因而減少。我們說話時得靠種種聲調姿勢幫助；寫作時失去這種幫助，標點符號可以替代一部分。明白這個道理，便知道標點符號跟文字的關係是有機的——後「加」上去，就不是有機的了。

現在的學生乃至一般人往往亂用或濫用標點符號，結果標點符號真成了可有可無的東西似的。在達意方面，學生的作文裡最常見的是逗號（，）和分號（；）的亂用。分號介在逗號和句號（。）之間，主要的作用在界劃較長的句語和較短而意義上緊密的聯繫著的句子。青年們和一般人不大容易弄清楚這個符號的用處，是大家都知道的。有時他們似乎將它當逗號用，有時又似乎將它當句號用；用得合式的很少。這個符號本來複雜些，用錯了還可以說是在意中。像逗號，很簡單，亂用的卻也很多，或許是一般想不到的。學生們作文裡用逗號最多，往往一段文字只在段末有個句號，其餘便是一大串逗號。這使人看不清他們的意義，摸不清他們的思路。他們似乎將逗號只當作停頓的符號用，而不管停頓的長短；更不管意義的分界。他們不大用句號，是一個可注意的現象。他們似乎沒有清楚的「句」的意念。學生們作文，常犯思路不清或層次不明的毛病；這少用句號也是徵象之一。此外還有驚嘆號的濫用，似乎是一般的情形。就像公函中「為荷❶」下的驚嘆號，便大可不必——

句號盡合式了。更有愛用雙驚嘆號或三驚嘆號的，給予讀者的效果往往只是浮誇不實。

教育部二十年前就頒行過標點符號施行條例，起草的是胡適之先生。但是青年們和一般人注意這個條例的似乎不多。原因大約有好幾種。一是推行的不盡力。這種條例應該常在青年讀物或一般讀物裡引用，讓大家常常看見，常常捉摸，才有用處。可是事實不然。中學教科書裡雖然偶有論到標點符號的，也不多，教師們又不認真去教，成效自然不見。二是例句不合式。條例中所舉的例句都是古書和文言，加上一些舊小說的白話，現代的白話文記得似乎沒有。條例頒行的時期，白話文運動剛起頭兒，為起信的原故，只舉舊例，也是一番苦心。可是如上文所論，這種例句「加」上標點符號，究竟不很自然；這種例句並不能充分表示每種標點符號的用處。再說既然都是舊例，愛讀現代白話文的，便不免減少閱讀的興趣，不大去注意。我想教育部若能將那條例修訂一番，細心選擇現代白話文作為主要的例句，一面責成中學教師切實教授，並在改文時注意，標點符號的用法會漸漸正確起來的。不過，更重要的是，青年們得養成隨文標點的習慣，一面還得在讀現代白話文時隨時體會一標一點的意味，學習正確的用法才成。

注釋

❶為荷　平行書函的末尾用語，表示希望與感謝之意。如：「敬請查照見復為荷。」

賞析

朱自清這篇〈寫作雜談〉，是從長久以來教學時批改學生作文時累積的各種經驗和心得，將其集中起來，針對學子們在寫作文章時常見的缺失做出提醒，並舉出實際的練習與改正方式。文分兩大項目，集中討論寫作中「文脈」與「標點符號」這兩個是最基本卻也最為重要的議題。

在文脈一節中作者指出，學子寫文最常出現的問題，就是文章裡邊的思路與條理雜亂不清，這種情形尤其在寫作說明文和議論文時清楚看見。年輕人經常誤以為「照著心裡的話寫下來」就成為文章，事實上心裡的獨自言語不但與真正的口語不同，與紙面上的文字寫作，三者更是呈現出完全不同的語脈或文脈。若在作文時縱容心中思緒無限制地馳騁，並且不經梳理即化做文字，寫出來的文章將是毫無條理，令人難以明瞭。

第三段提到文脈不調的另外一個原因，在於寫作時將語脈混雜在文脈中，事實上白話文的語氣聲調和一般口語是不一樣的，將白話文活潑彈性的言語習慣用於文字之上，將使文脈不通。而要改進這樣的毛病，最好的方式或者是請他人閱讀一次，將會清楚地看出自己不自覺地被蒙蔽的疏忽。第四段則說明思想，談話，演說，作文有一個從簡到難的脈絡，從正式演說中練習語脈，以及兼顧文意的朗誦訓練，都有助於正確文脈的確立。最後則是寫作文時要先從意義與邏輯的關係上將詳細綱目列出，意念經過組織，安排得當，文章自然通順；同時不要忽略「讀」的功夫對於「寫」的能力亦是具有一定影響力的。

第二節處理的是文章中標點符號，一般人寫作經常是在成篇之後才加上標點符號，這是誤認標點符號是附加在文字之上，可有可無的；事實上每一個標點符號都有它固定的作用。正確的標點符號使用，將幫助文章中文意與情意都能恰如其分地加以傳達，因此標點符號自然也是影響一篇文章寫作效果的關鍵理由之一。而對於標點符號的正確認識，除了幫助我們寫作文章時做精確的表達，在閱讀文章時，亦能依循作者給予的符號指示，正確地理解文意。

朱自清並舉出學生在運用標點時常見的錯誤，例如不識分號的正確作用，為求保險多用逗號卻未能兼顧文意上的分界，而驚嘆號的濫用則會造成浮誇不實的反效果。因此在文章最末段，作者提出具體的改進措施，認為應該從教育部的標點符號實施條例上進行適當合宜的修正，並讓老師們做一切實的指導，讓學子們透過白話文的閱讀來體會標點符號當中的意味，這樣才能真的促進時人對於標點符號的理解以及運用的能力。

這篇文章寫在民國二、三〇年代前後白話文推行之際，其本意原是為了讓當時剛適應白話文寫作的人們能夠正視到，白話文並非一件可以草率而成的事，在寫作有其規律原則，也有其藝術特色。若將這篇文章放置當今的時空環境仍舊完全適用，因文中所指點的種種書寫文章困難之處，亦是今人寫作時最易犯之缺失。

了解與欣賞

——這裡討論的是關於了解與欣賞能力的訓練

了解與欣賞為中學國文課程中重要的訓練過程。兒童從小就能對於語言漸漸的了解，不過對於文字的了解必須加以強制學習的訓練。成年人平時讀書閱報大都是採取一種「不求甚解❶」的態度。這是一般綜合的實用的態度。但在國文教學，教師準備時，必須字字查清楚，弄明白。學生呢，在學習時也必須字字求了解。這與一般不求甚解的態度剛好相反。然而不求甚解的那份能力正是經過分章析句的學習過程而得到的，必須有了咬文嚼字❷的教學培養後，才能真正達到那種不求甚解的境界；沒有經過一番文字分析的訓練，欲不求甚解，也不易得呢。通常教授國文的，大都很注重字義。實在除掉注重字義的辦法以外，還應當顧及下面的幾種分析的方法。

一、句子的形式（句式）

某種特殊句子的形式，不僅是作者在技巧方面的表現，也是作者別有用心處。講解國文時必須加以說明。例如魯迅先生的〈秋夜〉的開端：

在我的後園，可以看見牆外有兩株樹，一株是棗樹，還有一株也是棗樹。

這不是普通的敘說，句子的形式很特殊，給人一種幽默感。作者存心要表現某種特殊的情感。這兒開始就顯示出一個太平凡的境界，因為魯迅先生所見到的窗外，除掉兩株棗樹，便一無所見。更使人厭倦的是人坐屋裡，一抬頭望窗外，立刻映入眼簾的東西，就只是兩株棗樹，愛看也是這些，不愛看也是這些，引起人膩煩的感覺。一種太平凡的境界，用不平凡的句式來顯示，是修辭上的技巧。明白了這兩句的意思與作用，就兼有了了解與欣賞。又如同篇：

這上面的夜的天空，奇怪而高。

這是作者在文字排列上用工夫，兩句都不是普通的說法。上半句表現兩層意思：㈠棗樹上的天空，㈡夜的天空。兩層意思而用一單位表示，是修辭上的經濟辦法。文字的經濟便是一種文學的技巧。平常的語言，可有兩式：

夜間這上面的天空……

上面的天空在夜間……

讀起來便都有了停頓，時間上顯得十分不經濟，意思也沒有原句透露。下半句「奇怪而高」，口語中常說「高而奇怪」，單詞習慣大多放在前面。現在說「奇怪而高」，句法就顯得別致，作者在這裡便用來表示秋夜天空的特殊。

二、段落

寫段落大意是中學國文課上常用的方法。但通常只把各段的大意寫出，而於全文分段的作用與關係，往往缺少綜合的說明。教師指導學生寫段落大意，每段大意，常只用一二句話表示。這裡便應當注意語句間的聯絡，要能顯出原文的組織和發展的次序。

三、主旨

教師必須提醒學生注意一篇文章中足以代表全文主旨的重要語句，和指導學生研究全文主旨如何發展。古人稱文章中重要的語句為「警句」。警句往往是全篇的線索。讀一篇文章最要緊的事便是要能找到線索。文章的線索作者往往把它隱寓在文中的一二句重要的語句裡面，例如龔自珍〈說居庸關〉，「疑若可守然」五字是全文的主旨所在，教師便須注意此主旨的發展。

四、組織

文章組織的變化，也是作者在技巧上用的工夫，說明這種文章組織的變化，是了解與欣賞範圍內極重要的事。例如上舉〈說居庸關〉，「疑若可守然」五字，一段中連用五次；又「自入南口」連用六次。這是疊句法，亦是關鍵語，在組織上增加一種節奏。最後三小段文章最堪注意，在整齊的組織中寓有變化，末兩段一寫蒙古人，一寫漏稅，指出間道，均逼出居庸關之不足守，與前文相應答。這是組織上的一種變化，讀者容易忽略過去的，教時應當加以說明。中間寫遇到蒙古人，說了一大段，表示清朝的威嚴，作者是用讚嘆的口氣。

五、詞 語

在一篇文章中應當注意作者慣用的詞語和詞語的特殊意義。例如上舉〈說居庸關〉「蒙古」一詞指的是蒙古人。

六、比喻、典故、例證

先講比喻。

康白情的〈朝氣〉，內容是描寫農家種植的生活，題目何以稱為「朝氣」呢？農家生活的描寫與朝氣究竟有何關係呢？這些問題教師是要暗示學生提出來詳細討論的。農家生活的描寫實在是一個比喻，作者是別有寄託的。文學作品中的具體故事，往往帶上一些抽象性。大概一個比喻的應用，包含三方面的意義。如〈朝氣〉：

㈠喻依❸——農家的生活。

㈡喻體❹——勞工的趣味。

㈢意旨❺——由趣味的工作得到美滿的結果，顯示出生活中朝氣的景象。這是文學上表達技巧很重要的一條原則，應當讓學生區分得很清楚的。又如謝冰心的〈笑〉，用重複的組織，對於雨，月夜，花蓮說出三個笑容，表示愛的調和。「如登仙界，如歸故鄉」，是極普通的比喻，但能顯示出純潔快樂的意味。

次講典故❻。

古文中的用典是學生最感覺麻煩的事情。講解古文時說明古典出處也是極占時間的。但是教師往往只說明古典本身的意義，而常忽略了這個典故在本文裡的作用。這樣使讀者只記古典出處，便感覺乏味了，更談不到欣賞。原來用典的作用，也是使文字經濟的一種辦法，作者因為要表達心中的事或情，不必完全直說，借用過去的一樁熟悉的而且與當下相關的事物來顯示。大凡文學上的典故都經過許多作家的手改造過，而成為很好的形式。因此用典的作用，一方面是使文字經濟，一方面也是避免直說，增加讀者的聯想，使內容豐富。現代語體文中典故也是常見的。如冰心的〈笑〉裡用「安琪兒」一詞，教時也應當說明其出處。

再講例證。

在說明文和議論文中有些時候往往遇到抽象的概念，教師在說解時必須要設法用一兩個較具體的例證加以說明。如蔡元培的〈雕刻〉裡面，許多美術上的概念，教師應當設法舉出淺顯的實例，加以說明。又如東坡說：「畫中有詩，詩中有畫」，也應當舉出實例，說明詩與畫兩者之間所以溝通的道理。

總結起來說，關於了解與欣賞應該特別注意的有三點：

一是語言的經濟。注意句讀頓停多少與力量是否集中。

一是比較的方法。講散文時可用詩句作比較，講詩時可用散文比較。文中的語句可與口中的說話比較，讀魯迅先生的〈秋夜〉，便可與葉紹鈞先生的〈沒有秋蟲的地方〉比較。比較的方法對於了解與欣賞是極有幫助的。

一是文字的新變。一個作家必須要能深得用字的妙趣，古人稱為「練字」，便是指作家用字時打破習慣而變新的地方，教師就也要在這方面求原文作者的用心。

訓練的方法，除教師講解外，在學生方面，熟讀的工夫是不可少的。吟誦與了解極有關係，是欣賞必經的步驟。吟誦時對於寫在紙上死的語言可以從聲音裡得其意味，變成活的語氣。不過在朗誦時，要能分辨語氣的輕重，要使聲調有緩急，合於原文意思發展的節奏。注意本文的意思，不要被聲音掩蓋了，滑過去。默讀是不出聲的，偏於用眼，但也不要讓意思跟了眼睛滑過去。

最後，問題的研究，在讀文時是常有的事。但是問題的提出要有分量，要有意義。最好教師只居於被動地位，用暗示方法，幫助學生發現問題，解決問題。

一九四三年三月

注釋

❶不求甚解　此語出自陶淵明〈五柳先生傳〉一文：「好讀書，不求甚解。」用以形容讀書著重理解義理，而不過度鑽研字句上的解釋。後亦延伸指學習或工作的態度不認真，只求略懂皮毛而不深入理解。這裡取其前義。

❷咬文嚼字　於文中指的是對於詞句仔細斟酌推敲，以能充分理解其義。

❸喻依　譬喻句中用來比況喻體的另一事物。如《詩經・衛風・碩人》：「膚如凝脂」句中的「凝脂」。

❹喻體　譬喻句中所要說明的主體。如《詩經・衛風・碩人》：「膚如凝脂」句中的「膚」。

❺意旨　指的是比喻的真正用意之所在，以「膚如凝脂」一句為例，即是在極力形容女子的皮膚光滑柔白。

❻典故　有出處、依據的故事典例。

賞析

朱自清這篇作品是一指導性的實用文章，說明以了解作為基礎進而能欣賞一篇文學作品的閱讀原則。文章引論中提到「語言」透過使用便能逐漸達到理解的作用，而文字則必須透過學習與訓練，在一定的基礎之上，方能充分掌握詞句文章的意涵。即使是像一般大人在進行實用性閱讀時所採取的「不求甚解的態度」，基本上也是因為已經擁有相當的理解能力，才能「不求甚解」卻能「貫通全意」。對於文字「從了解到欣賞」是一個必須經過學習的過程，這便是作者寫這篇閱讀指導的理由。

文分六項原則，逐條說明在閱讀一篇文章時應該注意的形式技巧與行文特色。首先提到「句子的形式」，作者對於文句的安排經常不只是一種技巧的表現而已，而是透過特殊的字句順序或組合，以求充分表達自己從平凡中所引發觸動的不凡感受與特殊情思，這往往是一般常見事物在文學家筆紙之下竟能展現不同情調之故。關於段落，除了要能掌握分段大意之外，更要能在全文整體的組織架構來思索每個段落在文章之中的作用，及其與前後文的關係。至於主旨，朱自清認為一篇文章當中經常有一二句做重要的語句，如同古人所言「警句」，其除了能代表一文之主旨，進一步觀察主旨發展進行的方式亦是透視文章的一個切入點。

第四項講到文章的組織，作家經常在文章上透過特殊的文法組織、節奏變化安排來製造行文的效果，以凸顯特別想要強調的旨意；因此掌握文章組織的變化脈絡，亦是了解欣賞範圍中重要的事。此外在詞語的理解上當注意作者是否賦予特定文詞不一樣的意義，或擁有個人不同的用語習慣。最後則是比喻、典故以及例證；此三項都是文章中常見的寫作技巧，閱讀者要能知道作家在運用這些藝術手法時，除了達到一種美感層次的表現，更重要的是其必當有希冀加強表達或是充分說明的部分。此時有賴老師為學生做一說明與引導，並透過比較或舉例的方式來對於一些較為抽象的概念進行清晰的解釋。

文章最末朱自清歸納了三點關於了解與欣賞最主要的結論，分別是語言的經濟、文字的新變，以及比較的方法。前二項是作家應注意的寫作原則，也是讀者在觀看文章時要能掌握住的特點，最後一樣則是指導閱讀的方式，無論是語句、文體甚至是文章主題，都可以透過比較的方法，充分襯托顯現文章的特色所在。

本篇文章既以指導為主，並無華麗的修飾以其情感的寄託；然而就其目的性與功能性而言，確是欣賞文學作品的一個規範。我們可以將朱自清這篇〈了解與欣賞〉所提及方法原則，落實於閱讀他的抒情記敘文作，將會是一個有趣的實踐。

《燕知草》序

「想當年」一例是要有多少感慨或惋惜的，這本書也正如此。《燕知草》的名字是從作者的詩句「而今陌上花開日，應有將雛舊燕知」❶而來；這兩句話以平淡的面目，遮掩著那一往的深情，明眼人自會看出。書中所寫，全是杭州的事；你若到過杭州，只看了目錄，也便可約略知道的。

杭州是歷史上的名都，西湖更為古今中外所稱道；畫意詩情，差不多俯拾即是。所以這本書若可以說有多少的詩味，那也是很自然的。西湖這地方，春夏秋冬，陰晴雨雪，風晨月夜，各有各的樣子，各有各的味兒，取之不竭，受用不窮；加上綿延起伏的群山，錯落隱現的勝蹟，足夠教你流連忘返。難怪平伯會在大洋裡想著，會在睡夢裡惦著！但「杭州城裡」，在我們看，除了吳山，竟沒有一毫可留戀的地方。像清河坊，城站，終日是喧鬧的市聲，想起來只會頭暈罷了；居然也能引出平伯的那樣悵惘的文字來，乍看真有些不可思議似的。

其實也並不奇，你若細味全書，便知他處處在寫杭州，而所著眼的處處不是杭州。不錯，他惦著杭州；但為什麼與眾不同地那樣粘著地惦著？他在〈清河坊〉中也曾約略說起；這正因杭州而外，他意中還有幾個人在——大半因了這幾個人，杭州才覺可愛的。好風景固然可以打動人心，但若得幾個情投意合的人，相與徜徉其間，那才真有味；這時候風景覺得更好。——老實說，就是風景不大好或竟是不好的地方，只要一度有過同心人的蹤跡，他們也會老那麼惦記著的。他們還能出人意表地說出這種地方的好處；像書中〈杭州城站〉，〈清河坊〉一類文字，便是如此。再說我在杭州，也待了不少日子，和平伯差不多同時，他去過的地方，我大半也去過；現在就只有淡淡的影像，沒有他那迷勁兒。這自然有許多因由，但最重要的，怕還是同在的人的不同吧？這種人並不在多，也不會多。你看這書裡所寫的，幾乎只是和平伯有著幾重親的H君的一家人——平伯夫人也在內；就這幾個人，給他一種溫暖濃郁的氛圍氣。他依戀杭州的根源在此，他寫這本書的感興，其實也在此。就是那〈塔磚歌〉與〈陀羅尼經歌〉，雖像在發揮著「歷史癖與考據癖」，也還是以H君為中心的。

近來有人和我論起平伯，說他的性情行徑，有些像明朝人。我知道所謂「明朝人」，是指明末張岱，王思任等一派名士而言。這一派人的特徵，我慚愧還不大弄得清楚；借了現在流行的話，大約可以說是「以趣味為主」的吧？他們只要自己好好地受用，什麼禮法，什麼世故，是滿不在乎的。他們的文字也如其人，有著「灑脫」的氣息。平伯究竟像這班明朝人不像，我雖不甚知道，但有幾件事可以給他說明，你看《夢遊》的跋裡，豈不是說有兩位先生猜那篇文像明朝人做的？平伯的高興，從字裡行間露出。這是自畫的供招，可為鐵證。標點《陶庵夢憶》，及在那篇跋裡對於張岱的嚮往，可為旁證。而周啓明先生《雜拌兒》序裡，將現在散文與明朝人的文章，相提並論，也是有力的參考。但我知道平伯並不曾著意去模仿那些人，只是性習有些相近，便爾暗合罷了；他自己起初是並未以此自期的；若先存了模仿的心，便只有因襲的氣氛，沒有真情的流露，那倒又不像明朝人了。至於這種名士風是好是壞，合時宜不合時宜，要看你如何著眼；所謂見仁見智，各有不同——像〈冬晚的別〉，〈賣信紙〉，我就覺得太「感傷」些。平伯原不管那些，我們也不必管；只從這點上去了解他的為人，他的文字，尤其是這本書便好。

這本書有詩，有謠，有曲，有散文，可稱五光十色。一個人在一個題目上，這樣用了各體的文字抒寫，怕還是第一遭吧？我見過一本《水上》，是以西湖為題材的新詩集，但只是新詩一體罷了；這本書才是古怪的綜合呢。書中文字頗有濃淡之別。〈雪晚歸船〉以後之作，和〈湖樓小擷〉、〈芝田留夢記〉等，顯然是兩個境界。平伯有描寫的才力，但向不重視描寫。雖不重視，卻也不至厭倦，所以還有〈湖樓小擷〉一類文字。近年來他覺得描寫太板滯，太繁縟，太矜持，簡直厭倦起來了；他說他要素樸的趣味。〈雪晚歸船〉一類東西便是以這種意態寫下來的。這種「夾敘夾議」的體制，卻並沒有墜入理障中去；因為說得乾脆，說得親切，既不「隔靴搔癢❷」，又非「懸空八隻腳❸」。這種說理，實也是抒情的一法；我們知道，「抽象」，「具體」的標準，有時是不夠用的。至於我的歡喜，倒頗難確說，用杭州的事打個比方罷：書中前一類文字，好像昭賢寺的玉佛，雕琢工細，光潤潔白；後一類呢，恕我擬不於倫，像吳山四景園馳名的油酥餅——那餅是入口即化，不留渣滓的，而那茶店，據說是「明朝」就有的。

〈重過西園碼頭〉這一篇，大約可以當得「奇文」之名。平伯雖是我的老朋友，而趙心餘卻決不是，所以無從知其為人。他的文真是「下筆千言離題萬里」。所好者，能從萬里外一個筋斗翻了回來；「趙」之與「孫」，相去只一間，這倒不足為奇的。

所奇者，他的文筆，竟和平伯一樣；別是他的私淑弟子罷？其實不但「一樣」，他那洞達名理，委曲述懷的地方，有時竟是出藍勝藍❹呢。最奇者，他那些經歷，有多少也和平伯雷同！這的的括括可以說是天地間的「無獨有偶❺」了。嗚呼！我們怎能起趙君於九原❻而細細地問他呢？

一九二八年十二月十九日晚，北平清華園

注釋

❶而今陌上花開日二句　此詩出自俞平伯〈月下老人祠下〉一文，全詩如下：「君憶南湖蕩槳時，老人祠下共尋詩。而今陌上花開日，應有將雛舊燕知。」

❷隔靴搔癢　隔著馬靴搔癢處，比喻不切實際，不能掌握要點。

❸懸空八隻腳　言事情毫無著落，尚不可指望。

❹出藍勝藍　全句本為「青出於藍而勝於藍」，用以比喻弟子勝於老師，或後輩優於前輩。

❺無獨有偶　指兩項事物的恰巧相同或類似。

❻九原　原為春秋時晉國卿大夫墓地之所在，後世因稱墓地為九原。

賞析

這篇文章是朱自清為俞平伯的散文集所寫的序文，文章首段直接點出這本書的命名由來，以及其中蘊藏的情思，並說明該書所寫全以杭州相關情事為主。

第二段指出西湖的詩意向來是享有盛名的，然而不止是一種名氣，各種季節氣候塗染著如畫一般的西湖美景，醞釀出各種不同的動人風味，無怪乎俞平伯如此魂牽夢縈。視線一轉來到「杭州城裡」，比起西湖本該動人的迷人景致，終日喧鬧的城市原當是不引人遐想的，俞平伯如何得以寫出惆悵而深情的文字？作者自然不是不明瞭的，遂隨即在第三段中道出了理由——因為可愛而溫暖的人事遭遇，成就了個人經驗中獨有的地方感受與難忘的記憶。

第四段文章中談到俞平伯文如其人，透露出一種浪漫與灑脫的性格，其習性恰好近似於明朝張岱一類十分懂得興味的文人，至於合不合時宜並不是最重要的，終究這是他個人獨特風格與特色的自然體現。

第五段文章說明此書體裁上的豐富多樣，文字寫來或濃或淡，映襯不同的情感境界；雖以地方情事際遇為主，卻不拘泥於記敘描寫而是兼有議論，朱自清認為，這樣的直接率真也可以算是一種抒情的方式。書中前半與後半內容與風格不同，作序者用心又幽默地舉了杭州的事物作為比方，以玉佛比擬前者的精緻雕琢，以油酥餅比喻後半所展現出來的一種親切流暢的風格。最後一段則聚焦於〈重過西園碼頭〉一文，朱自清對於俞平伯與趙心餘無論是經歷或是文字特色上的相似感到驚異不已，並以讚嘆語氣反詰收尾。

為書作序說容易倒也不難，說困難實也是不簡單。應酬式序文也許達到了形式上的目的，卻怎樣也比不上因為對於作者的熟悉，而且是在細心閱讀過全書之後，引發出一些真實深切的情感而寫出來的序文。朱自清這篇文章不作浮泛的稱讚，對於作者，對於書中的文章以及其所描敘的內容，都是經過咀嚼深透，並運籌以個人的識見與思維，如此序文寫來自然別有風格，反而成為另一篇可供獨立欣賞的佳作。

【新・詩・卷】

不足之感

他是太陽，
我像一枝燭光；
他是海，浩浩蕩蕩的，
我像他的細流；
他是鎖著的摩雲塔，
我像塔下徘徊者。

他像鳥兒，有美麗的歌聲，
在天空裡自在飛著；
又像花兒，有鮮豔的顏色，
在樂園裡盛開著；

我不曾有什麼，
只好暗地裡待著了。

一九二〇年十月三日，杭州

賞析

本詩寫於一九二〇年十月三日，作者把自己寫成「我」，而把自己一生追求所懸的高遠目標視作為不可望其項背的「他」。詩中表露的「不足之感」，正是詩人不斷向這一目標企及的內在動力。

強烈的對比，是本文重要的特色之一。首先，他將自己比喻成燭光，以襯托「他」如太陽般的光亮！又把自己比喻成細流，以襯托他如「海」般的寬闊胸懷，這種明顯的對比，使得層次更加清楚。不過到了第二節，整首詩就起了變化，結構不那麼嚴整了，主要是從「他」展開比喻，說是「像鳥兒」、「像花兒」，而「我」再沒有用與之相對應的比喻，只是在結尾淡淡點出：「我不曾有什麼，／只好暗地裡待著了。」

鮮明的對比仍存在著。由此看出，詩人對這種結構的運用是比較靈活的，不變中有變，變中有不變，沒有任何生硬呆板的感覺。

其次，準確而生動的比喻也是本詩的特色。從比喻的選用上看，詩人的藝術思維非常嚴密與精細。如用「塔」比喻高遠的目標，用人比喻自己，不但顯示出二者存在著高低的懸殊，而且由於塔是「鎖著的」，故「我」不能緣塔而上，只能徘徊於下。但也不是絕對不能企及，只要有鑰匙，「鎖」就可以打開，「我」就能進入塔內，達其頂層。因此，在不足之感中，其實還隱含著消除不足的可能性。

因此，在這首詩中，雖然呈現一種無法超越的「不足之感」，實際上還是蘊含著一種努力追求理想的自我期望，作者依然相信，只要用積極的態度，仍能到達頂層，最後完成目標，志氣昂揚。

黑暗

這是一個黑漆漆的晚上，
我孤零零地在廣場底角上坐著。
遠遠屋子裡射出些燈光，
彷彿閃電的花紋，散著在黑絨氈上——
這些便是所有的光了。
他們有意無意地，
盡著微弱的力量跳蕩；
看哪，一閃一鑠❶地，
這些是黑暗的眼波喲！
顫動的他們裡，

憧憧❷地幾個人影轉著；
周圍的柏樹默默無言地響著。……
一片——世界底聲；市聲，人聲；
從遠遠近近所在吹來的，
洶湧著，融和著。……
這些是黑暗底心瀾喲！
　　廣場的確大了，
大到不能再大了；
黑暗底翼張開，
誰能想像他們的界限呢？——
他們又慈愛，又溫暖，
什麼都願意讓他們覆著；
所有的自己全被忘卻了。
一切都黑暗，
「咱們一夥兒！」

一九二一年十一月七日，杭州

注釋

❶ 鑠 音ㄕㄨㄛˋ。光亮閃耀的樣子。
❷ 憧憧 音ㄔㄨㄥ ㄔㄨㄥ。晃動，搖曳不定。

賞析

作者用極為敏銳的觀察力，將所見的、所感受的黑暗，用亮麗豐富的面貌呈現出來，並融入人的感情，成就一首美麗又深刻的小詩。從字面上講，對於黑暗的描寫可謂不易。可是在朱自清細緻的筆觸下，黑暗，這一無形無狀無味無言的抽象詞，則成了一首充滿張力足以讓人品味的詩。

黑暗無邊無際，要描述它似乎無從下手。作者首先選擇了一個聚焦點——「我」，寫出了「我」對於黑暗的感受。作者先寫出「這是一個黑漆漆的晚上」，給人以無聲無光的窒息感，接著引出「我」來。「我」孤零零地在廣場的角上坐著，由此觀察黑暗。讀者順著「我」的視線，先看到的是黑絨氈般的黑暗無情地吞噬著閃電般的燈光和憧憧地轉動著的人影。接著，跟著「我」的聽覺，聽到了靜與動的世界之聲由遠而近迎面而來，但這不過只是黑暗的心瀾罷了！最後，隨著「我」的感覺，發現黑暗洶湧和膨脹著的迅速地覆蓋一切、淹沒一切，於是整個黑暗就成了一塊無法擺脫的黑幕。整首詩，作者用視覺、聽覺與感覺摹寫，將抽象的黑暗，變成一種可感可觸的完整的感受，使我們不能不佩服詩人精緻的構思。

【朱・自・清】

別後

我和你分手以後，
的確有了長進了！
大杯的喝酒，
整匣的抽煙，
這都是從前沒有的。
喝了酒昏昏的睡，
煙的香真好——
我的手指快黃了，
有味，有味。
因為在這些時候，

忘了你，
也忘了我自己！
　成日坐在有刺的椅上，
老想起來走；
空空的房子，
冷的開水，
冷的被窩——
峭厲的春寒❶呀，
我懷中的人呢？
　你們總是我的，
我卻將你們冷冷的丟在那地方，
沒有依靠的地方！
我是你唯一的依靠，
但我又是靠不住的；
我懸懸❷的

便是這個。
我是個千不行萬不行的人，
但我總還是你的人！——
唉！我又要抽煙了。

一九二四年三月，寧波作

注釋

❶峭厲的春寒　同於「春寒料峭」之義，形容早春薄寒侵人肌骨。
❷懸懸　指作者心思有所懸念。

賞析

〈別後〉這首詩寫在一九二四年三月，作者人在寧波的時候。因為工作的緣故，他把家人都留在溫州，隻身前往寧波教書。此時他方才來到寧波一個多月，一切都還在適應之中，尤其對於熟悉的溫州景致與家人總是有著無限地牽掛與想念，遂而有了這首詩作。

詩中預設了一個說話對象，像是對話也像是寫信一般，透過「我」與「你」的稱謂，確立了這首詩歌的情感對應對象，「你」當是他的妻子以及孩子們。詩歌一開始說著自己在與妻子分開後有所「長進」，此當是一個反諷性的用語；所謂的長進卻是大量的抽煙喝酒，這是以前所不會做——以及不用做的。煙酒帶來的昏沉足以讓人暫時忘掉一些折磨人的思緒，放下對於妻子家人過度的想念心情，煙的香「真好」、手指頭的「有味」，其實都只是一種嘲弄話語，帶著一種心酸傷感的口氣。

接著寫自己像是「成日坐在有刺的椅上」，怎麼樣都無法在屋裡好好地待著；理由正是在於現實空間是如此冰冷空寂，什麼都冷。話鋒一轉，還是忍不住想到足以溫暖整個世界的妻子與孩子們。

詩的最後一段落展現一種複雜矛盾的情緒，先是自責自己將家人留在遠方，令其失去依靠，這事兒是多麼令作者耿耿於懷，說自己是個「千不行萬不行的人」；然而「總還是你的人」，這句話說的是自己心意的堅定，也是一種懇求諒解的期待，希望妻子不要因此對這樣的他失望了。

詩歌最末句呼應著最前方關於抽煙一事的敘述，前面是用反諷性的口氣說著煙酒足以讓人昏沉地忘卻一切的「好」，而這裡的這一聲長嘆才是代表真正的心情。暫時難以改變的分離事實，怎麼樣也無法釋懷的思念愁緒，一次的抽煙或者可以帶來一次的痲痺，每一回的抽煙，正也是因為想念的情緒漲到令人難熬的最高點。

這首詩的散文性很強，情感鋪陳直接明確，並沒有充分地運用詩歌在結構與語言上的藝術技巧；然而正是這樣的樸素形式與直言內容恰恰對應著作者當下的心境：無法多言、無從修飾，一種既是煎熬又是混亂的心情，體現出作者對於離別的感傷與深重的思念，以及在當時處於一個人生活的落寞與孤寂。

贈A. S.

你的手像火把，
你的眼像波濤，
你的言語如石頭，
怎能使我忘記呢？
你飛渡洞庭湖，
你飛渡揚子江；
你要建紅色的天國在地上！
地上是荊棘呀，
地上是狐兔呀，
地上是行屍呀；

你將為一把快刀，
披荊斬棘的快刀！
你將為一聲獅子吼，
狐兔們披靡❶奔走！
你將為春雷❷一震，
讓行屍們驚醒！

我愛看你的騎馬，
在塵土裡馳騁——
一會兒，不見蹤影！
我愛看你的手杖，
那鐵的鐵的手杖；
它有顏色，有斤兩，有錚錚❸的聲響！
我想你是一陣飛沙走石的狂風，
要吹倒那不能搖撼的黃金的王宮！
那黃金的王宮！

嗚……吹呀！

去年一個夏天大早我見著你：

你何其憔悴呢？

你的眼還澀著，

你的髮太長了！

但你的血的熱加倍地薰灼❹著！

在灰泥裡輾轉的我，

彷彿被焙炙❺著一般！——

你如郁烈的雪茄煙，

你如釃釃❻的白蘭地，

你如通紅通紅的辣椒，

我怎能忘記你呢？

一九二四年四月十五日，寧波作

注釋

❶披靡　潰敗逃散的樣子。
❷春雷　第一聲春雷代表春天到來，喚醒冬眠許久的大地。
❸錚錚　狀聲詞。形容玉石或金屬碰擊所發的聲音。
❹薰灼　用煙熏、用火灼。指情緒熱烈氣勢過人。
❺焙炙　音ㄅㄟˋ　ㄓˋ。二字都是指為熱火所烤，以此呼應前面所說A.S.熱烈如火的精神。
❻釃釃　音ㄧㄢ　ㄧㄢˋ。用以形容味道醇厚之酒。

賞析

這首詩原名「贈友」，A.S.乃是他的友人鄧中夏改名成鄧安石，「安石」二字的英文拼音。鄧中夏在學生時代就投身革命洪流，從事社會改革運動；與此同時亦十分關心當時詩壇的狀況，並不時發表文章進行評論。鄧中夏認為詩人不要只是「坐在暖閣中作新詩」，詩人對於社會亦是有責任的，因此在〈新詩人的棒喝〉以及〈貢獻於新詩人之前〉等文中大聲疾呼新詩人要能多創作一些能夠表現民族精神以及描寫社會的作品，甚至是參與實際的革命活動。

其文章與詩篇均表現出一個革命者的偉大胸懷；而朱自清對於他這樣的精神與熱情是甚為感佩的。這首詩便是以鄧中夏作為抒情對象，懷想起昔日自己在平民教育演講團裡隨著他到處演說時，所親身歷見的鄧中夏的澎湃熱情與雄發英姿，化作歌頌的詩句。

詩歌首段將鄧中夏的手比做火把，意指其高舉著熱情與理想；眼神如波濤，映照著社會中各式的不平狂潮；言語如石頭一般鏗鏘有力，堅忍固執，這都是鄧中夏在作者心目中留下的勇敢執著的鮮明印象。

第二段落運用了多重譬喻與象徵，既寫現實環境可能的艱難與侷限，亦寫鄧中夏無畏的勇氣。飛渡洞庭湖，飛渡揚子江，用一種飛揚之姿四處奔走不畏距離阻隔，只為了想要「建紅色的天國在地上」，象徵著一個真正屬於勞動百姓的平等美好國度。荊棘、狐兔、行屍比喻革命過程中可能的阻礙挫折、僵固殘敗或沉重包袱，如快刀，如獅吼，如春雷，他將披荊斬棘克服各種困難，並且喚醒這塊長期沉寂墮落的土地，鞭策其犯難前進。

第三段作者極力書寫對於這位革命勇士的景仰敬愛之情，同時勾勒鄧中夏在從事革命時的迅捷堅定的英勇之姿，如駿馬馳騁，勇往直前乘風而行，手杖揮出雷霆萬鈞；又如飛沙走石的狂風，吹倒「黃金的王宮」。這裡的「王宮」當是象徵樹立千年的封建皇權，寫其「不能搖撼」，強調它的根深蒂固難以擊倒，然而最後終讓這一股無可抵擋的革命力量給吹垮了。

最末一段描敘作者再度見到鄧中夏，看見他因長期投入革命運動而造成身型與心理的疲憊與憔悴，縱然如此，卻無損於他的革命熱情與堅定信念，「你的血的熱加倍地薰灼著！／在灰泥裡輾轉的我，／彷彿被焙炙著一般！」朱自清形容自己在灰泥一般的塵世中打滾，也為這股力量同給撼動得熱血沸騰。最後作者連用「郁烈的雪茄煙」，「釅釅的白蘭地」以及「通紅通紅的辣椒」三樣氣味強烈爆發力十足的東西，用以比擬鄧中夏激情的革命形象以及熱切的革命精神，最後一句「我怎能忘記你呢？」將作家的欽佩景仰之情表達無遺。

詩中寫的是對於鄧中夏的欽佩，同時也呼應著作家自身內在的澎湃情感；最出色之處當是對於各種象徵事件以及比擬物的引用，貼切而生動，富於變化並充滿力量，充分彰顯鄧中夏的個人特色與革命熱情。

朱自清年表

一八九八年　一歲

於十一月二十二日，生於江蘇省東海縣。父名鴻鈞，母親姓周。原籍浙江紹興，後搬至揚州定居。

一九〇一年　四歲

隨父親至高郵邵伯鎮。

一九〇二年　五歲

啟蒙讀書。

一九〇三年　六歲

全家遷至揚州，朱自清開始上私塾。

一九一一年　十四歲

爆發辛亥革命。

一九一二年　十五歲

自安徽旅揚公學高等小學畢業，隨後考入揚州兩淮中學（即江蘇省第八中學）。

一九一六年　十九歲

以優異成績自兩淮中學畢業，考入北京大學預科。同年奉父母之命與武鍾謙女士結婚，夫婦感情甚篤。

一九一七年　二十歲

考入北京大學本科哲學門（系）。本名自華，號實秋，後感於家庭經濟不好，為了勉勵自己不同流合汙，便改名自清；後又借用《韓非子》中「性緩，故佩弦以自急」的典故，改字「佩弦」來勉勵自己於學業上的精進。

一九一九年　二十二歲

爆發五四運動，朱自清亦參加了這場愛國運動，先後加入「學生聯合會」、「平民教育講演團」。

在新文化運動影響下，開始創作新詩，〈睡吧，小小的人〉收入詩集《雪朝》。另〈光明〉、〈新年〉等白話詩也於同年十二月十五日發表。

一九二〇年　二十三歲

加入北大「新潮社」，並在《新潮》發表譯文〈心理學的範圍〉及〈悵惘〉、〈小草〉等新詩。除此，在《北京大學學生週刊》上發表了〈新年〉、〈滿月之光〉等新詩。

自北京大學提前一年畢業，後任教於杭州第一師範學校，與俞平伯為同事。

與鄭振鐸、沈雁冰、葉聖陶發起成立「文學研究會」。

年底，創作新詩〈送韓伯畫往俄國〉，收進《踪跡》一書。

一九二一年　二十四歲

先轉任揚州江蘇省立第八中學當教務主任，後至吳淞任中國公學國文教員，但因當時大學部風潮延及中學，故又轉至杭州一師任教。與潘漠華等人及杭州一師同學成立「晨光文學社」。

這年，寫了〈轉眼〉、〈星火〉等近二十首新詩，亦創作了散文〈歌聲〉，小說〈別〉等，皆收入在《雪朝》、《踪跡》及《笑的歷史》等書。

一九二二年　二十五歲

與劉延陵、俞平伯創辦中國新文壇第一個詩刊：《詩》月刊。

並寫〈民眾文學的討論〉及散文詩〈匆匆〉發表於《時事新報》附刊《文學旬刊》上。

加入湖畔詩社。並發表〈短詩與長詩〉於《詩》。

收錄朱自清、周作人等八人的創作詩集《雪朝》出版。

開始創作長詩〈毀滅〉。

一九二三年　二十六歲

長詩〈毀滅〉發表於《小說月報》，因朱自清融合傳統詩歌的技巧，這首白話新詩立刻受到關注。

以夫人為主角的小說〈笑的歷史〉發表於《小說月報》。

散文〈槳聲燈影裡的秦淮河〉寫成，並於次年發表於《東方雜誌》，被譽為「白話美術文的模範」。

〈文藝的真實性〉一文寫成，發表於次年的《小說月報》。

一九二四年　二十七歲

創作《溫州的蹤跡》中〈月朦朧，鳥朦朧，簾捲海棠紅〉、〈綠〉、〈白水漈〉和〈生命的價格——七毛錢〉四篇文章，收入《我們的七月》。

另有〈別後〉一首詩發表於《小說月報》。

著有〈春暉的一月〉、〈贈A.S.〉（原名〈贈友〉）發表於《中國青年》，完成論文〈正義〉及詩〈風塵〉、遊記散文〈旅行雜記〉。

朱自清主編，收錄俞平伯、葉聖陶等作家詩及散文合集的《我們的七月》出版。另《蹤跡》此本詩與散文合集已由上海亞東圖書館編印。

一九二五年　二十八歲

創作散文〈女人〉、〈「海闊天空」與「古今中外」〉、〈白種人——上帝的驕子〉、〈飄零〉、〈夢〉及為五卅慘案所作的詩〈血歌〉完成。

《我們的六月》出版。

經俞平伯介紹，至清華大學講授李杜詩和國文。

以一九一七年冬所發生的故事為背景的散文〈背影〉寫成，並發表在《文學週報》。

於《語絲》發表詩〈我的南方〉及散文〈子愷漫畫代序〉。

一九二六年　二十九歲

發生三一八慘案，朱自清親身經歷，故在《語絲》上發表悼念清華被害學生韋杰三烈士的文章，以及控訴政府迫害群眾的〈執政府大屠殺記〉。

創作散文〈阿河〉、〈海行雜記〉、〈白采〉、〈子愷畫集跋〉及論文〈白采的詩〉及〈熬波圖〉。

一九二七年　三十歲

論文〈新詩〉發表於《一般》；論文〈熬波圖〉發表於《小說月報》。

開始模擬古詩〈行行重行行〉、〈青青河畔草〉、〈西北有高樓〉等，但多不發表，只單純為了解、研究中國舊詩詞的一種方法。

著名散文〈荷塘月色〉寫成，另有〈一封信〉、〈唱新詩〉及與李健吾合譯的〈為詩而詩〉，發表於《一般》。
擔任清華學生組織的文學團體「終南社」之顧問，經常性的參加學生的文學和演講等活動。

一九二八年　三十一歲

創作〈那裡走〉一文，文中表明欲以國學作終身志業。
清華大學正式改為國立清華大學，朱自清亦擔任中文系主任楊振聲先生之得力助手。
第一本散文集《背影》由開明書局印行。
創作散文〈魏握青君〉、〈兒女〉和〈給一個兵和他的老婆的作者——李健吾先生〉。
在中國文學大會講〈雜體詩〉。
為俞平伯《燕知草》作序。

一九二九年　三十二歲

開始講授「中國新文學研究」，暑假後又開授「歌謠」，引起學生濃厚的趣味。
創作〈白馬湖〉發表於《清華週刊》。
夫人武鍾謙病逝。

一九三〇年　三十三歲

作有〈看花〉、〈我所見的葉聖陶〉及〈葉聖陶的短篇小說〉。

代理清華大學中國文學系系主任，並於燕京大學兼課。

一九三一年　三十四歲

創作〈論無話可說〉，這亦是他最中意的一篇文字。

〈論詩學門徑〉一文發表於《中學生》雜誌。〈論中國詩的出路〉發表於清華《中國文學會月刊》。

與陳竹隱女士於北平訂婚。

八月，啟程留學英倫，讀語言學及英國文學，留學期間開始寫〈西行通訊〉。

一九三二年　三十五歲

與柳無忌夫婦漫遊歐洲五國：法、德、荷蘭、瑞士及意大利，後自威尼斯返國，作有〈威尼斯行〉之舊詩。

八月，與陳竹隱於上海結婚。

九月，任清華大學中文系系主任，聞一多亦於同年任清華中文系教授。

作〈給亡婦〉，發表於次年的《東方雜誌》。

一九三三年　三十六歲

創作散文〈讀書筆記〉、〈與黃晦聞先生論青商曲書〉、〈你我〉；〈哀戶生〉及〈新詩歌旬刊〉的評述發表於《文學》創刊號。

開始講授「陶詩」；並應錢玄同先生之邀至北師大兼課。

〈中國文評流別述略〉發表於天津《大公報・文藝副刊》。

一九三四年　三十七歲

與鄭振鐸、郭紹虞、俞平伯等人創立《文學季刊》。另散文雜誌《太白》創刊，朱自清亦為編輯群之一。

此年，著有〈擇偶記〉、書評〈子夜〉（發表於《文學季刊》）、〈內地描寫〉（發表於《太白》）、〈評「郭紹虞中國文學批評史上卷」〉（發表於《清華學報》）、〈文言白話雜論〉（發表於《清華週刊》）及〈說揚州〉（發表於《人間世》）。

為夏丏尊、葉聖陶所合著的《文心》作序。

寫成〈陶淵明年譜中的問題〉一文，發表於《清華學報》。

《歐遊雜記》一書由開明書店印行。

一九三五年　三十八歲

在北平女子文理學院，演講〈文言與白話〉。並整理在南開大學應文學會的演講稿〈語文雜談〉，發表於《文學與人生》。

著手編選《中國新文學大系叢書》之《詩集》。

參加反對日本侵華北的一二九愛國運動。

一九三六年　三十九歲

母親逝世。

雜文集《你我》由商務印書館發行。

魯迅逝世，朱自清及聞一多先生均出席追悼會，並發表演講。

一九三七年　四十歲

發表〈詩言志說〉一文於聞一多先生主編的《語言與文學》。

七七事變爆發，北平淪陷，朱自清隻身至清華、北大、南開三校所聯合組成的「長沙臨時大學」主持中國文學系工作。

一九三八年　四十一歲

著有〈日本語的歐化〉一文。

臨時大學遷往昆明，並改為「西南聯合大學」，朱自清講授文學批評。

一九三九年　四十二歲

寫成〈蒙自雜記〉，交由《新雲南》發表。

〈論「以文寫詩」〉發表於《大公報・文藝副刊》，〈中國散文的發展〉發表在《中學生》。

參加七七抗戰二週年紀念會，並作〈這一天〉以資紀念。

因健康關係，辭去聯大中文系系主任。

一九四〇年　四十三歲

家庭負擔變重，夫人陳竹隱帶孩子至物價較便宜的成都，房子極為簡陋，三個孩子也連續生病，生活相當困苦。

休假一年，寫成《經典常談》一書，除此，亦與葉聖陶合著《精讀指導舉隅》及《略讀指導舉隅》兩書。

一九四一年　四十四歲

開始寫〈外東消夏錄〉。

對新詩開始具有相當濃烈的興趣，從厲歌天先生那裡借閱資料，並與他討論新詩問題。後又與李廣田先生有幾次關於新詩的對話，寫成了《新詩雜話》。

清華大學文科研究所成立，朱自清先生搬至文科所居住，並步行二十里至西南聯大授課。

一九四二年　四十五歲

發表〈三祝報章文學〉於昆明的《中央日報》。

所著〈古詩十九首釋〉開始在《國文月刊》連載。

《精讀指導舉隅》一書印行。

講授「文辭研究」這門新課程。

一九四三年　四十六歲

《略讀指導舉隅》及《倫敦雜記》印行。

論文〈師說教〉發表於《人文科學學報》。

講授謝靈運詩。

一九四五年　四十八歲

父病逝於揚州。

《國文教學》一書印行。

日本無條件投降。

一九四六年　四十九歲

西南聯大結束，重任清華大學中文系系主任。

《經典常談》一書印行。

好友聞一多先生被暗殺於昆明，朱自清相當悲憤及激動，寫了〈中國學術的一大損失〉一文及〈輓聞一多先生〉一詩悼念。

整理抗日以來所創作的舊詩，集成《猶賢博奕齋詩抄》一書。

與《新生報》社長談《語言與人生》副刊發刊事，並寫了第一期的「周話」當該刊的發刊詞。
與「整理聞一多先生遺著委員會」開始著手整理聞一多先生遺著。
寫〈現代人眼中的古代〉介紹郭沫若新著《十批判書》。

一九四七年　五十歲

寫成〈文學的標準與尺度〉一文。
簽訂十三教授宣言，抗議北平當局隨意逮捕人民。
於清華詩社演講〈聞一多與詩〉；於清華通識學社演講〈論氣節〉。
發表〈論通俗化〉一文；參加清華五四文藝晚會，講〈論嚴肅〉博得好評。後寫成〈論標語口號〉，呼籲學生該以不落俗套的標語口號來喚醒人民。
著有〈古文學的欣賞〉發表於《文學雜誌》。寫《聞一多全集》之序與編後記。
多年對古詩研究之結晶《詩言志辨》由開明書局印行。
《作家雜話》由作家書屋發表；〈論不滿現狀〉一文發表。

一九四八年　五十一歲

編著開明書店的國文教本。出版《標準與尺度》、《語文零拾》及《論雅俗共賞》等書。

北大師生員工宣布罷教、罷課、罷工。

簽名「拒領美援麵粉宣言」及抗議北京當局「七五」槍殺東北學生。

開「聞一多全集整理委員會」最後一次集會。

八月六日胃部劇痛，送北大醫院，卻併發腎炎，病況嚴重，臨終前還叮嚀夫人「拒在美援麵粉宣言上簽名，以及不買國民黨配給的美國麵粉」。

十二日即與世長辭，遺骨葬於北平西郊萬安公墓。

本簡表以朱喬森先生《中國現代作家選集——朱自清》末所附之編年為底本，並參考季鎮淮先生〈朱自清先生年譜〉，由黃馨蓮小姐協助整理。

穿越文本　文學再現

從現代到當代　鄭樹森　著

本書為作者的文藝評選，從比較文學及文學理論的角度，省思西方理論如何應用於中國文學等問題，對關心中西文學比較和中西文論結合的讀者，尤其值得注意。

煙火與噴泉　白靈　著

新詩的發展呈現出許多不同的風貌，如何延展它的生命內涵，是一項極為重要的課題。本書以各種角度，分析新詩的過去與現在，並對未來指出一條可行之路。

現代詩散論　白萩　著

白萩詩風複雜多變，且與現代、藍星、創世紀及笠等詩社淵源深厚。他特別致力於探索現代詩的語言藝術，認為心靈有了感動才能寫詩。本書收錄了作者對現代詩語言、形式和發展現況的探討，以及對其他詩人作品的評論，尤可見他對詩歌藝術不斷的追求和探索。

孤島張愛玲　蘇偉貞　著

張愛玲出生、成名於上海，臺灣發揚光大她的文學影響，最後她大隱、歿於美國。唯有香港，毫無疑問卻是連結她「天才夢」的起點及小說創作的終點港口。走著張愛玲走過的路，待在她待過的學系，試著以她的眼光回望這一切。同為女性作家的蘇偉貞以嚴謹的文學研究為根基，鍥而不捨的追索，將張愛玲滯港時期小說的意涵及影響作了最生動的詮釋。

國家圖書館出版品預行編目資料

朱自清／范銘如主編;陳俊啟編著.－－初版二刷.－－
臺北市: 三民, 2016
面; 公分.－－(二十世紀文學名家大賞／09)

ISBN 978-957-14-4532-8 (平裝)

1.

848.6 95007232

© 朱 自 清

主編者 范銘如
編著者 陳俊啟
發行人 劉振強
著作財產權人 三民書局股份有限公司
發行所 三民書局股份有限公司
地址 臺北市復興北路386號
電話 (02)25006600
郵撥帳號 0009998-5
門市部 (復北店) 臺北市復興北路386號
(重南店) 臺北市重慶南路一段61號
出版日期 初版一刷 2006年5月
初版二刷 2016年3月
編號 S 833410
行政院新聞局登記證局版臺業字第〇二〇〇號

ISBN 978-957-14-4532-8 (平裝)

http://www.sanmin.com.tw 三民網路書店